U0062321

北京市属高等学校人才强教计划资助项目

应用型本科人才培养模式研究与实践

吴巧慧　邢培正　编著

中国轻工业出版社

图书在版编目（CIP）数据

应用型本科人才培养模式研究与实践/吴巧慧，邢培正编著．—北京：中国轻工业出版社，2011.1

ISBN 978-7-5019-8119-9

Ⅰ．①应… Ⅱ．①吴… ②邢… Ⅲ．①高等学校－人才培养－研究－中国 Ⅳ．①G649.2

中国版本图书馆 CIP 数据核字（2011）第 039009 号

责任编辑：张晓媛　责任终审：张乃东　封面设计：锋尚设计
版式设计：宋振全　责任校对：李　靖　责任监印：吴京一

出版发行：中国轻工业出版社（北京东长安街 6 号，邮编：100740）

印　　刷：航远印刷有限公司

经　　销：各地新华书店

版　　次：2011 年 1 月第 1 版第 1 次印刷

开　　本：720×1000　1/16　印张：11.5

字　　数：230 千字

书　　号：ISBN 978-7-5019-8119-9　定价：22.00 元

邮购电话：010－65241695　传真：65128352

发行电话：010－85119835　85119793　传真：85113293

网　　址：http://www.chlip.com.cn

Email：club@ chlip.com.cn

如发现图书残缺请直接与我社邮购联系调换

091145J5X101HBW

前　　言

中国高等教育进入大众化教育阶段后，由于社会生产力的不断发展，社会对于专业技能的需求也趋向专业化、多样化，社会的需求导致高等学校面临着重新确定办学定位以及高等学校如何进行分类、分层与分化的重要课题，在高等教育大众化发展趋势下，如何找准符合办学定位和办学指导思想的人才培养模式，对各高校来说既势在必行又意义深远。随着《国家中长期教育改革和发展规划纲要(2010－2020年)》的颁布，创新人才培养模式，促进人的全面发展，实施人才强国已成为我国教育的重大决策。其中应用性人才的培养就是教育的重要内容。

20世纪80年代是我国沿着有中国特色社会主义道路，全面建设小康社会的关键时期。在这一时期，随着我国社会主义市场经济体制的建立、所有制结构的调整和产业结构的优化、国有企业改革的深化、经济增长方式的转变、产业结构的升级以及分配结构和分配方式的完善，特别是越来越多地区的第三产业呈现蓬勃发展的态势，劳动力和专门人才结构不断调整，对生产、管理、建设、服务第一线高级应用性人才的需求显得空前迫切。应用性人才的培养成为教育界热论的问题之一，但是对"什么是应用性人才"、"为什么培养应用性人才"、"怎样培养应用性人才"的问题讨论与探究方兴未艾。应用性人才培养以应用性人才培养为研究对象，具体来说就是应用性人才的定义、培养体系、培养途径和实践机制。

本书通过对比中外高等院校的人才培养模式，阐明中国应用型本科的人才培养模式的发展趋势，当前教育质量观和应用型本科人才培养模式的特征及构建；对应用性人才培养的基本原则、培养规格、培养目标，课程体系设置作了详细论述，并阐明应用型本科人才培养模式特征、内涵；通过理论教学、实践教学、德育体系构建，阐明应用性人才培养的基本途径和应用型大学人才德育培养体系。

本书注重应用型人才培养的实证研究，把对应用型人才培养的理论研究和实践研究有机地结合起来，通过结合本校的实际案例，进一步深刻探究应用型人才培养的本质和规律。同时将应用型大学和高职院校、研究型大学进行了对比，通过对比，揭示出应用性人才培养的本质和规律，探索应用性人才培养模式，丰富和完善了高校素质教育的科学内涵，探究出一条把高校应用性人才培养的教育理论与应用性人才培养的教育实践相结合的可行性道路。

本书由北京市人才强教项目资助出版。本书的整体思路、框架设计和最终统稿定稿工作由吴巧慧承担，其中第三、四、五、六、七章由吴巧慧编写，绪论、

第一、第二章由邢培正编写。在写作过程中吸收了大量的中外最新研究成果，在此向给予我们指导和启迪的专家、学者致以诚挚的谢意，同时得到了北京联合大学范同顺教授、李九丽教授、苏玮教授、郭秀丽总工、邢定华工程师、龚晓松、李兵、吴魁尧、吴颖慧、吴敏慧、孟秀霞的大力支持和无私帮助，在此向他们表示深深的谢意。由于水平有限，错误难免，热忱欢迎教育界专家学者以及广大读者提出宝贵意见。

作者
2010 年 10 月

目　　录

绪　　论

一、高等教育大众化理论的产生

1970 年和 1971 年，马丁·特罗教授在他著名的《从大众向普及高等教育的转变》和《高等教育的扩展与转化》中提出高等教育的发展为三个阶段：精英化高等教育、大众化高等教育、普及化高等教育，该理论的核心是以教育的社会功能的发展和演变为主要标志，作出了高等教育发展的三阶段的基本判断。

在精英化高等教育阶段，他认为教育的主要社会功能是传授知识理论，培养社会的思想精英；教育的主流对象是贵族、上流社会人士和宗教人士。这一时期的教育模式为形成现代意义的大学奠定了基础，并产生于 16 世纪末至 19 世纪末。简要地说，精英化高等教育阶段是为社会培养少数精英人才，服务于社会的上层领域和权势领域的教育。

在大众化高等教育阶段，教育的主要社会功能是传授知识理论和工作能力，培养能为社会经济、文化、科技发展而推动社会的各种行业所需要的专业人才；教育的主要对象已由少数精英扩展为能够符合条件的一些求学人士。因此，进入大学接受高等教育的人数剧增。马丁教授将适龄人群（18~21 岁）的毛入学率达到 15% 作为大众化教育的重要判据。同时，入学人数的剧增和社会需求的多样化，向高等教育的办学体制和办学模式提出了挑战。针对这一客观规律，马丁教授认为高等教育的多元化是大众化教育的又一重要判据。由精英化教育发展到大众化教育，大体上是从 20 世纪中叶开始的。由于各国社会经济发展的不平衡，不同国家和地域进入大众化教育的时间差异很大。不难看出，大众化教育的显著特征有两个：一是适龄人群的高等教育的毛入学率达到 15% 以上，二是形成了多元化的高等教育体制和办学模式。

在普及化高等教育阶段，高等教育面对的是信息化社会的发展和需求。信息化社会的来临不仅引发了产业结构的深刻变化和巨大调整，而且人们接受高等教育已成为一种权利。学习型社会的出现和终身学习的需求，使得高等教育的社会功能变为对社会服务。按照马丁教授的观点，这个阶段的适龄人群的毛入学率应该达到 50% 以上。

1973 年，马丁·特罗教授在考察美国高等教育量的扩张和质的变化的基础上，在《从精英向大众高等教育转变中的问题》一文中，明确提出了高等教育大众化的概念和理论体系。该文以高等教育毛入学率 15% 以下、15%~50% 和 50% 以上为界（低于 15% 为精英教育阶段，高于 50% 为普及化阶段），将高等教

1

育发展进程分为精英、大众和普及这三个既相对独立又密切联系的阶段，创立了高等教育发展"三阶段论"与"模式论"。该文从高等教育规模、观念、功能等11个维度，论述了高等教育从"精英"向"大众"、"普及"阶段发展过渡中所引起的一系列问题。马丁·特罗教授关于高等教育大众化的理论提出之后，在世界范围内引起了极大反响。此后，世界各国在探讨高等教育规模扩张问题时，几乎都是以他的学说为基础[1]。

根据马丁教授的理论观点，三个阶段的高等教育的社会功能表现为：在精英化阶段，享受高等教育是少数人的特权；在大众化阶段，接受高等教育是具有一定条件的部分人群的权利；而到了普及化阶段，接受高等教育应该是每一个自愿人群的义务。马丁教授在论述精英教育与大众教育的关系时，特别申明要防止某些误解，其中之一就是不要误以为高等教育发展至大众化阶段就不要精英教育了。他认为"大众型高等教育的发展，不必一定要破坏精英教育机构或其组成部分"，"精英型和大众型高等教育机构同时存在"，"在大众化教育阶段，精英高等教育不仅存在而且很繁荣"。所谓大众化阶段，就高等教育的总体而言，并不排斥而应包括精英教育作为它的组成部分。在美国，既有社区学院，又有研究型大学。事物的发展，后一个阶段包含前一个阶段合理的、为社会所需要的东西是符合事物发展规律的。潘懋元教授认为："教育作为一种社会活动，在它的活动过程中，要遵循一定的规律。在诸多规律中，有两条规律是最基本的，一条是关于教育与社会发展关系的规律，称为教育的外部关系规律，简称教育外部规律；一条是教育和人的发展关系的规律，称为教育的内部关系基本规律，简称教育的内部基本规律。"教育的外部关系规律可以表述为"教育要对社会的经济、政治、文化等的发展起作用"[2]；例如高等教育大众化就是社会和高等教育发展到一定历史阶段的必然产物，这些问题的实现和解决必然受到社会经济、政治、文化的制约，也受到高等教育内部诸因素的制约，同时高等教育又反过来深刻影响着经济、政治、文化、科技的发展。

高等教育大众化阶段是社会发展的必然，教育的产生和发展以及现代教育水平的不断提升与人类社会进步有着密切关系，社会的每一次重大变革和进步都在不断地向教育提出新的要求，产生新的教育思潮。教育的每一次革命都是由社会发展引起的，社会的不断发展都能在教育机构的革新中找到痕迹，教育正在成为衡量人类社会进步的一项重要标志。所以，按照联合国人力发展水平的新的标准，除国民生产总值外，教育、生活质量等也成为衡量社会进步状况的指标。世界银行1991年发展报告中明确指出：单以国民生产总值规模衡量一国经济水平的时代已经结束。1991年世行公布的标准指标体系由4项一级指标和16项二级指标共同构成，其中教育占16项指标中的3项。据悉，该指标体系还准备增加3项国际上比较公认的指标，即人均受教育年限、青壮年文盲率和个人支出中教育支出的比重。如此看来，在可能确定的19项二级指标中，有6项直接指向教育。

在目前世界各国构建现代化指标体系的过程中，教育指标普遍成为其中的重要组成部分，以至于在部分国家，教育被赋予国家核心竞争力的内涵。

高等教育大众化是人类自身发展需要的一种必然选择。教育水平和层次的不断提高，既是社会进步的需要和社会发展的结果，在更深层面上，又是人类自身的再生产，这是人类社会发展的最终目标。人类自身的再生产蕴含着人的智力和潜能的进一步开发，而人的智力和潜能的发展，在相当大的程度上依靠教育。人类自身发展与教育发展之间的关系，已经从人类对教育的被动需求转变为对教育的主动追求；已经从少数人对教育的需求转变为多数人对教育的需求；已经从个体对教育的需求转变为国家和社会对教育的需求。这些需求把教育的层次和类型提升到更高水平，促使教育不断向前发展。

（一）应用型大学的提出与产生

随着工业化进程的推进，社会生产和生活不断涌现出大量的新技术，新成果，使得企业对应用型和实用型人才的需求不断增加和细化，这就要求大学不能仅仅为统治阶级培养有知识、有教养的精神贵族，而且要为工农业生产发展培养应用型科技人才和基层工作人员。此外，经济的发展也使得广大民众有能力也有需求接受高等教育，上大学不再是少数人的特权。这些因素都导致了高等教育向着大众化方向发展和高等学校的功能分化。很多高校开始关注工业社会的生活，接近社会文化的底层，把职业课程逐步引入大学课堂，并越来越注重培养应用型、职业型专门人才，以满足更广泛的社会需求和公民个人需求，"直接为社会服务"成为了这些大学的第三个功能。正是由于大学功能的分化促使大学类型也逐渐多样化，一种新类型的大学诞生了，这种大学兼有普通高等教育和职业教育的特点，即在人才培养上，一方面要培养高级专门人才，另一方面又要突出职业能力的培养。这就是应用型大学。由此可见，应用型大学是经济社会发展和高等教育大众化的必然结果。

（二）国外发达国家及中国台湾地区应用型大学[3]

1. 德国的应用技术大学

20 世纪 70 年代，德国经济的迅速发展，急需面向生产第一线的高级技术人员和现场工程师。当时所有大学的毕业生过于理论化，而职业教育又难以满足科学、技术发展对一线高级技术人员和现场工程师的要求，需要提升教育层次和创新教育类型，因此应用技术大学应运而生，英文翻译为 Applied Science University。它定位于满足职业需求，理论与实践紧密结合，并立足于应用研究和开发，以培养现场工程师为主，以服务区域经济为宗旨，属于非学术性的高等教育，学制四年半。这类大学自诞生以来，取得了极大的发展，并与德国的学术性大学一起构成了一种新的高等教育体系，成为德国高等教育的主要类型之一。

2. 澳大利亚的科技大学网络

澳大利亚的大学大致分为三个集团，即三类：第一类是研究型大学，属于学术、研究型大学；第二类是 20 世纪 60 年代伴随着工业化进程建立的大学，这类大学很想发展成为研究型大学；第三类是从技术学院升格为大学的学校，统称为科技大学网络，它们属于应用型大学，英文翻译为 University For Application。这些应用型大学多是 20 世纪 80—90 年代成立的，是伴随着澳大利亚在高技术和迈向信息社会的过程中建立起来的，它们实施以学科为基础、面向职业和产业结合的学位教育，可以提供面向研究的大学教育，更强调面向行业、结合企业开展应用性的教育和培训。

3. 中国台湾地区的科技大学

20 世纪 90 年代以来，中国台湾地区由技术学院升格了一批科技大学。这些科技大学的出现是因为台湾经济发展、产业升级对技术性人才需求的层次高移而产生教育层次提升的结果。面向职业、产学结合、强调应用是这类大学的特点，学制有 4 年本科、2 年专科起点本科、硕士、博士等。台湾的科技大学类型突出，特点明确，深受企业界的欢迎。

（三）应用型大学的基本特征[3]

（1）以为地方区域或行业经济发展服务为宗旨。不同类型的大学为社会提供的服务也是不同的。研究型大学要承担国家经济发展所必需的尖端技术的研究和开发任务；而应用型大学则必须以为地方区域或行业经济发展服务为宗旨。

（2）以应用性人才培养为目标。与研究型大学培养的精英人才相比，应用型大学培养的人才首先是要直接为生产生活工作服务的一线应用性人才，其应用性集中体现在两个方面：一是学术、技术和职业三者的结合，二是学生社会适应能力和工作能力的提高。

（3）专业设置以新兴专业或新的专业培养方向为主体。应用型大学是与经济、生产第一线和地方大众生活紧密联系并为之直接服务，其培养的人才必须适应社会需要。因此，它的专业设置应以社会经济发展需要的新兴专业和新的专业培养方向为主体，主要培养工程应用性、技术应用性、服务应用性、职业应用性、复合应用性等专业应用性人才。

（4）以构建应用性学科体系，发展应用性科学研究作为学科建设的指导思想。随着高等教育的发展，高等学校改革的出发点应从学科转向市场，也就是说办高等学校并不是单纯地办学科，而是为了社会服务。应用型大学必须以应用为指导，努力建设工程性学科、技术性学科和复合性学科。

（5）课程体系设计强调学科和应用两个方面，两个体系之间是平台建设和应用培养的关系，而非主从关系。应用型大学的培养目标具有培养一线工作服务的应用性人才的特点，对应的课程模式分为三个平台：学科基础课程平台、应用能力平台、基本素质课程平台。每个平台都包括理论课程和实践课程，三个平台的课程贯穿于本科 4 年，学科基础课程平台和基本素质课程平台课程逐年减少，应用能力课程逐年增加。

（6）教学方法是学科性教学方法与应用性教学方法相结合。应用性教育认为学科不仅是专业的基础，也是专业的背景，学科基础课程体系和应用能力课程体系可以同步进行，学生应在学习和实践过程中掌握理论，训练技术，因此，应用型大学的本科教育教学过程中把学科性教育和应用性教育两种教学理念结合起来，构建应用性教育的教学模式和方法。

（7）师资队伍应具备应用能力素质。应用型大学培养的是应用性人才，所以师资队伍不仅要具备较高的学术水平，同时还要有丰富的实践经历和较强的应用能力。

（8）产学研结合是实现应用型人才培养的根本途径。应用型大学培养的是面向生产一线的应用型人才，因此建立产学合作的机制是保证其健康和可持续发展的关键。

二、高等教育分类

高等教育的分类是社会经济、政治和文化发展到一定阶段的产物，也是高等教育发展过程中不能回避的一个基础性的重要问题。19世纪以来，随着世界经济的快速增长，各国的高等教育得到了长足的发展，社会经济结构和劳动分工要求各层次、类型的学校合理分布，功能互补，相辅相成。20世纪中叶以来，许多发达国家进入高等教育大众化或普及化阶段，高等教育呈现出了多样化特点。高等教育的分类对内反映高等教育系统内的分工与协作关系，对外则反映社会人才的需求和供给状况。

（一）发达国家和地区高等教育分类

综观目前国内外高等学校的分类方法及标准，各有千秋，并且与各国高等教育形成和发展的历史背景和文化教育传统相联系。

1. 美国

美国大学分为大学和学院两大类，学制分为四年制和两年制。卡内基教学促进基金会把美国3941所高等学校分成六大类，即：授予博士学位的研究型大学；授予硕士学位的大学；学士学院；副学士学院；专业高等教育机构；社区学院。美国高等教育的发展历程证明了这两类学校可以共存于一个高教系统。在美国，把研究高、精、尖的学问留给研究型大学。

2. 澳大利亚

澳大利亚的高等学校从职能上看大致分为三类。第一类是办学历史较长（成立于英国殖民地时期）的老大学，这类大学受英国传统高等教育的影响较深，在办学模式和人才培养上都强调学术科研，称为研究型大学，主要由悉尼大学等8所大学组成；第二类是20世纪60年代伴随着澳大利亚的工业化进程而建立的9所大学，这些高校虽然也强调知识理论教育和学术眼界，但更为重视应用能力的培养，针对行业的要求实施教育；第三类是从技术学院升格为大学的，统称为科技大学，它们多是 20 世纪 80 年代末至 90 年代成立，伴随澳大利亚迈向信息社会的过程中建设和发展的。它们针对社会人力资源结构的变化，以培养具有现场应用能力为特征的人才，具有鲜明的应用型大学的特征。

3. 德国

德国的高等教育主要由两部分组成[3]：一是大学系统，在传统上主要从事研究活动和非职业的学术型人才培养。二是高等专科学校，它们"以职业教育为方向，大学教授只在某种程度上从事应用研究。"这类适应经济社会发展需要而建立起来的专科学校，是绕过大学而建立起来的，其形成和发展未触及大学系统，大学始终保持了自身的特点。两类高等教育机构自成体系，互有侧重，各有优势，并且各自有评价体系。大学以基础研究和普通教育为主，享有授予哲学博士学位和大学教授资格的特权，招收获得"普通高校入学资格"证书的学生。专科学校则以应用研究和职业教育为主。主要提供实用的职业性短期课程，招收获得"专科高校入学资格"证书的学生，反映到满足社会需求方面，大学毕业生主要分布于政府高级部门、研究机构以及高等学校，而专科学校的毕业生则面对实业界。在德国三分之二的工程师毕业于高专，50% 甚至更高的计算机科学的毕业生拿到的是高专学位，几乎全部中层公务员都是由高等专科学校培养的。尽管高专文凭事实上被认为是低于大学文凭的，但来自实业界的巨大需求，则在很大程度上弥补了这一缺陷。拥有高专学位的学生和拥有大学学位的学生，其薪水在工业界并无较大差异，52% 的招聘广告并不区分大学和高专学位，高专毕业生的失业率低于大学毕业生。大学与其他高等教育机构的这种并行发展的模式，对于两类不同的学校来说都是有利的，专科学校在找到自身位置的同时，代替大学缓解了学生数量上的某些压力，使大学持续保持其"精英"地位。与此相适应，德国政府在处理大学服务经济方面也保持了谨慎的态度，尊重大学的学术特点，对那些直接服务经济社会的高等教育机构，从其特点出发，尽量在新的领域里建立，而不是强求大学举办。这种不同类型的大学按照自身的特点要求发展，互为补充，共同构成高等教育体系的"共生型"发展模式，保证了德国大学近一百多年的历史中能够始终按照自身逻辑发展。

4. 英国

英国的高校有传统高校和地方高校两种分类：在英国，发展地方性高校一直是不同历史时期高等教育规模增长的重要部分。19 世纪下半叶，随着工业革命的发展以及对工程技术等实用人才的需求，英国许多重要工业城市涌现了一大批大学——城市大学。城市大学由地方捐赠，为地方工业发展服务。城市大学区别于传统大学的最大特征在于，其教育目的是为当地工商业发展培养较高级的专门技术人才。一是课程设置的地方性特点突出，办学带有浓厚的地方色彩，反映了各地工商业发展的不同特色，如曼彻斯特欧文斯学院以化学著称，纽卡松学院的工程教育闻名遐迩，谢菲尔德大学学院是全英采矿教育的中心[4]。二是重视技术教育及其应用，大力设置工科专业。实际上城市大学的最初目的是服务于地方的工业革命需要，为工业各部门提供技术开发和应用的毕业生，以此弥补当时高等教育中科学技术教育的不足。20 世纪 60 年代，随着高等教育大众化的发展，英国在相继创建了 9 所新大学的同时，还在大学之外创建了多科技术学院，加强科学、技术和工程教育，以解决社会经济中的实际问题和培养实用新型科技人才。自此，英国的大学分为传统老大学和新大学，老大学保持传统的学术任务，进行基础研究，进行学术性教育，面向全国，经费来自中央政府；高级技术学院、多科技术学院，由地方教育行政部门管理，面向本地区，主要进行高等技术教育，特别是多科技术学院以满足地方工业经济发展为主要目的，侧重于应用和职业教育。目前，虽然由于政策导向上的种种原因，英国高校都提供类似的高等教育，没有严格的区别，但是侧重面依然各不相同[5]。

5. 法国[5]

法国的高等教育系统也分为大学和非大学两部分。非大学部分由两种主要类型构成：大学校和高级技术员班。大学校的教育是职业性的，传统上不进行任何重要研究，目的是为了行政机构训练和培养高水平的官员和工程师，学校通过激烈的竞争来挑选学生，限制学生人数。高级技术员班具有高度的职业性，毕业生将直接进入劳动力市场。大学由短期技术大学和大学两部分组成。短期技术大学开设两年制的职业性质课程，人们期望这类大学毕业生进入劳动力市场，但是大部分毕业生获得大学技术文凭后继续在大学里学习。大学是法国高等教育最大的组成部分，其特点是开放入学，注重过程淘汰；同时保持研究的高水平，训练、培养高水平的研究人员。

6. 荷兰[6]

荷兰的高等教育系统也分为大学和高等职业教育两类。大学从事基础的学术训练，承担科学研究，为研究人员和技术设计人员提供研究生教育，以及为整个社会的利益传递知识。高等职业教育则从事专业教育，承担与高校的教学相关的研究，并且积极地传播知识。

（二）国际高等教育分类标准

欧洲最早的大学产生于 12 世纪的意大利、法国和英国，我们统称为欧洲中世纪大学。早期的中世纪大学均为单科，如巴黎大学的神学府、波隆那大学的法科、萨莱诺大学的医科等。从组织形式上看，中世纪大学的人员构成来自欧洲各个国家，这使中世纪大学的人员具有了一定的国际性。到了 18 世纪，欧洲高等教育机构基本上只有大学一种形式，此后，随着经济的发展和工业革命，大学功能与教育形式得以拓展，尤其是产生了大量的应用型专科或地方性院校，引发了人们对大学功能、理念和高等教育分类问题的探讨。

由于每个国家的历史文化传统以及政治、经济、教育体制等不同，致使各国高等学校层次类型划分既有共性也有自身的特点。联合国教科文组织综合考虑到各国教育上的异同，按照教育计划及人才培养类型制定了《国际教育标准分类法》（1975 年通过，1997 年修订），主要用于各国教育统计和教育分类的指导。

《国际教育标准分类法》将第三级教育（高等教育）分为两个阶段：

第一阶段（即 5 级）：相当于我国高等教育的专科、本科和硕士研究生教育阶段。这一阶段又分为 5A 和 5B 两类，5A 类是理论型的，5B 类是实用技术型的。5A 类又可以分为 5A1 和 5A2。其中 5A1 一般是为研究做准备的，学习年限较长，一般为 4 年以上，并可获得第二学位（硕士学位）证书，"目的是使学生进入高级研究项目或从事技术要求的专业"；5A2 是从事高科技要求的专业教育，学习年限较短，一般 2 至 3 年，也可以延长到 4 年或者更长，学习内容是面向实际，适应具体职业内容的，"主要目的是让学生获得从事某个职业或行业所需的实际技能和知识"，也就是获得"劳务市场所需要的能力与资格"。

第二阶段（即 6 级）相当于我国高等教育的博士研究生阶段。这一阶段"专指可获得高级研究文凭（博士学位）的"、"旨在进行高级研究和有意义的研究"[7]。

1. 分类结果

如图 1 所示。

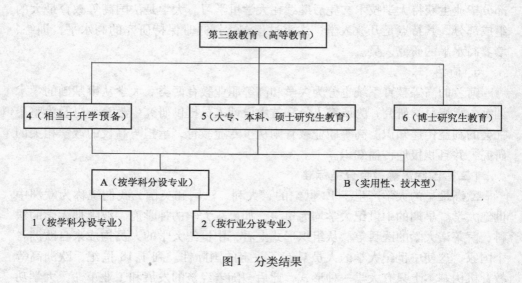

图 1　分类结果

2. 分类标准

如表 1 所示。

表1　　《国际教育标准分类法》第三级教育（高等教育）分类标准

阶段	主要特点	分类标准	补充标准
第一阶段 （5级）	1. 此级由第三级教学计划（即高等教育计划）组成，进入这些计划一般需要完成《国际教育标准分类法》的 3A 或 3B 学业（高中），或达到与 4A（升学预备班）相当的水平 2. 所有学位和资格都按教学计划的类型、国家学位资格或文凭结构和第三级教育的累计时间进行交叉分类	1. 起码入学要求是完成《国际教育标准分类法》的 3A 或 3B 或 4A 的学业 2. 5级的教学计划不可直接获得高级研究资格（6级，相当于我国的博士研究生学位） 3. 必须从 5 级开始时算起至少有 2 年的理论持续时间	1. 教学计划的类型可分成两类：一是理论型、为研究做准备的或可从事高技术要求的专业类计划；二是实用的、技术的，适应具体职业的计划 2. 相当于全日制的理论累计时间 3. 国家学位或文凭结构（第一学位、第二学位或更高学位）
第二阶段 （6级）	1. 此级专指可获得高级研究文凭的第三级教学计划 2. 以旨在进行高级研究和有创新意义的研究为主，而不以上课为主	1. 要求标准：一般要求提交一篇达到发表水平的论文或学位论文，它必须是有独到见解的研究成果并对知识的丰富有重要贡献 2. 次要标准：它培养的毕业生可在提供 5A 教学计划的学校中担任教师以及在政府、工业等部门中担任研究职务	在一些国家中，学生刚开始接受第三级教育时就直接注册于可获得高级研究文凭的教学计划学习，其中集中于高级研究的那部分计划应划归此级

（三）　当前我国高等教育分类法

我国 1952 年按照苏联的模式对全国高校进行院系调整后，建立了以专门学院为主体的高等教育体制。在这个体制下，全国大学实行按学科分类，除少数大学保留若干个学科外，大部分大学都只有一个学科，全国大学分为文理（也称综合）、工科、农科、林科、医药、师范、语言、财经、政法、艺术、体育、民族12 种类型。同时，在国家创新体制方面，实行教学科研分离。高等学校只从事教学；中国科学院、中国社会科学院等科研院所则专事科学研究。1978 年改革开放后，大学逐渐向科学研究、综合性方向发展。今天，许多大学已经成为教学科研两个中心的综合型、多科型大学。

按教育部对学科门的划分和大学各学科门的比例，现有大学分为综合类、文理类、理科类、文科类、理学类、工学类、农学类、医学类、法学类、文学类、管理类、体育类、艺术类13 类。按科研规模的大小，现有大学分为研究型、研究教学型、教学研究型、教学型 4 型。每个大学的类型由上述类和型两部分组成，类在前型在后。进行高等学校分类，一是为了便于我国政府教育主管部门分类指导全国高等学校的发展，为政府对高等教育实行有效的宏观管理提供依据，并针对不同类型、不同层次的高等学校实行不同的管理方法，根据发展目标、办学条件、评估标准、管理权限等各种因素制定并实施不同的政策和要求。二是为高等学校自主定位提供一个明确的参照系，帮助高等学校及时诊断发展过程中存在的问题和不足，引导高等学校根据实际情况合理定位，而不是为了帮助政府教育行政部门去确定高等学校应该如何发展、应该达到什么水平、应该处于什么地位。换言之，政府的责任不是去确定高等学校的"身份"，而是如何通过高等学校分类与定位的政策引导高等学校高质量、高效益、有特色地发展。三是为了给高等教育研究者和政策决策者制定提供一种分析工具，帮助其描述和分析高等教育及高等学校建设和发展中的理论和实际问题，并提出科学可行的解决办法。四是为了巩固并强化高等学校的多样化、个性化的发展趋势，防止高等学校发展同质和趋同现象，更不是引导高等学校朝着一个模式、一个标准发展[8]。著名教育家潘懋元教授认为，《国际教育标准分类法》可以作为我国高等教育分类的参照，因为它所依据的主要标准是专门人才的类型而不只是层次的高低。潘教授在联合国教科文组织的国际教育分类法的基础上对高等学校进行了分类，分别是综合性研究型、专业性应用型、职业性技能型[7]。

在此基础上，潘教授认为我国高等教育可以分成三类：第一类是少量的综合性、研究型大学，其开展综合性研究型高等教育，培养拔尖创新人才；第二类是少量的专业性、应用型大学或学院，其开展应用性教育，培养有宽厚理论基础的不同层次的工程师、经济师、临床医师、律师等；第三类是更大数量的职业性、技能型的高职院校，其开展职业技能性高等教育，培养生产、管理、服务第一线从事实际工作的技术人员。

参 考 文 献

[1] 邬大光. 中国高等教育大众化问题研究 [M]. 北京：高等教育出版社，2004. 1.

[2] 潘懋元. 新编高等教育学 [M]. 北京：北京师范大学出版社，1996. 12～14.

[3] 高林. 应用性本科教育导论 [M]. 北京：科学出版社，2006. 9.

[4] 杨春梅. 英国大学课程改革与发展 [M]. 北京：北京理工大学出版社，2006. 56～58.

[5] 钱国英. 高等教育转型与应用型本科人才培养 [M]. 浙江：浙江大学出版社，2007. 12.

[6] 弗兰斯·F·范富格特. 国际高等教育政策比较研究. 王承绪等译 [M]. 杭州：杭州大学出版社，2001.

[7] 潘懋元，吴枚. 高等学校分类与定位问题. 复旦教育论坛，[J]. 2003（3）

[8] 陈厚丰. 中国高等学校分类与定位问题研究 [M]. 长沙：湖南大学出版社，2004. 4.

第一章　我国应用型大学的产生、基本特征和分类

一、我国应用型大学的产生

随着中国 20 世纪 70 年代以来改革开放的深入进行，中国高等教育面临着如何适应新的经济形势而进行全面而深刻的改革。20 世纪 90 年代，在我国高等院校普遍开展了教育思想大讨论。人们在深刻反思和总结我国高等教育发展过程中，一方面肯定了建国以来我国高等教育事业取得了巨大的成就，培养了大量的社会主义建设人才，另一方面也反思了高等教育在长期计划经济体制下所产生的一些弊端，有些专家学者将这些弊端概括为"教育观念过时、教育内容陈旧、教育方法落后"，主要反映在教育脱离社会经济，高校封闭与社会办学。

针对我国高等教育的这些弊端，2001 年教育部《关于加强高等学校本科教学工作提高教学质量的若干意见》中强调"以社会需求为导向，走多样化成才培养之路。高等学校要根据国家和地区、行业经济建设与社会发展的需要和自身特点，结合学校实际和生源状况，大力推进因材施教，探索多样化人才培养的有效途径。"同年，教育部又在《关于做好普通高等学校本科学科专业结构调整工作的若干原则意见》中，再次强调"大力发展与地方经济建设紧密结合的应用型专业。随着我国高等教育规模的扩大以及产业结构调整步伐的加快，社会对高层次应用型人才的需求将更加迫切。高等学校尤其是地方高等学校，要紧密结合地方经济建设需要，科学运用市场调节机制，合理调整教育资源，加强应用型学科专业建设，积极设置主要面向地方支柱产业、高新技术产业、服务业的应用性学科专业，为地方经济建设输送各类应用性人才"。

2001 年 4 月，教育部在长春召开了"应用性本科人才培养模式研讨会"。本次会议探讨了应用性本科人才培养目标的定位、应用性本科人才的设计，以及应用型人才培养方案和途径等具体问题。

2002 年，党的十六大报告指出"要造就数以亿计的高素质劳动者、数以万计的专门人才和一大批拔尖创新人才。"该报告不仅提出了国家发展需要的人才培养的战略目标，而且明确了按不同层次类型对人才进行分类培养的战术思想。从而在一定意义上指明了不同的高校应该具有不同类别的人才培养功能。应用型教育、应用型人才、应用型大学和应用型专业的概念及其内涵，在我国社会和高等教育界逐渐清晰并得到明确。

2007 年 5 月，在上海举办的应用性本科教育学术研讨会上，潘懋元教授指出，目前越来越多的高等院校将原来的综合性、研究型的大学定位转变为多学科

性、应用性或职业性、技能型院校。他强调，每所高校在制定发展战略时，必须实事求是地研究地方经济、文化、高教、生源等客观环境和不同类型、层次、专业的社会需求，并结合文化积淀和社会声誉、师资力量与特长等自身的特点和优势，在各自层次和类型中争创一流。应用型大学则是其中的一个重要类型。所以，应用型大学在我国的出现既是社会经济需求的必然，也是改革发展的结果。

印度的高等教育改革与发展之路，对我国高等教育具有典型的借鉴意义。20世纪80年代中期，印度高等教育进行了较大的规模扩张，并经受了一系列高等教育改革的阵痛，最为明显的是许多大学生毕业后难以就业。然而，经过十几年的发展，印度经济发生了巨大变化，尤其是软件产业的崛起，引起了人们对印度模式的重新反思。人们发现，正是印度高等教育的大发展，为其后来的经济腾飞储备了大量人才，尽管这些人才当时在国内并没有很好的发展空间，纷纷走到国外，但是，十几年之后，他们重返祖国，并且给印度带回了技术和经济的优势。

精英教育一直是高等教育的传统，也是其发展过程中一个相对稳定的价值选择。在某种意义上，精英化是传统高等教育中一个永恒的价值取向。但历史的发展总是辩证的，昔日高等教育得以存在的价值标准，也许以后会成为高等教育诉求新的合法性来源、进行新的价值观选择的一个障碍。因为，传统上高等教育的精英化在一定程度上是由于历史的局限性造成的，而不是在精英之外人们没有接受高等教育的需求。当高等教育主要是为国家培养政治领袖和经济精英服务时，高等教育的精英选择是当然正确的。但今天的社会，随着社会的发展，高等教育不再是精英教育的特权，大众出于职业考虑以及自身发展的需要接受高等教育，开始成为高等教育合法性的基础。换言之，高等教育的存在价值开始取决于大众的需要，只有满足了大众接受高等教育的需要，高等教育的存在才有其合理依据。

精英高等教育的重要特征是学校远离社会。但从世界高等教育大众化的趋势来看，我国的高等学校，尤其是地方高校应重视从"学"向"术"转变。即从"追求、发展和传播知识"向"敏感、积极地应对市场反应"转变。为了适应这种转变，我国政府从20世纪80年代就提出了推进素质教育的教育战略，让素质教育贯穿于课程体系和教育教学中。这里的素质教育有两层含义。第一，"素质教育"相对于"专业教育"，它强调了每个专业宽厚的知识基础，使专业在精深的同时能汲取更广阔的发展养分。第二，素质教育要解决现存工具化倾向使人客体化的问题，培养全面发展的人，从以人为本的科学发展观来讲，这正是我国推进高等教育大众化的真正目的所在[1]。

二、我国应用型大学的发展途径

应用性高等教育已经成为我国大众化高等教育的必然产物和发展趋势。从高等教育发展的特征看，21世纪是中国高等教育优先发展的世纪，我国高等教育由精英化走向大众化，并在办学规格、办学层次、办学类型上出现了多样化特征，发展应用性高等教育培养应用型人才正是顺应了高等教育这一发展规律的正确抉择。国际高等教育的发展经历告诉我们，在大众化高等教育阶段，高等教育规模将持续扩大，但主要不是扩大学术性精英教育，而是应该大力发展应用性高等教育，大大增加培养应用型人才的数量，这是许多发达国家高等教育大众化历程总结出来的经验和规律。

借鉴国外及我国台湾地区应用型大学发展的途径，结合应用型大学的特征以及我国大陆的实际情况。我们认为我国应用型大学的发展主要有以下三种途径。

1. 由教学型大学向应用型大学发展

教学型大学在我国为数众多，并且多属于以本科层次教育为主的地方院校。它们侧重于教学，科研规模和力量相对较小。随着近年来的扩招，教学型大学的录取分数线越来越低，生源主体多数为居于高考成绩中间段甚至是中间偏下的学生。对于这样的大学，从理论上分析可以有两种发展途径，一种是按照我国高校发展的传统途径，向着研究型大学发展；另一种是向着应用型大学发展，基于对两种发展途径的可行性分析，可以看出根据我国目前的实际情况，教学型大学向研究型大学发展是很难成功的：首先，研究型大学在高等教育大众化阶段实施的是一种"质"的教育，是着重优秀的教育。因此，其科研规模、教学经费以及生源质量都与优秀教育相匹配。从教学型大学目前的实力看，它想要发展成研究型大学是在短时间内无法实现的。其次，研究型大学培养的是未来的国家政界、商界、科技界以及教育界的领导人，这些人才是我国社会发展所必需的，但是需求量较小。我国目前的经济建设还需要数以万计的面向生产第一线的应用性人才、实用性人才。这些人才的培养仅靠专科层次的高等职业教育来完成是不能满足社会需要的。因而，作为本科层次教育的教学型大学必然要成为培养应用性人才的主力军，它如果继续向着研究型大学的方向前进就会与社会发展产生矛盾，不符合高等教育的发展规律。综上所述，我们认为教学型大学向着应用型大学的方向发展才符合科学的发展观，与我国高等教育改革和发展的主旋律保持一致，教学型大学已经具备成为应用型大学的办学基础和条件。但是受精英教育的影响，当前我国多数教学型大学仍采用学术性教育的办学理念和办学模式，这种办学理念和模式的存在就成为其发展为应用型大学的障碍，必须进行改造：

（1）转变办学理念。教学型大学应认识到不同类型大学应有不同的人才质量标准。应用型大学承担的是为国家培养面向生产一线的应用性人才，与研究型大学同等重要，而且也能在自己的层面上办出水平，达到一流。

（2）进一步明确办学定位。教学型大学要建成应用型大学，还须进一步明确自身的定位。它首先应能为地方生产、建设、管理、服务第一线培养下得去、留得住、用得上的大量高级应用型人才，为地方经济的发展提供智力保障；其次能为地方经济建设与社会发展解决难题，尤其是为生产、建设、服务与管理第一线推广高新实用技术，为提升地方企业的科技含量，提高产品的市场占有率服务；最后能为地方各类专业技术人才继续教育、终身教育提供培训基地与教育基地。

（3）转变办学模式。主要有三方面：第一，应改变传统的"先理论、后实践"的教育理念和"正三角型"课程模式，按照"学科—应用型"理念设计课程体系。第二，应要加强具有应用能力的教师队伍建设。第三，应紧密依托行业和当地政府与企业，建立产学研密切结合的运行机制，推进教育和应用性科研的结合。

2. 由高职院校向应用型大学发展

高职院校升本发展成为应用型大学应注意以下几点：

（1）注重应用性学科体系的构建，发展应用性科学研究。高职院校的课程摆脱了学科系统化的三段式模式课程，其专业学科体系让位于专业的职业能力体系，在学科建设方面与本科层次的院校有很大差距。所以，高职院校要建成本科教育层次的应用型大学，就必须加强工程性学科、技术性学科和复合性学科等应用性学科的建设，制定鼓励应用性研究的政策措施。

（2）课程设计应注意本、专课程衔接。由于高职院校注重学生职业能力的培养，使学生在专门技术能力的掌握和熟练程度上要优于本科生，但其缺少的是学科基础和职业能力的进一步提升。因此，课程设计应注意学科基础知识的补充和职业能力的提升，尤其是加强对学生技术研发能力和分析解决问题的方法能力等应用能力的进一步培养。

（3）加强师资队伍建设，提高其从事应用型教育的执教能力。高职院校的师资整体条件和实力与应用型大学要求的师资条件还有一定距离，特别是学术水平和科研能力。因此，高职院校必须加强师资队伍建设，不断提升教师学历层次和应用性研究能力，促进教师提高从事应用型教育的执教能力。

（4）进一步突出产学合作教育。凡是已取得良好社会声誉的高职院校基本都是在产学合作教育方面取得了很多成绩，建立了良好的产学合作运行机制的学校。但是，应用型大学不仅要为本地区培养大批应用性人才，更要有通过应用性研究，将研究成果转化成生产力，从而促进区域经济的发展方面的服务。就目前而言，高职院校在产学合作教育方面，所欠缺的是科研成分较少。因此，高职院校除继续加强产学合作教育外，还应鼓励教师开展应用性研究，积极参与企业的科技创新活动，促进科研成果的转化。此外，一些民办高职院校在向应用型大学发展的过程中还应注意规范教学管理和基本教学要求。

3. 独立设置的重点大学二级学院尝试以新机制向应用型学院发展

除上述两种应用型大学的发展途径外，还有一种途径就是独立设置的重点大学二级学院尝试以新机制向应用型大学发展。独立设置的重点大学二级学院在向应用型学院发展的过程中，除应与教学型大学一样在办学理念、办学定位以及办学模式方面进行改造外，还应注意：第一，二级学院要充分利用重点大学的声誉和学术优势与行业和企业建立良好的产学研合作关系，以促进应用型教育的发展。第二，重点大学应给予二级学院更多的自主权利和优惠政策，扶持其发展应用型教育。同时，通过发展应用型教育，改变目前大学教育的传统模式和培养目标，加强同企业和地方的联系，进而提高自身的竞争能力。第三，重点大学应为二级学院创设条件，建立学术型教育和应用型教育的相互融通和交流。学生可以在两条教育通道互换跑道。

上述是我国应用型大学发展的主要途径。为了保障我国应用型大学的顺利发展，国家和地方政府机构必须为这些学校提供必要的政策和经费支持：第一，地方政府要加大对应用型本科教育的投入，提高应用型本科教育投入在高等教育投入的比重，并在办学用地以及其他社会资源等方面给予优惠政策或政策性的倾斜；第二，政府应分类指导，针对不同类型的本科教育制定不同的评估标准和评价方案，鼓励学校按照自己的定位要求，健康发展，争创一流。同时国家应像实施"211工程"那样，实施建设优秀应用型大学工程。

三、应用型大学的内涵与基本特征

（一）应用型大学的内涵[2]

大学的属性和类型是由它的内涵决定的，学校的基本内涵包括办学定位、办学模式、人才培养目标等方面。

1. 学以致用、应用为本的办学定位

教育部在本科教育与教学评估的有关文件中明确规定，学校的办学定位一般包括办学目标定位、学校类型定位、教育层次定位、学科专业定位和服务面向定位5个方面。目前，我国的应用型大学多是改革开放以后新建的大学以及适应地方经济发展需求兴办的地方性大学。办学目标以培养为地方经济或区域经济服务的具有适应现场、基层、一线生产、服务、管理等方面专业能力的应用性人才；学科专业的设置以地方经济发展需求或行业对人才的需求为导向；这些大学多以本科层次教育为主体，兼顾高等职业教育和少量研究生层次的教育。总之，学以致用是应用型大学的办学宗旨和基本定位。

2. 以行业需求为导向的学科专业设置

应用型大学产生的历史背景和社会背景决定了这些大学必须适应我国经济改革所推动的产业结构变化和地方经济迅猛发展对人才的需求。因此，应用型大学的学科专业设置必须符合地方和区域经济的发展需求，做到学科专业布局合理，面向地方或行业的急需培养人才，才能保证专业的生源和专业建设的活力。

3. 以突出实践性教学和培养应用能力为主旨的教学体系

应用性人才的培养，要由应用性教学实现。应用性教学的显著特征，是以能力为本位的教学体系，通过教学行为过程，使学生获得能够适应基层工作岗位所需要的知识、能力和素质。教学的本位和教学的目标决定了教学体系的设计应该是：保证学科知识的同时，必须强调专业能力的培养；既要保证课堂理论课程对现实经济技术发展所必须的信息要求，还要突出课堂实践课程对专业能力、工程技术、技术技能等实践性能力的培养。因此，在课程体系设置中，除了理论课程体系外，实践性教学环节、实践性教学体系在整个课程体系中占有特殊的重要性。

实践能力的培养应该贯穿整个教学体系，是教学体系中的主线。教学设计中，能力的培养是设计的重心；在理论课教学中，能否反映启发和培养学生分析问题和解决问题的能力，以及能否适时地在理论教学中引入新思想、新技术核心的管理方法，是评价理论课教学质量的重要指标；在毕业设计（论文）中，选题是否联系社会实际，是否具有应用价值，以及毕业设计作品（论文）能否反映学生运用专业知识解决实际问题的应用能力，是衡量毕业设计（论文）的重要判据。

4. 具有以应用能力和实践经验的教师为主的师资队伍

教学是由教师完成的。应用性的教学体系，需要由具有应用能力和实践经验的教师进行设计和实施。既具有教学技能又有实践经验可以称之为"双师型"教师，师资来源渠道的多元化是实现"双师型"教师队伍的有效途径。多元化的途径包括：从生产、服务、管理的一线岗位聘请具有教师素质的人员作为教师，还可以从社会的企事业单位聘请一批具有实践经验的人员作为兼职教师；另外从教师中选派一批到企事业单位一线岗位做实践性进修，使其提高实践应用能力。总之，能够承担并能实现应用性教学任务的师资队伍建设，是决定应用型大学办学定位和办学质量的关键。

5. 产学研合作教育成为常规的人才培养模式

从理论上人们都承认并接受产学研合作教育是培养现代人才的重要途径。无论是应用型大学还是其他类型的大学都在强调校企合作，推进产学研合作的模式。改革开放以来，高等教育的改革推进了各类高校的产学研合作教育，并取得了一定的成效。不同的高校，根据自身的特点和教育需求，与社会、行业、企事业单位进行着不同方面的教育合作，有的侧重于学生实习、实训、毕业设计和社会实践，有的侧重于科学研究、技术研发、教育培训。

（二）应用型大学的基本特征

"应用型大学"是伴随着高等教育大众化而兴起和发展的"新型大学"。在国际上，特别是经济发达的国家和地区，应用型本科教育早已有之。从 20 世纪中叶起，随着西方各发达国家进入高等教育大众化阶段，以工程教育为代表的应用型本科教育在各国迅速崛起。美国有四年制工程教育，德国有应用科学大学，法国有大学校。其在专业设置上侧重应用技术、重视实践教学、以培养各类高级专门人才为主。

可见，应用型大学是一种随着经济社会发展需要应运而生的新型大学，它与传统的研究型大学相比，具有比较明显的区别。当前对"应用型大学"的定义虽不尽一致，但也表现出一些共同的特征。

（1）教育目标突出应用性。随着高等教育大众化阶段的到来，应用型大学将培养目标调整为具有较强的社会适应性，一专多能，既懂得专业基础知识理论和基本技能，又掌握各种现代化工具的高素质复合型人才。

（2）人才去向基层化。随着精英教育向大众化教育阶段的转变，应用型大学本科毕业生的就业层次逐渐下移和基层化，博士生和硕士生从事了原先本科生从事的工作，应用型大学本科生则更多的来到生产、管理、建设的基层部门。因此，应用型大学培养的应用性人才具备有为生产第一线服务的特点。

（3）教育内容和课程体系实用化。随着大众化教育进程中生源质量差异化，教育目标多元化和人才界定基层化的转变，应用性教育的教学内容和课程设置也随之发生变化。这些变化体现在：

①缩减纯理论性的教学内容，增加实践性、操作性强的教学内容；

②课程设置多样化，给学生更多的选择余地和空间，学生在选择组合方面由被动转为积极主动，学习时间也更加灵活多样。

（4）教学方式的多样化。由于精英教育时期的本科教育是培养理论型、研究型的高层次人才，教学方式多采用传统的课堂讲授方式，而大众化应用性教育侧重培养具有较强适应性的基层实用型人才的理论应用能力和实际操作能力，因此除了传统的课堂讲授，还要采用案例教学，模拟实验教学，分组研讨教学、项目教学、社会调研以及社会实践等丰富多彩的教学方式，这样才有助于培养学生的实践能力，培养具有较强社会适应性的复合型人才[3]。

四、我国应用型大学的分类[4]

我国应用型大学萌芽于改革开放之初，兴起于 20 世纪 90 年代，在 21 世纪初得到了迅速发展。应用型大学作为一种新的高等教育类型，经过不断改革和实践，已经取得丰硕成果，而且在我国高等教育体系中具有不可替代的特殊战略地位和作用。

应用型本科院校构成了地方院校的主体。从办学历程上看，应用型大学大致可以分为以下几类：

第一类是随着高等教育规模的不断扩大，高等教育大众化的教育背景下，改革开放前成立的部分本科院校逐渐由研究型大学转型为应用型高校，如北京工商大学、上海对外贸易学院、郑州航空管理学院、西安工业大学等。

第二类是改革开放初期建立的本科院校。如 1985 年由北京地区 12 所大学分校组建而成的北京联合大学，是地方院校的一个代表。1985 年由上海交通大学机电分校和华东纺织工业学院分院组建的上海工程技术大学、还有 1986 年建立的宁波大学、1980 年成立的合肥联合大学。

第三类是由高等工程专科学校升格的本科院校。1949 年后，为满足经济社会发展对工程技术人员的大量需求，新建了一批高等工程专科学校。随着社会对更高层次工程人才的需求，这批高等工程专科学校纷纷在 20 世纪 90 年代或 21世纪出升格为高等工程院校。如长春工程学院、黑龙江工程学院、徐州工程学院、杭州应用工程技术学院等。

第四类是由高职院校升格为本科院校。1998 年至 2007 年的 9 年间，我国新增设本科院校 211 所，如上海电机学院、上海应用技术学院、东莞科技学院等。

第五类是由高等师范专科学校升格的本科院校。除培养师范生还培养大量的非师范生。在教育类型上，以应用型本科教育为主。如西安文理学院、临沂师范学院、绍兴文理学院、重庆文理学院等。

五、应用型大学的发展战略

（一）校企结合、应用为本的发展战略

应用型大学应坚持应用为本的发展定位，应用型不等于层次低，学校的层次的高低不是由学校类型决定的，培养理论型人才的大学不一定就是重点大学、研究型大学。应用型大学可以培养理论型人才，研究型大学也可以培养应用型人才。历史证明，以应用为主的教育可以成为世界一流的教育。创建于 1861 年的麻省理工学院当时只是一所技术学院，虽然后来增设了人文、社会科学等系科，但学院仍保持了纯技术性质的特色，"有用"始终是麻省理工学院的核心理念。斯坦福大学在 1891 年创建时就认为，大学不是搞纯学术的象牙塔，而是研究与发展工作的中心，"实用教育"、"创业教育"成为其办学的优良传统，在科学研究上也更多地偏重于应用或具有应用前景的课题。[5] "校企合作"的发展战略对应用型大学而言，校企合作的根本意义在于将学校的单一人才模式转化为校企合作、双轨培养模式，即从培养方案的制订到教学内容的选择，从教学时数的分配到教学方法的确定，从考试到毕业设计的选题、范式和评价标准等全部教学过程，不再是学校独家的运作，而必须还有社会、企业以人才培养为目标和指向的直接参与者。大学与企业合作的一个重要表象就是高校利用科研成果开展创业活动，企业为高校的科技成果、项目转化提供环境和多方位的服务，使企业减少初始投资，降低风险，同时，企业的技术水平提高也促使高校进一步提高科研水平。

（二）为地方经济建设服务的发展战略

应用型大学一般由当地政府投资与管理，必然要服务于地方经济建设的需要，服务地方是其存在的基本前提和价值体现。服务地方经济也有利于高等学校在管理体制、运行机制、专业设置、资源利用等方面进行深入改革。不仅要注意研究国家经济政策的变化，也要研究与地方高校技术优势相匹配的技术市场的

变化。

（三）　培养复合型应用性人才的发展战略[4]

当前，在我国高等教育迈向大众化阶段的时候，也出现了有关质量问题的种种质疑。究其原因，一方面固然是与近几年，特别是 1999 年和 2000 年两年，在缺乏准备的情况下的大扩招，导致许多学校办学条件过于紧张有关；但恐怕也与人们长期形成的"大一统"的质量观有关。对于前一个问题，可以通过以政府投入为主的筹措经费的办法予以解决；至于后一个原因，解决起来难度更大，但意义深远。

随着我高等教育大众化阶段的到来，我们必须重新审视今天的高等教育，树立新的高等教育质量观，其最显著的特点是质量和质量标准的多样化。从传统到现代教育质量观转变的主要标志是 1998 年联合国教科文组织在巴黎召开的首届高等教育大会。在此之前，各国对高等教育质量观的认识仍然停留在传统的意义上，之后，各国则普遍认同了联合国教科文组织的新的界定：高等教育的质量是一个多层面的概念，在确定国际公认的可比较的质量的同时，对国家、地区和学校具体情况予以应有的重视。

传统的高等教育质量观是精英高等教育的质量观，一是强调以学术、分数为考核的基准，很少考虑以人为本的全面素质的培养与提高。二是强调质量标准的单一性。三是强调"精英式"的质量标准。我国高等院校的在校学生都是经过层层选拔的，从小到大所接受的都是精英式教育。所面临的都是不断地竞争、升学与考试。而现代意义上的高等教育质量观，是从全新的视角和多层面的意义上加以解释的，它最主要的特点是"质量"和"质量标准"的多样化。这个新界定包括以下几个方面：一是高等教育的质量是一个多层面的概念，二是高等教育的质量包括国际交往与合作，三是建立独立的国家评估机构和确定国际公认的可比较的质量标准[6]。现代高等教育的明显变化之一是高等教育质量观是一个多层面的概念。高等学校对社会有三层责任：提供科研服务；服务社会；培养人才。不仅要体现学术和精英，还要体现大众和职业要求。变化之二是教育质量评估更加公正、科学和国际化。联合国教科文组织提出通过"建立独立的国家评估机构和确定国际公认的可比较的质量标准"以体现公正，同时这也是质量评估科学性的保证，因为"独立的国家评估机构"避免出现方案的制订者、实施者与评估者混为一体，进而影响评估的科学性和公正性。没有经过国际公认显然没有说服力，而且在很大程度上会被认为是缺乏科学性和公正性的表现。变化之三是高等教育质量评估标准不唯一。精英型高等院校有其自身的教学质量评估标准，而应用型大学显然要制定一套符和切身实际的教学质量评估标准，应客观地看到，保持各类大学自身的特色是社会所需要的。

参 考 文 献

［1］贺金玉．中国地方新建本科院校的办学定位［M］．北京：高等教育出版社，2009.

［2］张丹海．应用型大学教学质量引论［M］．北京：中国计量出版社，2009.

［3］孟宪东．应用型大学思想政治理论课教学模式研究［M］．北京：中国政法大学出版社，2007.

［4］高林．应用性本科教育导论［M］．北京：科学出版社，2006.9.

［5］弗兰斯·F·范富格特．国际高等教育政策比较研究［M］．王承绪等译．杭州：杭州大学出版社，2001.402.

［6］联合国教科文组织．21世纪的高等教育：展望和行动世界宣言［R］．教育参考资料，1999.3.

第二章 应用型本科人才培养模式

一、人才培养模式概述

在汉语中，模式的"模"，有模型、模范和榜样等含义，模式的"式"指样式、形式，现代汉语词典对模式的解释为：某种事物的标准形式或使人可以照着做的标准。在西方，"模式"一词是从一般科学方法或科学哲学中引用而来，其英文词为 model，原意是模式、模型、典型、范型等。它表示用实物或符号形式将原物、活动、理论等仿制、再现出来。美国两位著名比较政治学者比尔和哈德格雷夫在研究一般模式时所下的定义有三个要点：一是模式是现实的再现，是对现实的抽象概括，来源于现实，不是凭空捏造或闭门设想的；二是模式是理论性的，它是一种理论的表达，代表着一种理论内容，不是简单的某种方法，如果把模式等同于方法，那就降低了它的理论层次与价值；三是模式是简化的形式，是对理论的精心简化，是一种最经济明了的表达。模式作为一种科学认识手段和思维方式，它是连接理论与实践的中介[1]。教育工作者将模式研究引入教育科学的研究中来，主要是为了透过教育现象，撇开教育中非本质、次要的属性和因素，凸显其结构、关系、状态、过程，以便获得对教育更深刻、更本质的认识，用于指导教育实践。《国际教育百科全书》对模式的叙述是："对任何一个事物的探究都有一个过程。在鉴别出影响特定结果的变量，或提出与特定问题有关的定义、解释和预示的假设之后，当变量或假设之间的内在联系得到系统的阐述时，就需要把变量或假设之间的内在联系合并成为一个假定的模式"[2]。

（一）人才的内涵及分类

1. 人才的内涵

"人"为万物之灵，"才"为人中之英。不同的文献资料对"人才"的界定不同，标准和尺度也不一样。人才通常指智能水平或实际贡献比较杰出的人。新编《辞海》对人才的界定是：有才识学问的人，德才兼备的人；王鹏在《用人之道》中提出[3]："人才，有脑力劳动者，也有体力劳动者，在有学历、文凭的人员中有，在无学历、无文凭的人员中也有。只要知识丰富，本领高强，对社会进步有贡献者，皆可成为人才。"可见，人才是一个相对的、发展的概念，不同的社会环境、不同的时代背景、不同的社会需求，也会提出不同的人才标准。而且，人才标准一旦确立，会对不同层次、类型的教育提出不同的要求。

人才的内涵相当丰富，随着时代的变化及历史进程阶段的不同其含义亦有所差异。进入新世纪，随着经济全球化和科学技术的迅猛发展，人才全球化趋势进一步增强；全球范围内的经济结构调整对人才素质提出了更高要求；综合国力的竞争更加倚重于科技进步和人才开发。可以说，20 世纪世界的财富源于物质资源，而 21 世纪世界财富则源于人力资源。以综合国力为核心的国际竞争归根结底是人才竞争。谁能加快培养创新人才，谁就能抓住历史机遇，在未来的发展中赢得主动权，抢占国际竞争的制高点。概括来说，21 世纪需要的人才是复合型人才，既掌握了丰富的知识，又具备独立思考和解决问题的能力，善于自学和自修，并可以将学到的知识灵活运用于生活和工作实践，懂得做事与做人的道理，勤奋好学而且融会贯通的人才；是能通晓相关专业、相关领域的知识，并善于将来自两个、三个甚至更多领域的技能结合起来，综合应用于具体的问题的跨领域的综合型人才；是能以创新推动实践，以创新引导实践，将创新与实践相结合的人才；是富有创意，善于独立思考和解决问题，具有认识自我、控制情绪、激励自己以及处理人际关系、参与团队合作等相关个人能力，能分辨是非、甄别真伪的人才；是热爱所从事的工作，乐观向上，具有开展全球化合作交流和沟通能力的人才。瞬息万变的 21 世纪，还是能力需求多元化的世纪，理论与技术走向一种互补的综合的发展趋势，传统的职业岗位也需要一定的专业理论，同时传统的学术领域也需要有大量的动手能力强的高技术人员。

2. 人才的分类

通才：具有广博的知识，且基础知识和专业知识的关系比较松散；此类人才基础理论扎实、知识面宽、适应性强，在工程科学技术的某一领域有多种发展的可能性人才。

专才：受过经济建设直接相关的专业教育和高度专业化的工程训练。基础知识和基本能力与专业知识之间具有较密切的关系，基础为专业服务，专业面一般比较狭窄，在课程体系上重理轻文。

复合型人才：跨学科、跨专业，学生具有本专业较扎实的基础理论知识、专业知识，以及人、文、经、管、等方面的知识，又具有本专业以外第二或第三个专业方面的基本知识与技能。如硬科学与软科学知识兼备、理工结合的复合型工程技术人才；既懂生产技术，又懂经济管理，既有国际贸易知识，又掌握外语工具的复合型技术经贸人才。

交叉型人才：随着科学技术突飞猛进的发展，新型的学科专业不断涌现。这些新兴的科技领域打破了传统的学科专业界限，产生并形成新的学科交叉融合，生成新的交叉学科专业。如生物学与电子学的结合生成生物电子学；艺术的再度复兴，并向工程学渗透，出现了建筑艺术、产品艺术新学科；以及新能源、新材料等学科的产生。鉴于以上新型交叉学科专业的出现，交叉型人才应运而生。

（二）应用性人才的内涵

任何社会的发展都依赖于两种需要的推动，一种是认识世界的需要。即认识世界的本质属性及其客观规律；另一种是改造世界的需要。即利用客观规律以服务于社会实践。众所周知，人类认识世界的终极目的在于改造世界，也就是说，要把客观规律转化为具有社会使用价值的物质或非物质形态。在客观规律转变为社会直接利益的过程中，存在着两个转化；一个是把客观规律转变为科学原理，比如相对论、量子论、电磁波、热力学原理等；另一个是把科学原理应用于社会实践，从而转化为产品（物质的或非物质的），第一个转化是科学原理的发现过程，应属于科学"研究"的范畴，第二个转化显然属于科学"应用"的范畴[4]。人类活动可归结为认识世界（认识世界的本质属性及其规律）和改造世界（利用客观规律服务社会实践）。

与此相对应，社会的人才需求也可分为两大类，一类是发现和研究客观规律的人才，称为学术型人才，他们主要致力于将自然科学和社会科学领域中客观规律转化为科学原理。比如物理学家、经济学家等；另一类是应用客观规律为社会谋取直接利益的人才，称为应用型人才。即将科学原理演变为或新发现的知识直接用于社会生产生活密切相关的社会实践领域。

根据在活动过程中所运用的知识和能力所包含的创新程度、所解决问题的复杂程度，可以将应用型人才分为不同的层次。第一层次的应用型人才，主要从事应用性研究活动，他们富有创造能力和对技术革新的新要求，在经济和社会发展过程中主要承担发明创造的重任。第二层的应用型人才，主要是从事设计、开发、管理、决策等活动，他们把发现、发明、创造变成可以实践或接近实践，主要承担转化应用的职责。第三层次的应用型人才，把决策、设计、方案等变成现实，转化为不同形态的产品，主要承担生产实践任务。每一种应用型人才都是社会生产链条上不可或缺的一环，对于社会经济发展各有其独特的作用。从概念本身而言，应用型人才是相对于理论型（学术型）人才而言的，他们只是类型的差异，而不是层次的差异。前者强调应用性知识，后者强调理论性知识；前者强调技术应用，后者强调科学研究；前者强调专精实用，后者强调宽口径厚基础。从推动社会生产的角度来说，两者都是国家不可或缺的人才；从提高生产的效益和工艺水平上讲，应用型人才的作用更为显著。目前，我国正处于高新技术发展与产业结构调整转型的重要时期，生产过程不仅需要大量的技术工人和普通技术管理人员，而且更需要大量的高级工程技术人才和高级生产管理经营型人才。有技术有技能的应用型人才已经成为我国社会经济发展中非常关键的因素，因为很多创造最终效益的活动往往是在生产实践中产生的，而不是全在实验室里产生的；很多产品的质量问题不是理论问题，而是技术问题。每一种类型的人才只是类型的差异，不存在高低贵贱之分[5]。

（三）应用性人才的能力结构

应用型人才究竟应当具备什么样的能力，已是教育界多年来探讨的热门话题，也是许多高校教育教学改革所探讨的一个重要内容。我们认为，在现实的社会生产实践中，各行各业及岗位、岗位群对应用型人才应具备的能力要求，无法统一，但作为一名合格的应用型人才，至少应当具备以下几个方面的基本能力。

1. 学习能力

学习能力是知识的获取与再现能力。知识获取能力指大脑对知识的吸收、加工、储存能力。在现代社会里，信息量之大难以统计，一个人能捕捉到多少有效信息和他的获取知识的能力有关。知识再现能力指一个人面对实际的学习情景或工作情景对知识的回忆与表现能力。它包括三个层面，第一层面是机械性的功能回忆，即面对新的学习情景或具体的工作情景，回忆起过去所学知识。第二个层面是简单的知识加工，即将已有的知识进行简单的加工，用于解决一般性学习问题或完成一般性工作任务。第三个层面是知识创新层面，即将所获取的知识进行深度加工、重组，形成新知识用于解决比较复杂的学习问题或实际问题，这是较高层次的再现形式。

对应用型人才而言，在知识上既要有一定的深度，又要有一定的广度。即不仅要具有扎实的专业基础知识和过硬的应用性知识，还要有一定的人文、科技、方法论、财务、管理、社交等方面的知识。因此，应用型人才必须具有很强的学习能力。

2. 实践能力

应用型人才学习知识的目的在于将知识直接应用于社会实践，因此，实践能力是应用型人才最本质的特征。应用型人才的实践能力包括组织工作能力、动手操作能力、谋划决策能力、调查研究能力。

3. 创新能力

应用型人才的创新能力是指具有凡事不墨守成规，不循规蹈矩，力求推出新构思、新设计，运用新方法、新方案解决问题的能力。应用型人才必须具有积极的创新意识。创新意识是开展创新活动的前提，只有在强烈的创新意识的引导下，才能产生强烈的创新动机，树立创新目标，充分发挥创造力，才能具有强烈的事业心和进取心，有理想、有抱负、追求真理，不甘平庸。要在探索未知的过程中能够积极地运用新颖独特的方式获得新答案与成果，追求思维方向的求异性、思维结构的灵活性、思维进程的飞跃性、思维表达的新颖性。要在实践中不断创造出新技术、新理论、新观念、新办法，这是应用型人才的创新能力的最突出的表现。

4. 协同能力

协同能力表现为人与人合作的能力。现实中的工作客体往往比较复杂，完成一项工作往往需要各方面人才的配合，这种配合主要体现在良好的人际关系和合作精神上。维持事业的旺盛生命力的竞争力归根到底来自团队的创造力、团队的合作精神、团队的进取心，因而信任、信用、合作以及默契等协作精神应是应用型人才的必备品质。应用型人才善于与他人合作的能力本身，就体现着自身的竞争能力。随着科技的进步、生活节奏的不断加快，创造工作越来越依靠团体的力量，个体需要与其他个体进行各种有效的交流，才能促进创造事业的共同发展。

因此，应用型人才需要加强自身的人格修养，培养健全的人格，提高个人的人格魅力，学会共同生活和与人合作的能力。

5. 国际合作与交流能力

随着经济全球化步伐的加快，社会对人才素质的要求已发生变化，懂得国际运行规则和具备国际交往能力的人才备受社会欢迎。因此，应用型人才除了要有宽厚的基础知识外，还要有较强的社会活动能力，特别是要有较强的国际合作与交流能力。

二、人才培养模式的含义与分类

（一）人才培养模式的提出与发展[6]

20 世纪 50 年代，我国高等教育主要是照搬苏联的人才培养模式，十分强调专业教育，专业划分庞大而细致，以适应社会主义经济建设对大量专门人才的需要。应该说，在计划经济体制下，这种人才培养模式确实为社会主义各条战线及时输送了对口人才。

20 世纪 80 年代以来，中共中央先后颁布了关于经济体制改革、科学技术体制改革和高等教育体制的决定，标志着我国进入了由计划经济向社会主义市场经济的历史过渡。同时，随着现代科学既高度分化又高度综合，社会职业结构不断分化重组以及知识增长速度加快，知识的老化和更新周期进一步缩短，按行业甚至是按岗位、产品设置对口专业的过度专业化的人才培养模式所带来的专业口径过窄、人才适应性差成为高等学校人才培养的主要弊端，要求高等教育人才培养模式变革的呼声开始出现。

作为一个学术名词，"人才培养模式"真正进入教育理论研究者的视野，要到 20 世纪 90 年代中期。教育学术界能在这一时期关注"人才培养模式"，与国家全面启动和实施高等教育教学改革密不可分。1994 年，原国家教委制定、实施了《高等教育面向 21 世纪教学内容和课程体系改革计划》，作为我国高等教育的最高管理层首次明确提出了"人才培养模式"这一术语，并规定"未来社会的人才和培养模式"是"高等教育面向 21 世纪教学内容和课程体系改革计划"所设研究项目的主要任务之一。高等教育诸多的改革中，教学内容和课程体系的改革是重点和难点，也是人才培养模式改革的核心内容。因此，该计划的出台带动了人才培养模式改革的热潮，由此也使得人才培养模式的理论研究逐渐成为我国教育界所关注的焦点。

1996 年，第八届全国人民代表大会第四次会议批准的《中华人民共和国国民经济和社会发展"九五"计划和 2010 年远景目标纲要》指出，高等教育要"改革人才培养模式，由应试教育向全面素质教育转变"。这样，人才培养模式作为我国教育教学改革的重要内容首次载入了我国国民经济和社会发展纲要，被赋予了至高的教育教学改革地位。

1998 年，教育部在《关于深化教学改革，培养适应 21 世纪需要的高质量人才的意见》中，对"人才培养模式"内涵进行了正式界定，指出"人才培养模式是学校为学生构建的知识、能力、素质结构，以及实现这种结构的方式，它从根本上规定了人才特征并集中地体现了教育思想和教育观念"。这是我国高等教育管理权威部门首次对人才培养模式这一概念所下的官方定义，意义重大，影响深远，成为我国高等学校人才培养模式改革的一项重要理论依据。

《国家中长期教育改革和发展规划纲要（2010—2020 年）》第十九条指出："提高人才培养质量。牢固确立人才培养在高校工作中的中心地位，着力培养信念执著、品德优良、知识丰富、本领过硬的高素质专门人才和拔尖创新人才。加大教学投入。教师要把教学作为首要任务，不断提高教育教学水平；加强实验室、校内外实习基地、课程教材等教学基本建设。深化教学改革。推进和完善学分制，实行弹性学制，促进文理交融；支持学生参与科学研究，强化实践教学环节；推进创业教育。创立高校与科研院所、行业企业联合培养人才的新机制。全面实施高校本科教学质量与教学改革工程。严格教学管理。健全教学质量保障体系，充分调动学生学习积极性和主动性，激励学生刻苦学习，奋发有为，增强诚信意识。改进高校教学评估。加强对学生的就业指导服务。"

由此可见，人才培养模式受到社会政治、经济、文化、受教育者个性需求等因素的制约。在不同的时代，大学具有不同的人才培养模式。大学自产生迄今，其人才培养模式经历了三个历史阶段：工业社会以前，大学的人才培养以绅士为目标，以知识的传授为导向；工业社会，大学的人才培养以科学知识为目标，以学科为导向；知识经济社会，大学的人才培养以创新为目标，以素质和能力为导向。

在现代大学制度下构建新型的大学人才培养模式应考虑两个因素：一是以国家社会发展需要为标准，调整大学的专业设置以及专业培养目标和规格，以适应国家经济与社会发展的需要；二是以大学的人才培养目标为基础，调整专业的培养方案、培养方式与培养途径，提高人才培养质量与人才培养目标的符合程度。

（二）人才培养模式的构成

关于人才培养模式的描述虽然多种多样，但是人才培养模式归根结底是围绕着"为什么要改革或构建人才培养模式"；"培养什么样的人才"；"怎样开展人才培养"三个问题开展。即人才培养模式的构成一般包括人才培养目标、过程、途径、方式、制度等多种要素。

（1）人才培养目标。培养目标指教育目的或各级各类学校、各专业的具体培养要求。是整个人才培养模式构建的出发点和依据，也是学校教育教学活动的最终归宿[6]。一般包括人才根本特征、培养方向、培养规格、业务培养要求等内容。它是人才培养模式中的决定因素，是对人才培养的质的规定，即培养什么样的人的问题。它同时也是专业设置、课程设置和选择教学制度的前提和依据。它既受国家、社会对人才类型、规格的需求的制约，也受学生自身的基础条件及发展要求的制约。一定的培养模式是服务于实现一定的培养目标这一根本任务的。

（2）人才培养过程。培养过程，是指为实现培养目标，根据人才培养制度的规定，运用教材、实验实践设施等中介手段，以一定的方式从事人才培养活动的过程。因而，它是人才培养模式的平台属性。培养过程主要包括专业设置、课程体系、培养途径和培养方案等。专业设置是根据学科分工和产业结构的需要所设置的学科门类，它规定着专业的划分及名称，反映着人才培养的业务规格和服务方向。课程体系是人才培养活动的载体。衡量课程体系构造形态的指标主要有课程体系的总量与课程类型、课程体系的综合化程度、结构的平衡性、设置的机动性和发展的灵活性等五个方面。培养途径是指在人才培养活动中一切显现和隐性的教育环境和教育活动。培养方案是指人才培养模式的实践化形式，主要包括培养目标的定位、教学计划和教学途径的安排等。

（3）人才培养途径[6]。教学方法、手段与组织形式的改革是实现培养目标，落实人才培养模式，提高教育质量的重要因素。高等学校要根据专业的人才培养体系，选择有利于实现目标的人才培养途径，包括教学方法、教学手段以及各种具体的教学模式。

（4）人才培养机制。培养机制是指在制度层面上关于人才培养的重要规定、程序及其实施体系，是人才培养得以按规定实施的重要保障与基本前提，也是培养模式中最为活跃的一项内容。对培养过程及所培养人才的质量与效益作出客观衡量和科学判断的一种方式。它是人才培养过程中的重要环节，对培养目标、制度、过程进行监控，并及时进行反馈与调节。

（三）人才培养模式的类型

魏所康在《培养模式论》一书中，把培养模式分为三个维度；按教育目的角度，分为英才模式与大众模式、传承模式与创新模式；按教育内容角度，分为学术定向模式与职业定向模式、刚性模式与弹性模式；按教育方法角度，分为师本模式与生本模式、接收模式与探究模式、文本模式与实践模式[7]。就人才培养模式研究而言，当前人们认为主要有以下几种人才培养模式。

（1）英才模式与大众模式。英才模式强调教育封层的功能，强调教育筛选和教育淘汰，认为教育应该分别培养学术人才和普通劳动者，在教育教学过程中进行分流、分轨，或在同一教育机构内部进行分流、分轨或者分班。而大众模式强调教育公平和教育普及，一般不实行教育分流制度和按照学业成绩的分班制度，往往实行一种普遍的更开放的入学制度。

（2）单科模式与复合模式。单科模式的人才是用单学科知识与方法培养出来的单向性人才，如学工科的不懂经济管理，学贸易的不懂工科知识，知识结构"隔行如隔山"。复合模式的人才是运用跨学科方法培养出来的一种新型规格人才，其知识、能力结构构成，在多个学科领域都具有一定程度的专业水平的人才。复合型人才是在学科领域横向上呈现较高强度的一种很有发展潜力的人才规格，适用于专科、本科和研究生各个人才培养层次。

（3）专才模式与通才模式。专才模式培养规格侧重于对学生按照专业划分领域进行专业化教育，但又由于其注重专业的学科逻辑体系而有别于高等职业教育。通才模式的培养规格则侧重于对全体学生实行构成高等教育各个学科共同基础、不直接服务于具体专业的普通高等教育，又称通识教育。两者关系反映的是人才培养过程中知识内容结构上的宽窄关系，体现的是不同知识内容结构的比例关系。

（4）学术型模式与应用型模式。学术型与应用型则主要反映人才知识与能力结构的指向性。学术型主要培养从事科学研究的人才，应用型则主要培养适合与技术、开发、推广、经营、管理、社会服务、教学等类型工作的人才。通才和专才都可以有学术型与应用型之分。

当然，还有观点认为，从怎样组织和提供知识的角度，人才培养模式可以有弹性模式与刚性模式之分，也即教学管理制度是实行学分制还是学年制度的模式差异，从学习活动的主体是谁的角度，人才培养模式可以有师本模式与生本模式之分等[8]。

（四）人才培养模式多样化原因

（1）人才培养模式多样化是我国社会经济现状及其发展的必然要求。从我国社会经济的现状来看，我国是一个幅员辽阔的大国，社会经济发展很不平衡，各地区在生产力发展水平、产业结构、地理环境、发展战略、资源优势、发展方式和途径、及其相关的传统文化、生存方式等的差异，形成了地区经济发展的不均衡性、差异性、多样性与动态性。生产力水平的差距，导致各地高等学校人才培养规格和质量要求的差异；产业结构及地理环境的不同，会直接影响不同地区高等学校的学科门类结构；经济发展战略和方式的差异，也会对高校专业设置产生重要影响。我国在全面建设小康社会的进程中，大力发展教育是经济社会、区域共同发展的客观要求，相应地必然要求高等教育建立能与地区经济、社会发展的不平衡性、差异性和动态性相适应的、多样化的人才培养模式。同时，我国加入 WTO 后，我国的经济体制、经济运行规划、经济法规等都将与国际惯例和国际通行的准则接轨，不同地区的各行各业均要面对激烈的国际竞争，以面对经济市场化、国际化和现代化的挑战，从而加剧了全社会对各类国际型人才的需求，推动着高等学校创建多样化的人才培养模式。

从我国社会经济的发展态势来看，市场经济体制日益完善，我国正在实现由计划经济体制向市场经济体制的转变，经济增长方式由粗放型向集约型转变。随着这两种根本性转变的实现，必将伴随着产品结构的调整、企业集团跨行业的重组和经营机制的转变等，各类专门人才跨行业的交叉、流动将越来越普遍，使得社会对人才的需要更加多样化。高等教育要主动适应并促进社会经济的发展，实现科教兴国战略，就必须在教育思想、培养目标、人才规格、专业设置以及培养过程、课程结构、教学内容等方面进行改革，培养多种类型的人才以满足社会多方面的需求。

（2）人才培养模式多样化是我国社会经济现状及其发展的必然要求。我国原来的高等教育体制是在实行高度集中同意的计划经济体制下形成的，基本特征是"大一统"，培养人才的规格和人才培养模式比较单一。这一特征在名牌老校中更为突出，大都是培养学理型人才。改革开放以来，随着市场经济的发展，特别是 20 世纪 90 年代知识经济的到来，社会对人才类型与规格的需求越来越多样化。单一的人才培养规格不再适应社会对多种类型的人才的需求，也不适应不同地区发展区域对人才规格的不同要求。人才培养的规格单一化与社会人才类型与规格的需求越来越多样化的矛盾越来越尖锐。这种越来越尖锐的矛盾，正是催生本科应用型人才教育的强大动力。应用型人才培养模式将在较大程度上改变我国高等教育培养人才规格单一化倾向。

（3）人才培养模式多样化是学生个体发展的必然需要。我国正在向现代知识社会迈进，全社会需要接受高等教育的成员不断增加，这种趋势加剧了学生年龄、知识、能力、素质、家庭环境、社会经历、入学基础、发展潜力等的差异性、复杂性和多样性。同时，个体的需求要受到社会经济变革等外部动力因素的驱动和自身社会责任感、追求理想、提高综合素质、完善人格等内部动力因素的启迪；对新观念、新思想、新文化、外来文化的批判与继承等学习需求，与创造力、竞争力和工作效益，追求崇高的政治信仰，更高的工作和生活目标，谋求改善精神和物质生活质量等瞬息万变、层出不穷的需要连接在一起，驱动着多样化人才培养。

（4）高等教育走向大众化是人才培养模式多样化的动因。高等教育从精英教育到大众化教育，是一个国家社会、经济、科技、文化发展的必然产物。国际高等教育发展的历史经验表明：许多国家的工业化过程同时伴随着高等教育大众化的过程。我国正处在工业化和经济的社会化、市场化、现代化发展的历史时期，高等教育也正经历由精英教育向大众化教育的转变。现代化建设对人才的需求是多样化的，既需要学术性的高级专门人才，也需要应用型、技术型、职业型的各级各类专门人才，而后者的需求量是数以千万计的。

（5）教育终身化、社会化的发展趋势要求人才培养模式多样化。科学技术的日新月异和知识经济的发展，使知识、尤其是专业知识的有效性大大缩短；经济全球化的发展，则正在迅速地改变传统的生产方式和管理理念，人才的知识和能力要素与结构正在发生重大变化，人们也不能期望一生中只做一份工作或从事一个行业。因此，同时，随着人们生活水平的改善和生活质量的提高，终生不断学习新知识、新技能、新思想、新事物，已经成为人们生活的基本需要。要构建全民学习、终身学习的学习型社会，就必须构建现代化的终身教育体系，而继续教育应当是终身教育的主要形式，成人学习是学习型社会的主体。

终身教育包括正规、非正规和非正式教育形式。实施终身教育的形式可以是回到大学学习第二专业、企业或研究机构自己培训或是社会培训。《中华人民共和国教育法》第十一条明确规定"国家适应社会主义市场经济发展和社会进步的需要，推进教育改革，促进各级各类教育协调发展，建立和完善终身教育体系"；第四十一条规定"国家鼓励学校及其他教育机构、社会组织采取措施，为公民接受终身教育创造条件"。我国已从国家法律和国家政策的高度，确立了终身教育的地位，已建立了普通教育、高等教育、职业教育和成人教育体系，并在不断加强各个教育体系之间的联系，为人们终身学习创造了条件。

终身学习社会的形成和发展，必然要求把正规的普通高等教育纳入终身教育体系。普通高等教育不再是人生接受教育的终点，而是知识青年转变为社会人之前的主要教育阶段。普通高等教育的重新定位，必将引发体系重组：纵向不同层次、不同形式高等教育之间的相互开放、连接和沟通；横向同一层次的不同学科、不同类型、不同规格之间，既相对独立，又互相交叉，通过人才培养模式多样化，使社会和学习者的不同需求与高等学校不同的办学条件、特色进行有效的组合。另外，教育手段的科学化、多样化，也大大促进人才培养模式的多样化。

（6）人才培养模式多样化是高等教育和高等院校自身发展的需要。高等教育实际上发挥着沟通社会需求与个人需要之间联系的纽带和桥梁作用。现代社会各层面各岗位所体现的价值观念、技术条件、专业或职业知识能力、运行方式方法是多种多样的；各人的成长经历和社会期望、天赋与性格、家庭经济条件、爱好特长和学业成绩等，同样是丰富多彩的。只有人才培养模式多样化，才能使社会需求与个人要求的两个多样化得以统一和实现。然而地区性理工科院校由于资源有限，必须有所为、有所不为，明确目标，找准位置，扬长避短，发挥优势，相对集中的资源管理和使用，办出水平和特色。只有这样，才能促进地方高校的发展，促进高等教育的不断进步和优化。

（五）建立与大众化阶段相适应的高等教育人才观[8]

根据人才观的双重特征和当今经济建设与社会发展的需求，结合当前我国高等教育培养人才的实际，我们必须建立与中国高等教育大众化相适应的人才观。

（1）人才是有知识的。知识是一个神圣的词汇。在哲学领域，知识被定义为"经过辩护的真实的信念"。柏拉图在《论知识》一书中详尽地探讨了知识的定义。他的古典定义为："知识是与感觉、意见有区别的一种判断，知识是确实的判断，知识是一种伴之以论究的判断"。此后千百年来，人们没有停止过对知识的研究。进入知识经济时代，人们对知识的理解有了新的认识。1996年，经济合作与发展组织（OECD）发表了《以知识为基础的经济》的报告，报告中把人类迄今为止创造的知识分为4种形态，即事实知识——指可以直接观察、感知或以数据表现的知识；原理知识——知道为什么的知识；技能知识——知道如何去做的知识；人力知识——知道某件事，并且知道如何做某件事的知识。人才之所以是人才，就是他在知识的把握上与众不同。因为，知识是有层次的，低层次的知识是一种客观记录下来的数据及经过整理而成的信息。中间层次的知识是主体对各种数据和信息进行价值解释与价值选择，并赋予意义之后的知识。高层次知识是智力，即是一种将有效的数据和可靠的信息内化为有用知识的能力。由此，我们在大学教育中应该进行什么样的知识教育，对人才的培养和评价应该是具有什么样的标准，就显而易见了。

（2）人才是发展的。人才的成长有一个过程，在这个过程中，影响人才发展的因素很多，比如：家庭教育、学校教育、社会环境、自身素质等。我们要抓住人才成长的发展规律，利用这种规律充分调动每个人的潜质，因此，要用发展的观点看待人才，重视培养人才的过程，不能用传统的人才观来衡量今天高等教育所培养的人才。

（3）人才是多元的。中央《人才工作决定》对人才的标准做出了新的界定，明确提出了"只要具备一定的知识或技能、能够进行创造性劳动，为推进社会主义物质文明、政治文明、精神文明建设，在建设中国特色社会主义伟大事业中做出积极贡献者，都是党和国家需要的人才"。这一人才观念是一个历史性突破，充分强调了人才的广泛性，扩大了传统人才概念的内涵和外延，指出人人都能成才，人才是多元的。

（4）人才的价值在于奉献。人才的成长离不开社会，要将个人发展与社会发展相结合，爱因斯坦说过"我们吃别人种的粮食，穿别人缝的衣服，住别人造的房子。我们的大部分知识和信仰都是通过别人所创造的语言由别人传授给我们的……个人之所以成为人，以及他的生存之所以有意义，与其说是靠他个人的力量，不如说是由于他是伟大的人类社会的一个成员，从生到死，社会都在支配着他的物质生活和精神生活"。

（六）应用型本科应找准人才培养定位

随着我国大众化教育的到来，高等教育要深化教育改革已成必然，由此，应用型大学在新的人才观的指引下，必将找到适合自己的办学定位。培养出更多的有真才实学并能为社会贡献力量的人才。

（1）更新教育观念，兼顾社会发展的需要和人的发展需要，人才培养由强调对口性转向强调适应性，以适应不断变化的社会需求；注重素质教育，强调融知识传授、能力培养与素质提高为一体；重视学生独立学习能力和创新精神的培养，为学生的终身学习和继续发展奠定基础。

（2）培养目标多样化、多层次，并根据社会发展的需要保持动态变化，我国幅员辽阔，各地生产力发展不平衡，产业结构、就业结构呈现出多样性，需要各种不同类型与层次的人才，而且，时代在不断进步与发展，对人才的要求是不断变化的，过去单一、僵硬的人才培养模式显然不能适应这种要求。研究表明，培养目标的多样化、多层次的动态模式已成为高等教育的发展趋势。

（3）专业设置通识化、综合化。随着社会经济科技发展步伐的加快，传统的以培养专门人才为目标的面向狭窄的专业设置已显示出种种弊端。为了培养知识面广博、基础扎实、专业口径宽、适应性强的人才，为了与新兴交叉学科的建立与发展相匹配，我国理工科高等学校的专业设置日趋通识化、综合化。

（4）课程设置在价值体系上趋于整体融合，注重充分发挥课程的整体功能，追求学生、社会、学科发展需要之间最大程度的统一，寻求其整体价值的融合，以及课程结构的优化整合；在课程设置模式方面，传统的基础课——专业基础课——专业课的"三段式"线形模式被打破，课程设置模式日益多样化；在理论课与实践课的比重方面，强调培养学生解决实际问题的能力，实践性课程的比重逐步增加；在必修课与选修课的比例方面，选修课的比例逐步扩大，在提高学生专业素质的同时，拓宽其知识面，增强其适应性。近年来，为适应国际经济竞争形势和科学技术迅猛发展的趋势以及满足本国社会经济发展的需要，美、德、日、英、法等发达国家对高等理工教育纷纷采取了一系列改革举措，其主旋律就是改革传统的人才培养模式以适应新的情境。由于各国传统与现实状况客观存在着差异，各国改革在体现规律性与共性要素的同时，也呈现出多样化的改革局面。事实上，制定与探索多样化的人才培养模式以满足现代社会发展的多元需要已成为当代发达国家高等理工院校人才培养模式改革所努力追求的共同目标。以下着重比较分析发达国家人才培养模式改革的基本取向。

大学生作为一个群体，是由不同的个体构成的。正是由于学生之间的个别差异，必须要遵循"因材施教"、"因需施教"的人才培养原则和人才成长规律，即：一是在培养目标上，让学生认识自己的智能基础、发展方向、志趣、爱好、特长等条件，扬长补短，引导学生朝最能发挥自己的优势的方向发展。二是在教学过程中，根据不同学生的个性差异，采用不同的教学方法达到教学目标，并促使学生通过努力，在构建知识、能力、素质结构、发展智力、体力、情感、个性品质等方面达到自己所能达到的最高水平，获得相对于它自身而言（不是与别人相比）最好的发展，要做到这些，需要人才培养模式的多样化。人才培养模式多样化是高等教育的特点和自身非平衡发展的必然结果。高等教育区别于其他层次教育的本质特征在于它的学术性和职业性。高等学校是分门别类的专业教育，以培养各级各类高级专门人才为目的。专业教育的多样化决定了人才培养模式的多样化。我国高等学校数量众多、规模不一、办学层次丰富，各高等学校已有的传统、办学基础、办学条件和办学水平以及所处地位有较大差异。国家、所在地区对他们的要求和期望也不同。因此，不同类型、层次的高等学校有不同的分工。不同的发展目标、重点和特色，呈现出互补关系，彼此不可替代，必然导致高等性教育在办学目标和人才培养模式上的多样化。

学校培养人的过程是通过教育活动使学生逐渐成为人才的过程。人才培养是状态的变化，模式是状态中表现出来的特征。人才培养模式的内涵是指在一定的教育思想和教育理论指导下，为实现培养目标而采取的教育教学活动的组织形式和运行方式，这些组织形式和运行方式在实践中形成了一定的风格与特征，具有明显的计划性、系统性和规范性。其外延一般是指专业设置、课程体系、教学方式、教育教学活动运行机制和非教学培养途径等。人才培养模式的构造是按照一定方式将传统教育模式中的合理内核与创造出的有利于人才培养活动的要素进行优化综合。换言之，每种人才培养模式都有特定的目标指向、组合形式、操作原则和动作范式。

实现人才培养模式的主要形式是课程模式。我们所说的"课程"，一般指学校按照一定的教学目的所建构的各学科和各种教育、教学活动的系统。课程是教学活动中内容和实施过程的统一，是学校实现教育目的的一系列内容和实施过程的统一，是学校实现教育目的的一系列内容和手段的核心部分，是实现素质教育目标的基本手段，是培养学生创造力的重要改革途径和必经环节。所谓"课程模式"，亦指在一定观念指导下课程的结构模式，包括课程设置、课程实施及其管理等一整套环节。由于人才培养的目标内化于课程，学生在达到课程要求的同时也达到了培养目标。因此，人才培养模式要切实落实到课程模式之用，按人才培养模式的要求指导课程模式的建立和改革；课程模式支撑人才培养模式的实现，它随着人才培养模式的不断完善而做相应变化和调整。所以说，课程结构、教学体系、内容、方法的改革，是人才培养模式改革的具体体现，是教学改革的核心。

美国学者马丁·特罗指出："进入大众化阶段以后，高等教育不仅在数量上有明显增长，而且在高等教育的观念、教学内容和形式、学识标准、办学模式、招生和聘请教师的政策与办法等方面，都会发生一些质的变化。"如果说高等教育大众化是增加了人们上大学的学习机会，那么人才培养模式多样化则是用尽可能多的方法提供适合人们需要的高等教育内容。这是因为在大众化阶段，社会对高等教育的需求越来越大，希望接受高等教育的人数也更多，生源的类型和层次将更复杂，个别差异更大。根据因材施教的原则，高等教育的结构和人才培养方式必然比原来更趋向多样化。

三、应用型本科人才培养模式概述

不同类型高等学校有不同的人才培养模式，应用型人才培养模式，必须顺应时代发展，更新教育观念，遵循教育规律；要紧密适应国家和地区的发展需求，贴近大众生活，构建应用学科，拓宽专业口径，提高应用能力，增强人才培养的适应性；要不断优化专业与课程结构，改革教学内容、方法和手段，强化实践实训教学，促进产学研紧密结合；重视学生实践能力和创新精神的培养，促使学生在知识、能力、素质等方面协调发展。应用型大学的人才培养模式既具有一般人才培养模式的共性，又具有其自身的个性。

应用型人才培养模式是以知识为基础、以能力为重点、以服务为宗旨，注重知识、能力、素质协调发展，学习、实践和职业技术能力相结合。具体分析为，以知识为基础：注重掌握基本理论、基本知识、基本方法；以能力为重点：突出理论学习能力、社会实践能力、职业技术能力；以服务为宗旨：努力提高毕业生就业率、社会贡献率、群众满意率；以道德人格素质为核心。

在 2001 年 5 月教育部组织部分院校召开"应用型本科人才培养模式研讨会"，不少专家认为："应用型本科不是低层次的高等教育。它的培养目标是：面对现代化的高新技术产业，在工业、工程领域的生产、建设、管理、服务等基层岗位，直接从事解决实际问题、维持工作正常运行的高等技术型人才。"这种人才既掌握某一技术学科的基本知识和基本技能，同时也包含在技术应用中不可缺少的非技术知识，他们最大的特点是具有较强的技术思维能力，擅长技术的应用，能够解决生产实际中的具体技术问题，他们是现代技术的应用者、实施者和实现者。

应用型大学人才培养模式要紧密结合学科的特点。如有的应用型院校提出：工科类专业培养的学生的基本模式是"工程技术 + 经济知识 + 文化素养"，理科类是"自然科学 + 应用技术 + 文化素养"，经济类是"经济 + 科技基础 + 文化素养"，其他文科类则采用"人文科学 + 自然科学基础 + 应用技术 + 文化素养"的培养模式。

（一） 发达国家和地区应用型大学人才培养模式的经验借鉴

1. 德国[9]

德国应用技术大学是德国第二大高校类型，其"应用型"人才培养模式特色鲜明，形成了较为完善、成熟的应用型本科人才培养体系，深受经济界和社会大众的欢迎，对中国的高等教育改革，特别是应用型本科人才培养有许多可借鉴之处。以下将从培养目标、专业设置、教学结构、教学环节、课程体系、教学内容、教学方法等七个方面来详细论述应用科学大学应用型人才培养模式。

（1） 培养目标。德国应用技术大学主要培养能够适应各行各业发展需要理论应用型人才，即在掌握足够的专业基础知识与方法基础上具有胜任高技术要求工作的专业能力的专门人才，其从事的工作范围极其广泛，从产品开发、质量检验、核算、设计、生产、维修保养到技术营销，几乎覆盖了各个专业领域。

（2） 专业设置。应用技术大学的专业设置具有以下两个特征：①行业性。应用科学大学作为地方性高等院校，为区域经济、社会发展服务是其办学重要的指导思想，因此其专业设置具有鲜明的行业性特征。如：不伦瑞克/沃芬比特尔应用技术大学设有车辆工程专业，为所在地区（其中一个校区在大众公司总部沃尔夫斯堡）培养汽车行业的工程师；奥登堡/东弗里斯兰/威廉港应用技术大学设置了物流工程专业；②复合性。随着知识经济的迅猛发展，出现越来越多的学科交叉行业，因此越来越需要具有跨学科知识、能够理解不同学科的专门人才。

（3）教学结构。在引入学士、硕士学位制度以前，德国应用技术大学颁发学位，规定学制为四年八个学期，整个教学过程分为基础学习和主体学习（类似专业学习）两个阶段。在基础学习和主体学习之间有学位预考，只有通过了基础学习阶段要求的所有课程考试，才能进入主体学习阶段。德国应用技术大学各个专业的教学结构虽略有不同，如基础学习阶段和主体学习阶段时间长度不同，专业方向及专业化的划分及时间安排不同等，但大同小异。

除了以上这种常规的安排方式，不少德国应用技术大学与企业合作开设所谓的"双元制"专业，与企业合作培养工程师。"双元制"本身是德国职业教育的特点，这种人才培养模式被引入到高等教育范畴中，通过将高等学校的理论教学与企业、职业学校职业培训相结合、与企业实际工作相结合强化学生实践能力的培养。就读"双元制"专业的学生，在高校学习开始时要与合作企业签订带有资助协定的劳动合同。比如，2004/2005学年，汉诺威应用技术大学机械制造系开设了三个"双元制"专业，即生产技术专业、机械设计专业与经济工程/技术营销专业，与企业合作培养工程师，学制为九个学期。其中前四个学期，学生在高校和企业、职业学校交替进行大学学习和职业培训，第四学期结束时参加工商行会组织的技工考试。接下来的四个学期，学生平时在大学学习，放假期间则在企业进行准工程师的职业训练。第九学期为毕业设计学期。各高校"双元制"专业的教学结构虽各有不同，其核心是教学场所、教学内容和教学承担者的双主体结构，通过这种双主体结构确保了高校与企业在人才培养上的密切合作。

目前，这种双元制合作模式受到了学生、企业、高校的欢迎，其主要原因在于这是一种三赢的合作模式。首先，对学生而言，学生在整个学习阶段得到企业类似奖学金的资助，减轻了学生的经济负担；学生在较短时间内就可以完成大学学业和职业培训，获得职业培训资格证书和大学学位；学到的理论知识可以马上在企业中得到运用，提高了理论学习的针对性和目的性，从而提高学习积极性；在企业中获得的实际工作经验和实践应用能力使学生在进入职场时相比其他学生更具有竞争优势；学生毕业后可以进入合作企业工作，且工作适应性得到提高，适应时间缩短，同时学生也可以选择其他企业就业。其次，对企业而言，可以通过选拔选出高素质的学生进入双元制专业学习，由于学生非常熟悉企业的工作环境和工作任务，相应缩短了工作后的适应期和培训期。最后，对高校而言，通过双元制培训模式招收的学生明显学习积极性高、目的性明确，从而降低了辍学率；与企业的紧密合作保证了应用技术大学应用型教学的开展，提供了实习岗位、毕业设计岗位；与企业的紧密合作也有效地促进了应用技术大学应用研究和技术转让，丰富了应用技术大学教授的实践经验。

当然，这种模式的顺利进行必须要有高校、企业和职业学校的紧密合作，对各个教学环节协调一致，并共同制定教学内容。因此，一般来说，双元制专业均设有三方成员组成的咨询委员会，定期就教学环节与教学内容进行讨论。

（4）教学环节。在理论教学与实践教学中，实践教学环节所占比重较大。实践教学环节主要包括实验教学、实践学期、项目教学、毕业设计和学习旅行。

实验教学是非常重要也经常使用的一种教学形式。在工科类专业中，在专业学习阶段，实验教学占整个教学活动（不包括实践学期）的 25%～30%。非常重要的是，应用技术大学的教授们亲自参与实验的开发、指导和考核，保证了实验内容与理论教学内容的紧密配合。

实践学期是应用技术大学教学活动中最具特色的部分。各州对实践学期的规定不尽相同，有的安排了一个实践学期，有的安排了两个实践学期。各个应用技术大学以及同一个学校的不同系科在具体安排上也会有所区别。实践学期一般在企业中完成，由教授和企业专业技术人员共同指导，目的在于通过实践学期加深学生对工作岗位的了解，培养学生运用科学知识与实践能力，更重要的是培养学生在实际工作环境中的工作方法和思维方式，以及交际能力等。

项目教学是结合为企业解决实际问题的项目进行课程设计的一种教学形式，具有以下特点：理论与实际相结合的实践性强；有利于提高学生运用跨学科综合性知识的能力；产学研结合紧密；有助于培养学生的综合素质（交际能力、表达能力、团队协作精神、独立工作能力等）。德国 500 名科学家和教育家曾预言在知识社会里将出现五种典型的教学形式，项目关联学习是其中一种。德国电子技术专业的学习组织结构和学习内容提出的建议中强调指出："通过在主体学习阶段引入项目形式受到应用技术大学的极大关注，普遍在教学计划中设置了数个项目教学。项目设计的题目来自企业。并与企业生产活动紧密结合，学生在教师和企业专业技术人员的指导下独立完成从市场调研、方案设计、制作到作品展示的整个实战过程，并撰写项目设计论文。"

应用技术大学学生的毕业论文课题与企业实践相结合的程度也相当高。据统计，在许多专业，特别是工科类专业，毕业论文课题来自企业，并在企业中完成的占 60%～70%。其毕业设计也具有鲜明的应用型特征。

应用技术大学的教授们还经常组织学生参观企业，举行学术旅行，以增强学生对实际工作环境和内容的了解。学术旅行的时间可能是一天也可能长达几个星期，经常利用假期进行。

（5）课程体系。德国应用技术大学的课程体系充分体现了应用本科人才培养的总体培养目标，学科基础课、专业基础课、专业课、跨学科课程紧密围绕着人才培养目标，有机结合，层层递进，环环相扣。首先，针对专业总体培养目标有针对性、有选择性构建学科基础和专业基础课程；其次，为了培养学生的应用能力，在课程设置中保证了相当比例约为 50：50；再次，除了专业课程外，还普遍以必修课及限定选课的形式设置了一系列跨学科课程，例如，在工科类专业中普遍设置了企业经济学、法学、项目管理、安全技术、人事管理、成本核算、技术营销等非技术类课程，其出发点是：一个训练有素的工程师除了掌握必要的技术专业知识外，还应该具有从经济学、生态学和社会学角度寻求技术解决方案的"复合型"人才特征。

（6）教学内容。与综合大学的教学内容相比，应用技术大学的理论教学有鲜明的实践导向，不强调学科知识的系统性和抽象性，不把过多的时间用于原理的推导和分析，而是强调科学知识方法如何运用于实际生产和其他领域，偏重于那些与实践密切相关的专业知识。应用技术大学就每门课程所要讲授的内容有明确的教学大纲，但是没有规定统一的教材。教授们根据教学大纲的要求自主决定教学资料、教学进程和具体内容，并为学生指定教学参考书。而且教学内容不是一成不变的，而是根据学科知识的发展及实际应用的变化不断进行补充和修订。

（7）教学方法。理论教学采用课堂讲授的形式，但是很好地融合了研讨教学、现场教学、案例教学等多种教学手段与方法。与综合大学相比，应用技术大学的课堂教程一般在较小的学生群体中进行。它保证了课堂教学能在相互交流的基础上进行，也保证了研讨教学、现场教学（课堂与实验室融合）、案例教学等多种教学手段与方法的有效开展。

2. 澳大利亚[9]

澳大利亚的理工大学实施以学科为基础，面向行业和产学结合的本科教育。它的课程模式主要由在学校的理论课学习和基于行业的学习组成，其中，基于行业的学习是理工大学学位课程的重要组成部分，也是其课程模式的主要特色之一。在基于行业的学习的教学过程中，学生、大学和行业三方紧密结合，使学生在具备一定的学术能力后，有机会在企业工作，并体会和熟悉工作环境。澳大利亚的应用型本科教育指的是面向技术的大学教育。该类大学的战略发展方向是以灵活性的学习及终身学习为基点，开展综合性研究，探究勇于创新的大学文化和研究教学法，为不同的教育市场提供特定的课程，并通过伙伴关系提供全球化服务。在此类教育中特别重视学生的专业应用能力，强调面向行业、结合企业开展应用性的教育和培训。基于行业的教学方式是澳大利亚应用性本科教育教学的特色。

3. 台湾地区[9]

（1）课程模式。自20世纪90年代末期以来，台湾本科层次以上的高等技术职业教育（相当于应用性本科教育）迅速发展，以科技大学和技术学院为办学主体，为台湾地区的经济建设提供了宝贵经验。台湾的高等技术职业教育是以满足社会的人力需求、发展个人的潜在能力、增进个人的效能为基本目标。基于以上的目标定位，高等技术职业教育的专业设置以职场工作为核心，而不是以学术研究为核心。课程设计也基于职场的工作需要及技术职业教育系统学生的特质，培养职场所需的能力，使学生得以衔接所学知识，成为各级各类技术人才或专业人才。

（2）教育教学方法。台湾地区的应用性本科教育主要指的是技术职业本科教育，它基本上也是理论教学与实务教学相结合的教学，特别强调实务教学。技能教育的内涵广泛，各类科所强调的教学法各有不同的需要。大体上来说，技术职业教育的实施仅靠理论教学是不够的，一定要强调实务教学，以培养学生具有有用的技术能力为目标。因此，适应个别化教学的实习实务教学非常重要。

（二）北京地区高校人才培养模式概况[10]

北京市教育委员会编《北京高等教育质量报告（2004）年》一书中，"人才培养目标"一节写道：学校要把学生培养成怎样的人才，这既是学校整体定位的体现，又是衡量学校教育教学质量的重要标准。北京不同类型的高等学校在这方面有着不同的提法和做法，不同类型的高等学校在人才培养方面的侧重点不同。

（1）中央部委属本科院校——重视学生科研能力和创新能力的培养。中央部委属本科院校普遍比较重视学生科研能力和创新能力的培养，认为这是高水平大学人才培养质量的重要标准。为此，各高校积极采取措施，在学生科研能力和创新能力的培养上下工夫。

清华大学的做法是开展"新生研讨课"和大学生研究训练计划（SRT）。新生研讨课在清华已经开展了几年，已有近2000名新生选修该类课程。通过研讨课推进以探索为主的自主学习方式，激发学生对科学研究的极大热情。学生在这一过程中，逐渐学会了学习和研究，锻炼了科研能力。清华大学还设立了大学生研究训练计划，截至2004年底，学校已设立SRT项目3098个，约7000名学生参加。有的学生在SRT计划中所取得的成果，曾获全国"挑战杯"特等奖，完成的学术论文发表在国际重要期刊上。

北京大学通过实施"元培计划"培养创新人才。"元培计划"实验班的学生在科研创新能力方面表现出极大的潜力，在争取学校设立的各项基金和保送研究生方面都表现出极大的潜力。2005年即将毕业的"元培计划"实验班学生共73名，21人准备出国深造，其余52人中，46人获得了保送研究生资格，保研的比例远远高于其他院系的平均水平。

北京航空航天大学在2002成立的高等工程院校，以选拔和培养优秀学生为主要目的，也十分注重学生科研能力和创新能力的培养。为此，学校为每一位学生配备一位专职指导老师，他们都是中国工程院院士及资深教授，长江学者，以加强对学生进行因材施教的培养，实现个性化指导，促进原创型成果的产生。两年来，在老师的精心培养下，这些学生取得了优异的成绩。

有些学校则通过开办讲座，举办学科竞赛等方式营造校园的学术氛围，以使学生在潜移默化的熏陶中逐渐增强科学研究和探索创新意识。

对外经济贸易大学为鼓励学生积极参加各类学科竞赛，2004年制定了《对外经济贸易大学本科生学科竞赛管理及奖励方法》，对调动广大学生的学习热情、培养创新精神和实践能力发挥了重要作用。外交学院则通过开办各类讲座，拓宽学生学术视野。2003 年开始，举办了"外交学院论坛"，极大的活跃了学院的学术氛围。2004 年，"外交学院论坛"邀请了一些国内外一流的专家学者、各界知名人士举办演讲，学生好评如潮。这些活动开阔了师生的视野，活跃了学院的学术气氛，使得学生的科研兴趣和创新意识得以提高。中华女子学院也通过"百科知识讲座"计划营造学校的学术氛围。讲座主要聘请校内的优秀教师和校外的各学科知名专家讲学，内容包括人文科学、社会科学和自然科学知识的普及，学习方法指导，各学科知识发展的新进展和新成果介绍等。讲座在学生中反响强烈，取得了很好的效果。

（2）市属市管本科院校——重视学生实践能力的培养。市属市管本科院校从学校自身的定位出发，比较强调学生实践能力的培养，认为应用型人才的重要特征集中体现在学生实践能力之上，因此，学校应该在这方面下工夫，以增强学生在就业市场上的竞争力。

北京农学院为了加强学生的实践能力，积极鼓励和扶持各系各专业根据人才培养目标的要求，探讨实践教学方式和途径，使专业实践教学内容系统化，拓宽了专业口径，保持了四年实践教学不断线。

北京联合大学为提高学生就业竞争力，一方面开设就业指导课，邀请企业界人士为学生进行就业指导讲座；另一方面为毕业生开办 ISO 9000（质量管理）、ISO 14000/18000（环保/安全）标准体系内审员和 AutoCAD 工程师资格认证培训班，以满足学生的就业需求。

北京联合大学坚持应用为本，明确提出"发展应用性教育，培养应用性人才，建设应用型大学的办学方针"，为此，学校积极改革人才培养模式，设置突出实用技术的专业核心课程，目的是要加强学生就业的竞争能力，引导学生最大限度地掌握专业面向的行业所急需的现代技术知识与技能。同时，在教学过程中，注意理论与学生的职场感受相结合，培养学生发现问题、提出问题、探索研究新知识的能力，激发学生的创新意识。

北京第二外国语学院根据时代发展的要求提出：既掌握系统的专业理论和专业知识，又有较高外语技能的学生是未来国际型应用人才的重要特征，因此"复合"是培养国际性应用人才的必由之路。"复合"主要是指跨专业、跨学科培养复合型人才，学校的专业复合主要采取两种方式：一是外语专业在注重语言技能培养的同时，开设国情、历史、文学、文化、经济、社会等专业方向课程，积极主动地拓宽专业领域；二是非外语专业利用学校丰富的外语教学资源优势，通过开设外语技能训练课、双语课和聘请外籍教师可设专业课等手段，加强学生外语听说读写译技能训练，使学生在学好专业理论和专业知识的同时，努力提高自己的语言技能，培养自己的外语特长。

中国音乐学院建立了教学、科研、艺术实践、三位一体的人才培养模式，它以抢救濒临灭绝的传统民间音乐为主要内容，以学校的器乐系教学，科研力量为主要依托，通过采风、收集、优选、音乐会、研讨会、学术报告、教学活动等方式，将濒临灭绝的传统民间音乐请进大学课堂，搬上音乐舞台。这一人才培养模式既保护了民间音乐，丰富了对民间音乐的认识，又培养了人才，锻炼了学生的实际演奏能力。

（3）成人和高职——职业型人才培养模式。成人高等学校和高等职业学校所培养的人才要突出其职业型，为此，学校在教学和课程方面注重实用性，紧密与市场实际、企业需要相联系。

北京市建设职业大学为了加强学生实践能力和就业能力的培养，将学历教育与职业资格考试结合起来，学生在完成规定的教学内容以后，除了可以拿到北京市主管部门颁发的"房地产评估员"、"房地产经纪人"的上岗证书外，还具备了直接参加建设部、人事部组织的注册房地产评价师、注册房地产经纪人的执业资格考试能力。

北京信息职业技术学院紧密结合高等职业学校的特点，从"首都 IT 产业和现代制作业要求的综合职业能力"这一人才培养目标出发，探索人才培养模式改革。学院初步形成了独具特色的人才培养模式——"GPTC 课程模式"，它由两部分组成："通用平台"，承担了全面素质教育的功能，实现学生关键能力的培养；效仿工厂的"技术中心"，承担专业课程、技能实训和职业资格证书培训的任务，实现职业能力的培养。

北京电子科技职业学院以产学研结合的激励，建立"需求导向型"人才培养模式。其主要特点是：高等职业人才的培养以企业的需求为导向，以现场顶岗实习为重点，校企密切结合，共同完成人才培养的全过程，学生毕业后无需附加培训，直接上岗。这种模式在保证本专业必须的知识仅能教学的基础上，尽可能根据企业需要安排学生现场顶岗实习，取得了可喜成果。

四、应用型本科人才培养模式构建

（一）应用性人才培养模式内涵

所谓应用性人才培养模式，就是学校为实现应用型人才培养目标并围绕应用型人才培养目标组织起来的比较稳定的教育活动的结构样式和运行方式，它们在实践中形成了对应用型人才培养的风格或特征，具有明显的系统性与范型性。

在应用性人才培养模式的构建中，高校必须适应社会对人才知识面宽、能力强、素质高的要求，培养的人才既要具有共性，又要具有个性，具有较强的知识基础、创新精神和实践能力。因此，构建人才培养模式应当以传授知识为基础，以能力培养为中心，以提高素质为主线，以培养技术应用型专门人才为目标。这里所要求的"能力"不仅是岗位能力，更应是职业岗位群能力，不仅是专业能力，更应是综合能力，不仅是就业能力，更应是一定的创业能力，不仅是再生性技能，更应是创造性技能。这里所要求的"技术"是在一定的科学理论基础上，超越于一般技能，具有一定复合型和综合性特征的技术，不仅包括经验技术，也包括理论技术。

（二）应用性人才培养模式特征

1. 以社会需求为导向，以应用性人才为培养目标

高等教育大众化必然带来教育对象的多样化和社会对人才需求的多样化。从发达国家工业化、现代化的进程总结出的经验来看，经济社会发展对人才的需求最终将呈现出"橄榄型"趋势，即学术型的拔尖人才和一般劳动者占少数，大量的是具有一定知识技术能力的应用型人才。因此，承担大众化的应用型大学应以社会和人的双重需求为依据，以培养应用型人才为目标，为社会和人的发展服务。

本科应用性人才知识方面的目标是"较厚基础，较宽口径"，能力是以具备创新、开发、应用的工程师水平为目标，品格方面的要求是综合素质高，具备社会主义的道德标准。由此，本科应用型人才培养目标可以概括为：以市场为导向，以通识教育为基础，提高学生的综合能力和素质，为学生的专业学习和可持续发展奠定基础；以能力培养为本位，培养学生解决实际问题的能力。应用型人才应该既要有知识，又要有能力，更要有使知识和能力得到充分发挥的素质，应当具备较厚基础、较宽口径、注重实践、强调应用四个突出特点，尤其是要具备较强的二次创新与知识转化。

2. 改革人才培养计划，体现应用型人才特点

人才培养计划是人才培养的总规划，是高等学校人才培养模式的核心内容，是人才培养模式的实践化形式。高校在本科应用型人才培养计划的制订中要正确处理好以下几个方面的内容：第一，遵循传授知识、培养能力、提高素质、协调发展和综合提高的原则，加强学生全面素质的培养；第二，注重加强基础与强调适应性的有机结合，使公共基础平台、学科基础平台、专业基础平台的构建更加科学；第三，灵活设置专业方向，使专业方向模块更加符合应用型人才对专业的要求和学生个性化发展的需要；第四，突出应用型与实践能力的培养，加大实践教学的比例，强化学生的动手能力、应用知识解决实际问题的能力和创新精神的培养；第五，根据学生毕业后所从事的岗位群的技能要求，设置职业技能教育培养模块，提高学生的执业能力，增强学生就业竞争力；第六，跟踪现代科技的发展，注重课程的更新与提高。

3. 改革课程体系，优化教学内容

应用型本科教育作为高等教育的一种类型和具有特色的组成部分，在课程设置和教学内容方面，必须有自己的特点。第一，以能力为本位选择课程内容、设置课程体系。具体可以采取"四大模块"的方式，即基础课模块、专业基础课模块、专业方向课模块和实践教学模块。第二，强化基础课教学，努力加强文化修养和语言、计算机等工具性课程的教学，为学生的发展奠定坚实的基础。第三，为了适应素质教育的需要，按照因材施教和个性发展的原则，还可以设置一定比例的任选课程，以满足不同学生的不同需要。第四，精设专业课，专业课要宽而新。第五，注重实践教学体系的改革，通过强化实践教学环节来提高学生的动手能力和实际操作能力，从而培养学生的创新精神和适应能力。

4. 改革教学方法，发展学生个性，突出创新能力的培养

教学方法与手段改革作为提高教学质量的重要举措，能够积极推进课程教学方法与教学手段改革的研究，鼓励教师树立创新教育、素质教育、开放教育观念，更新教学方法，大力推广利用多媒体和网络技术进行教学、充分调动学生学习的积极性、主动性和创造性，培养学生分析问题和解决问题的能力，加强学生创新精神、创新能力和创业能力的培养。在教学方法和教学手段上，积极采取提问式、自主式、情景式、启发式、讨论式和案例式等教学方法，结合现代教育技术，注重学生创新能力培养和个性发展，爱护和培养学生的好奇心、求知欲、帮助学生自主学习、独立思考，增强学生收集处理信息的能力、分析解决问题的能力、团结协作和社会活动能力。

（三）我国应用型本科人才培养模式研究历程[6]

在我国，"应用型本科"作为一种高等教育类型是一种尚在探索中的新概念。在国内，第一次完整提出"应用型本科"概念的是龚震伟于 1998 年在《江南论坛》第 3 期上发表的《应用型本科应重视创造性培养》一文。该文提出应用型本科人才要具有创新意识和能力。

随着我国高等教育大众化的发展，高等学校人才的培养目标逐渐开始重新定位，对于新建本科院校和独立学院而言，怎样培养具有自身特色的人才成为这些学校生存与发展的关键。

2001 年 5 月，在长春举办了"应用型本科人才培养模式研讨活动"。会上提出了一个问题，即"在经济发展以后，普通高校本科教育是否应当适当发展应用型本科教育"。与会代表讨论认为，"应用型本科教育作为一个教育概念，在我国提出时间不长。改革开放 20 年来，国际上先进的制造技术进入我国企业的生产领域，为了适应社会现代化生产的人才需求，一些高等专科学校，特别是高等专科工程学校提出了'高等技术应用型人才'的培养目标，如同职业大学一样，积极开展相应的教育教学改革，培养高等技术应用型人才成为地方大学、高等工程专科学校以及广大专科学校的任务"；并指出，"在国际上特别是经济发达国家和地区，应用型本科教育早已存在"；所以，"发展应用型本科教育，既是我国的经济发展和社会进步的要求，也是追赶国际高等教育发展潮流的一种需要"。

2002 年 7 月，教育部高教司在南京召开了"应用型本科人才培养模式研讨会"，会议所取得的一项成果是成立了"全国工程应用型本科教育协作组"，作为进行工程应用型本科教育改革与发展研究的学术性协作组织。

2005 年 6 月 15 日，《光明日报》采访了北京联合大学应用文理学院院长孔

繁敏教授，进行了有关北京联合大学应用文理学院建设应用型大学方面的报道。

2005 年 11 月，中国教育报 2005 年 11 月 10 日报道了题为"培养高级应用型人才，服务地方经济社会发展，新建本科院校科学定位是关键"，对"第四次全国新建本科院校教学工作研讨会"进行了报道，全文如下："在全国 701 所本科院校当中，新建的本科院校有 198 所，占本科院校的近 1/3。今天在洛阳师范学院召开的第四次全国新建本科院校教学工作研讨会上，教育部副部长吴启迪指出，新建本科院校要着力解决好科学定位问题，以培养高级应用型人才为主，服务于地方经济建设和社会进步"。

2007 年 8 月，全国高等学校教学研究会在成都召开，在这次会议上成立了"应用型本科院校专门委员会"。

表 2 为应用型本科人才培养与高职院校人才培养以及研究型大学人才培养模式特点对比。

表 2　应用型本科人才培养与高职院校人才培养以及研究型人才培养模式特点对比

	应用型本科	高职院校	研究型大学
培养目标	应用型人才	产学结合技能型人才	研究型高级人才
培养途径	知识、能力、素质并重	应用操作能力	理论研究
培养体系	教学内容优化 学术性与职业性 知行结合 专业与素质结合	教学内容适当 职业性	理论深厚
创新特点	应用性创新	技能型创新	研究型创新

（四）应用型本科人才培养类型

1. 产学研人才培养模式

产学研人才培养模式是学校与企业分工协作，理论教学以学校为主，技能培训和实践教学以企业为主，这种模式主要是在借鉴德国的双元制模式的基础上逐步形成的。这种模式有利于学生将所学知识尽快运用到实践中去，有利于学科专业建设，是应用型大学与相关企事业单位合作培养学生的重要方式。这样做有利于学生尽早了解生产的实际和要求，有利于学生动手能力的提高，从而能使他们尽快进入到岗位角色中去。从长远来说，有利于学生一生的职业生涯设计。产学研结合的方式有多种，如应用型大学的法学专业应当与地方法院和地方企业、事业单位结合，新闻专业和地方的宣传媒体结合，金融专业与地方的银行结合，旅游专业与地方旅游结合，档案专业与地方档案馆部门结合等。有了这种结合，应用型大学的人才培养就有了依托和强大的后盾，人才的质量也会大幅度提高[11]。

2. 以市场需求为导向的人才培养模式

以就业为导向的人才培养方式是指以提高毕业生就业率和就业质量为目标，以市场所需要的人才素质为出发点和归宿，建立与社会就业价值取向相适应的一种人才培养模式。将就业指导与生涯规划相结合，职业生涯规划贯穿全过程，从一入学直至毕业的整个过程，以课程的形式纳入学校的整个教学计划，依据学生个人能力、兴趣、发展潜力，指导学生选择适合自己的专业或职业，注重学生的创业教育，培养创业意识。这种培养模式建立在校企双方相互信任、紧密结合的基础上，就业导向明确，企业参与程度深，能极大地调动学校、学生和企业的积极性，提高人才培养的针对性和实用性，实现学校、用人单位与学生三赢的一种具有明显特色的人才培养模式，目前是我国应用型大学人才培养模式改革的新热点。

3. I 型的应用型本科人才培养模式[12]

应用型人才应更注重学生的专业课程，基础则以够用为度。所以在这类学校的课程体系中通识基础、专业基础和专业课程三者的比重相差无几。因此，这种课程体系犹如一根柱子，也可用一个大写的英文字母 I 表示，称为 I 型课程体系。

4. H 型的应用型本科人才培养模式

坚持"双轨并重"的实践教学理念。在校内建设实践教学基地；在校外，充分利用本市广阔的市场资源，建立和运行基于"加强合作、互惠互利"的产学研合作办学机制，完成基于工程项目（工程设计＋工程项目管理＋技术研发）的"H"型实践教学体系的构建。

5. T 型的应用型本科人才培养模式[6]

T 型人才培养模式，它体现了确保核心能力，突出专业实践能力的原则，"T"上面的"一"表示学生作为社会人一般能力和基本素质的横向拓宽，以增强毕业生对社会的适应性，"T"下面的"I"表示专业能力的纵向深化，且特别强调专业实践能力，以加强毕业生就业的针对性。

（五）应用型本科人才培养中存在的问题

近些年，在各方的共同努力下，应用型本科教育取得了明显的进步。但是应用型本科教育作为一个教育概念在我国提出的时间并不长，人们对应用型本科人才的认识比较模糊，措施不到位，应用型本科人才培养方面还存在着许多问题，主要表现在以下几个方面。

1. 教育思想

中国传统的教育思想是重理论，轻应用；重书本，轻实践。这种教育思想在办学的各个方面都得到一定的反映。高校的评估指标体系主要以学术型大学的标准来制定，没有应用型大学的评估标准，分类指导不够。因此，只有从教育思想上真正认识到"应用型"人才的重要性，才可能切实改革人才培养的各个环节。

2. 培养目标和规格

对应用型本科人才的培养目标和规格还存在认识理解上的模糊不清。许多应用型本科院校在思考应用型本科人才的培养目标和规格问题时提出要区别对待应用型本科人才、学术型本科人才和高职高专人才。但是往往是两种规格的叠加，既想要符合一般本科人才的要求，又想同时兼顾高职高专人才的"应用型"。对于应用型本科人才到底应该是什么样的人才认识不清，导致措施不力，许多学校在"宽口径、厚基础"与"应用型"之间始终找不到切合点、平衡点，认识上存在很大的误区。

3. 课程体系

课程体系与当代科技、经济和社会的发展不相适应。一是反映在课程设置上，基础课、专业基础课之间的比例不尽合理，应用型课程偏少，作为知识载体的教材建设远远落后于应用型人才培养的步伐；教学内容与研究型大学雷同，没有形成"应用型"本科人才培养的特色，往往强调学科的系统性和完整性。

4. 实践教学

实践教学设备陈旧，教学内容脱离实际，不能符合社会与科技发展的需求，验证性实验多，设计性试验和综合性实验少，虚拟课题多，联系实际的课题少，造成学校教育与社会需求脱节，学生的实践能力、技术创新能力不强。

5. 教学方法

教学方法的改革力度不够，还是沿用传统教学方法。项目教学法、案例教学法、研讨教学法、现场教学法等形式运用得不够，在素质教育中过于依赖人文素质课程的开设，素质教育与专业教育脱节。

（六）实例分析：北京联合大学自动化学院智能建筑工程的专业人才培养方案设计

1. 设计依据

（1）指导性文件

①《北京联合大学关于进一步深化本科教学改革全面提高教学质量的若干意见》

②《国家教育中长期改革与发展规划纲要 2010 – 2020》

③《北京市教育中长期改革与发展规划纲要 2010 – 2020》

④《北京联合大学 2010 年教育教学工作会议文件》

（2）专业技术性参考文献

①《建筑电气与智能化专业规范》（教育部教学指导委员会 2010.3）

②《智能建筑设计标准》（GB/T50314 – 2006）

③《民用建筑电气设计规范》（JGJ 16 – 2008）

④《智能建筑工程质量验收规范》（GB50339 – 2003）

⑤《智能建筑工程施工规范》（GB XXXXX – 2010）

⑥《建筑电气工程施工质量验收规范》（GB50303 – 2002）

⑦《全国智能电气工程师执业资格制度暂行规定》（信产部、建设部）

⑧《全国注册电气工程师执业资格制度暂行规定》（信产部、建设部）

⑨《智能建筑系统与产品研发、生产技术资料》

⑩《建筑智能化工程案例——工程设计资料》

⑪《建筑智能化工程案例——工程项目管理资料》

2. 设计原则

全面贯彻落实"分类指导、分层培养、因材施教、突出特色"的人才培养理念，设计"基于智能建筑工程的建筑电气与智能化专业人才培养方案（本科）"和"基于智能建筑工程工作过程的楼宇智能化工程技术专业人才培养方案（高职）"。提高毕业生就业质量和在校学生的境外学习经历，切实提高人才培养质量。

3. 设计内容

见附件《建筑电气与智能化专业人才培养方案》。

参 考 文 献

［1］龚怡祖. 论大学人才培养模式［M］. 南京：江苏教育出版社，1999.

［2］托斯顿·胡森，T. 内维尔·波斯尔恩韦特. 国际教育百科全书［M］. 第 6 卷. 贵阳：贵州教育出版社，1990.

［3］王鹏. 用人之道［M］. 西安：陕西人民出版社，1987.

［4］郑晓梅. 应用型人才与技术型人才之辨析——兼谈我国高等职业教育的培养目标［J］. 现代教育科学，2005（5）：10.

［5］社会需要应用型本科. 中国教育报，2001（3）.

［6］钱国英等. 高等教育转型与应用型本科人才培养［M］. 杭州：浙江大学出版社，2007.

［7］魏所康. 培养模式论——学生创新精神培养与人才培养模式改革［M］. 南京：东南大学出版社，2004. 24～25.

［8］蒋爱军. 等. 独立学院本科应用型人才培养模式研究［M］. 保定：河北大学出版社，2009.

［9］高林. 应用性本科教育导论［M］. 北京：科学出版社，2006.

［10］北京高等教育质量报告.

［11］孔繁敏. 建设应用型大学之路［M］. 北京：北京大学出版社，2006.

［12］孙建京. 应用型大学教学体系与实践教学基地研究［M］. 北京：中国电力出版社，2007.

第三章 应用型本科人才培养目标与规格

一、培养目标的概念

（一）明确培养目标是高等学校分类的前提

所谓培养目标，是指"根据一定的教育目的和约束条件，对教育活动的预期结果，即学生的预期发展状态所作的规定"[1]。培养目标是教育理论研究和实践活动过程中的一个最基本和最核心的概念。没有明确的培养目标，教育实践活动就会失去方向，更难谈教学规范、教学质量和评价了。正是因为如此，人们普遍认为培养目标是一切教育活动的出发点和归宿。

（二）培养目标和教育目的及教育方针的区别

在教育领域里，教育目的、教育方针是经常用到的两个概念，这两个概念既密切相连又不尽一致，因此，要研究培养目标，必须对教育目的、教育方针之间的关系进行研究。

1. 教育目的

教育目的是指通过教育过程把受教育者培养成为具有一定的质量标准和规格的人。教育目的是教育方针指定的前提和基础。也是教育方针表述的基本内容。但教育目的和教育方针是两个有联系又有区别的概念。教育方针通常带有阶级性，反映了统治阶级在一定时期内教育事业发展的基本方向，教育目的着重反映一定社会对人才培养的总要求，侧重于受教育个体及其发展目标。总体来说，教育目的需要教育方针的正确指导，教育方针还需对教育目的的正确把握。

2. 教育方针

教育方针是"国家或政党根据政治、经济和社会发展的要求提出来的一定时期内教育工作的总方向和总目标，是教育工作的根本指导思想。教育方针所概括的内容一般有教育的性质、教育的目的，即实现教育目的的基本途径，其中以指出培养什么规格的人及教育目的最为重要[2]。"教育方针一般都带有指导性和方向性。同一个国家或政党在不同历史时期教育方针也不尽相同。从新中国成立初到现在，教育方针有几次不同的提法或调整，都是和国家当前的形势密切相关的。

1957 年毛泽东提出了我国教育方针："应该使受教育者在德育、智育、体育几方面都得到发展，成为有社会主义觉悟的有文化的劳动者。"

1958 年，中共中央提出了党的教育方针是"教育为无产阶级政治服务，教育与生产劳动相结合"。

1981 年，邓小平同志提出"教育要面向现代化，面向世界，面向未来"的教育方针。

1990 年《中共中央关于制定国民经济和社会发展十年规划和"八五"计划的建议》中提出："各级各类学校要认真贯彻'教育必须为社会主义现代化建设服务，必须与生产劳动相结合，培养德、智、体全面发展的建设者和接班人'"。

1995 年，《中华人民共和国教育法》第五条："教育必须为社会主义现代化建设服务，必须与生产劳动相结合，培养德、智、体等方面全面发展的社会主义事业的建设者和接班人。"以法律的形式将教育方针确定下来。

2002 年，再一次对教育方针进行了修改，"十六大"报告对教育方针有了新发展，提出："坚持教育为社会主义现代化建设服务，为人民服务，与生产劳动相结合，培养德、智、体、美全面发展的社会主义事业的建设者和接班人。"

《国家中长期教育改革和教育发展纲要（2010 - 2020 年)》中，第十一章人才培养体制改革"（三十一）更新人才培养观念。深化教育体制改革，关键是更新教育观念，核心是改革人才培养体制，目的是提高人才培养水平。树立全面发展观念，努力造就德智体美全面发展的高素质人才。树立人人成才观念，面向全体学生，促进学生成长成才。树立多样化人才观念，尊重个人选择，鼓励个性发展，不拘一格培养人才。树立终身学习观念，为持续发展奠定基础。树立系统培养观念，推进大中小学有机衔接，教学、科研、实践紧密结合，学校、家庭、社会密切配合，加强学校之间、校企之间、学校与科研机构之间合作以及中外合作等多种联合培养方式，形成体系开放、机制灵活、渠道互通、选择多样的人才培养体制。（三十二）创新人才培养模式。遵循教育规律和人才成长规律，深化教育教学改革，创新教育教学方法，探索多种培养方式，形成各类人才辈出、拔尖创新人才不断涌现的局面。注重学思结合。倡导启发式、探究式、讨论式、参与式教学，帮助学生学会学习。激发学生的好奇心，培养学生的兴趣爱好，营造独立思考、自由探索的良好环境。适应经济社会发展和科技进步的要求，推进课程改革，加强教材建设，建立健全教材质量监管制度。深入研究、确定不同教育阶段学生必须掌握的核心内容，形成更新教学内容的机制。充分发挥现代信息技术作用，促进优质教学资源共享。注重知行统一。坚持教育教学与生产劳动、社会实践相结合。开发实践课程和活动课程，增强学生科学实验、生产实习和技能实训的成效。充分利用社会教育资源，开展各种课外、校外活动。加强中小学校外活动场所建设。加强学生社团组织指导，鼓励学生积极参与志愿服务和公益事业。注重因材施教。关注学生不同特点和个性差异，发展每一个学生的优势潜能。推进分层教学、走班制、学分制、导师制等教学管理制度改革。建立学习困难学生的帮助机制。改进优异学生培养方式，在跳级、转学、转换专业以及选修高一学段课程等方面给予支持和指导。健全公开、平等、竞争、择优的选拔方式，改进中学生升学推荐办法，创新研究生培养方法。探索高中、高等学校拔尖学生培养模式。（三十三）改革教育质量评价和人才评价制度。改进教育教学评价。根据培养目标和人才理念，建立科学、多样的评价标准。开展由政府、学校、社会各方面共同参与的教育质量评价活动。完善学生成长记录，做好综合素质评价。探索促进学生发展的多种评价方式，激励学生乐观向上、自主自立、努力成才。改进社会人才评价及选用制度，为人才培养创造良好环境。树立科学人才观，建立以业绩为重点，由品德、知识、能力等要素构成的各类人才评价指标体系。强化人才选拔使用中对实践能力的考查，克服社会用人单纯追求学历的倾向。"

二、应用型大学人才培养目标定位

（一）培养人才是大学的首要职能[3]

培养人才是大学最初产生的原因，也是大学最终得以发展的基本原因。在19世纪以前，传授知识、培养人才是高等学校最重要、最基本的职能；在19世纪以后，尤其在现代社会中，传授知识、培养人才仍然是大学最主要的职能。无论哪一层次、哪种类型的大学，培养人才都是其首要职能。永井道雄在《日本的大学》中说道："大学今后仍然必须为工业发展做出贡献。但是比这一点更为重要的是大学必须成为以造就人才为中心的文化据点。"舍弃培养人才这一职能，大学便失去存在的根基。大学应该培养什么人才呢？纽曼认为大学应培养绅士；洪堡认为大学应该培养完全的人；弗莱克斯认为大学应培养社会精英；赫钦斯认为大学应培养完人；科尔则认为大学应培养掌握丰富知识、了解社会的"有效的公民"。就我国来讲，我国古代高等教育曾存在四种类型培养人才的大学教育：一是以培养封建国家行政官吏为任务的中央官学（如汉代的太学，唐代的国子学、四门学）；二是以训练法律、科技和艺术专门人才为目标的中央专科学校（如唐代的书学、算学、律学）；三是以传递经学、科技和文化为宗旨的私人授徒及家学；四是以培养学术人才为宗旨的书院。但它们的主要职能是培养封建社会的统治者及其下属的政务官，以便维护封建统治。伴随着中国近代资本主义的兴起和发展，封建时代的大学教育完成了它的历史使命，开始向近代大学演变。中国近代大学教育的宗旨是，"传授高深学问，养成硕学鸿才应国家需要"。新中国成立后，大学教育在人培养目标上主张"红"与"专"的结合，德、智、体、美、劳全面发展。而当代大学则突出要以培养创新人才为根本，这是知识经济对人才素质的基本要求。

（二）服务社会是应用型大学的目标定位

大学的社会服务职能无论是在观念上还是在实践上，首先是在美国产生的。威斯康星大学将大学为社会服务的职能明朗化了。1904年，范·海斯就任大学校长后，他把大学的社会服务功能又向前推进了一步。范·海斯明确提出："教学、科研、服务都是大学的主要职能"，"服务应该成为大学唯一理想。"大学的社会服务职能在20世纪明确之后，不但得到了广泛的认可，而且在不断地增强。

从21世纪开始，中国进入全面建设小康社会，加快推进现代化的新的发展阶段，作为中国的高等学校，必须面向现代化，面向世界，面向未来，充分发挥大学的社会服务职能，坚定不移的为建设中国特色社会主义的经济、政治、文化服务。中国高等教育正在从精英教育阶段向大众化型教育阶段转变，社会要求大学培养各方面不同层次的专业人才。为此，大学必须适应这种变化，以满足社会各方面的需要。在这方面，大学应以提高国民素质为根本宗旨，大学应通过产学研结合以及科技园发挥作用。随着国家经济结构的战略性调整和产业结构的优化，大学将进一步调整科研方向，使学校的教学、科研与国家的经济发展和社会进步更加紧密地结合起来[3]。

三、应用型本科人才的培养规格

（一）关于人才培养规格的描述

教育部在《关于普通高等学校修订本科专业教学计划的原则意见》中按德、智、体等三个方面对本科专业人才培养规格进行了具体描述：

"热爱社会主义祖国，拥护中国共产党领导，掌握马列主义、毛泽东思想和邓小平理论的基本原理；愿为社会主义现代化建设服务，为人民服务，有为国家富强、民族昌盛而奋斗的志向和责任感；具有敬业爱岗、艰苦奋斗、热爱劳动、遵纪守法、团结合作的品质；具有良好的思想品德、社会公德和职业道德。

具有一定的人文社会科学和自然科学基本理论和知识，掌握本专业的基础知识、基本理论、基本技能，具有独立获取知识、提出问题、分析问题和解决问题的基本能力及开拓创新的精神，具备一定的从事本专业业务工作的能力和适应相邻专业业务工作的基本能力与素质。

具有一定的体育和军事基本知识，掌握科学锻炼身体的基本技能，养成良好的体育锻炼和卫生习惯，受到必要的军事训练，达到国家规定的大学生体育和军事训练合格标准，具备健全的心理和健康的体魄，能够履行建设祖国和保卫祖国的神圣义务。"

上述要求分别从德、智、体进行了概括，包含了对知识、能力、素质三个方面的内容。随着世界科学技术的发展，我国的高等学校对人才培养的要求进行了改革，1998 年，教育部《关于深化教学改革，培养适应 21 世纪需要的高质量人才的意见》在"在人才培养模式"内涵中，明确提出了"知识、能力、素质"三个要素。《国家中长期教育改革和发展规划纲要（2010－2020 年）》（以下简称《规划纲要》）对高等教育的人才培养工作提出了一系列重要的战略思想和重大举措，对高等学校提高人才培养质量具有重要的指导意义。《规划纲要》第十九条指出"提高人才培养质量。牢固确立人才培养在高校工作中的中心地位，着力培养信念执著、品德优良、知识丰富、本领过硬的高素质专门人才和拔尖创新人才。加大教学投入。教师要把教学作为首要任务，不断提高教育教学水平；加强实验室、校内外实习基地、课程教材等教学基本建设。深化教学改革。推进和完善学分制，实行弹性学制，促进文理交融；支持学生参与科学研究，强化实践教学环节；推进创业教育。创立高校与科研院所、行业企业联合培养人才的新机制。全面实施高校本科教学质量与教学改革工程。严格教学管理。健全教学质量保障体系，充分调动学生学习积极性和主动性，激励学生刻苦学习，奋发有为，增强诚信意识。改进高校教学评估。加强对学生的就业指导服务。"《规划纲要》强调要更新人才培养观念，先进的教育思想和教育观念，是教育教学改革与实践的先导，提高人才培养质量，必须树立人才培养的"五个观念"，即全面发展观念、人人成才观念、多样化人才观念、终身学习观念和系统培养观念。

（二）应用型人才质量内涵及标准的设计原则

应用型人才的培养规格决定了应用型人才质量内涵。在社会适应性方面，突出知识应用的人才特色，强调社会分工对各种人才需求的合理分布和不同层次、不同类型人才的互补性，降低人才因为同构化程度高、相似程度高而产生的竞争；强调人才适应"生产一线"的能力，面对工作对象培养应用能力，缩短知识与工作对象的距离，满足社会广泛需求的既有理论功底、又有高技能的人才需求；强调创新精神的培养，提高人才质量强调综合素质的培养是一种针对专业教育而言的通识教育，提高人才更为广泛的适应性。在毕业生达到规定的专业培养目标的程度方面，学校要按照应用型人才培养的规格要求，构建体现应用型人才特色的各专业教学环节，加强专业实践能力和主体从业领域的职业技能的教学环节，制定各个教学环节的质量标准，建立适应于应用型人才培养要求的质量监控体系，确保应用型人才培养的质量的实现。

从人才质量的形成过程可以看出，质量标准是在准备阶段确定的，质量是在培养阶段逐步形成的。设计应用型人才培养质量标准应遵循高等教育的基本原则。

1. 通专结合的复合型人才原则

加强通识教育可以增强学生的社会适应性，加强专业教育可以增强学生满足特定岗位的针对性。人才培养周期有限，学生的学习精力和学习能力有限，过分强调通识教育势必削弱专业教育，过分强调专业教育势必削弱通识教育。对通识教育和专业教育搭配的选择应以培养人才规格为依据。

2. 突出应用能力的原则

应用型人才学习知识的目的是为了架起知识与应用对象之间的桥梁，在学习过程中，他们更多关注的不是知识自身的演绎过程，而是知识成立的条件和知识内容，关注知识与对象的结合，关注知识应用于对象时应注意的事项。

3. 具有开拓性的创新人才原则

新世纪高等教育的价值追求是培养创新人才。创新教育是指在学校教育中，对学生的创造品质和创造性思维能力的培养。创新离不开知识的支持。动态的知识积累与合理的知识结构，是创新人才的知识特征。人们根本不可能获得完全证实和证明的知识，所有的知识都是一种值得怀疑的暂时的理论，都是一种现有问题的猜测解释[4]。创新人才应当避免用静止的、凝固的观点去对待知识，应及时充实、更新已有的知识。知识的多少制约着创新的层次和创新的水平，知识是创新的重要因素，但不是决定因素。创新人才应当重视知识的积累，更应当重视知识积累的适当数量与合理结构。

（三）应用型大学本科的人才应具备的三大要素

应用型本科教育培养技术应用型、复合应用型和职业应用型等类型人才的定位明确后，需要在此基础上确定其内涵，具体为这类人才的基本规格和质量标准。按照社会经济发展和用人单位对应用性人才的需求，依据高等教育培养人才的教育方针和当今我国本科教育教学改革中人们共识的培养目标"知识"、"能力"、"素质"三要素的要求，应用性本科教育人才培养的基本规格和质量标准如下[2]：

1. 应用型本科教育人才的知识要素

知识要素是基础性要素，它从根本上影响着能力要素和素质要素。对于应用型本科教育人才应具有的知识要素，或者说知识结构主要是两个部分：素质性知识和专业性知识。素质性知识指学生必须了解和掌握的人类、社会、自然发展及其规律的基本知识和基本理论；专业性知识指学生所学专业需要掌握的学科理论知识、经验性知识、工作过程性知识。研究应用型本科人才的知识要素主要是确定应用型本科教育人才的知识结构，需要哪些素质性知识和需要哪些专业性知识以及要求的广度和深度。

基于知识传播对知识的诠释，知识作为信息时代最具有战略意义的资源，可以具体化为两种性质的知识：显性知识和隐性知识。显性知识可以系统归纳、准确表述、易于交换，显性知识方面存储于各种媒体中，具有系统化、稳定性强和知识构建周期长的特点，隐性知识往往是非系统化的，并且具有非固化的、灵活的和开放性的特征。一般来说，所有教育都涉及显性知识和隐性知识的传播，对于不同的教育类型各部分所占比重不同。对于应用型大学本科教育来说，隐性知识的传播是不容忽视的重要部分。

素质性知识是应用型本科教育人才培养中基本素质教育中的知识部分，包括马克思列宁主义、邓小平理论、思想道德、法律基础等以及自然科学与人文、社科类的基本知识。它保证高等教育所培养的人才能够具备工作生活最基本的知识，其要求与其他类本科的要求是一致的。

专业性知识中的学科理论知识和部分经验性知识具有外在显性的特征，主要从课堂或书本上获得，我们称之为显性知识。专业知识中的部分经验性知识和工作过程性知识具有内在隐性的特征，必须通过实践结合工作体验、经历而获得，我们称之为隐性知识。学术性本科教育和应用性教育在专业知识方面的主要区别体现在：学术性本科教育重视显性知识的获得，并且强调知识的学科系统化，应用型本科教育则是理论知识和实践知识并重；一般来说，两类教育关于学科理论知识的内部逻辑大体相同，但后者理论深度相对较低，应用针对性适度提高，更强调"广、浅、新、用"。隐性知识特别是经验性知识传播和个体获得的途径和方法，教育界各方的人士正在进行有效地研究，对于应用型本科教育教学论的建立，包括应用型本科教育课程开发法、教学法、教育教学过程的实施，以及最终教育教学成效，将产生重大影响。

2. 应用型本科人才能力要素

从教育学角度看，能力是知识追求的目标，学习知识的根本目的是为了获得能力和提升能力。能力要素也是三要素的核心要素，是应用性人才特征的突出体现。

应用型本科人才的能力要素包括应用能力（专业能力）和关键能力。应用能力主要是指用所学知识解决一线工作实际中专业问题的能力，包括专业大类相应工作的应用能力和专业需要的专门应用能力两种。对于应用能力（专业能力），我们在过去围绕实践教学环节进行了一些教学改革并给予了相当的关注，但是对关键能力的认识还不够。关键能力最早由澳大利亚教育审议会迈耶委员会在1992年提出来，其认为关键能力是"有效参与正在出现的工作形式及工作组织所必须的能力"。这里所指的关键能力是一般的通用能力，所强调的并不是某种具体的专业能力和职业技能，而是对不同职业的适应能力，也就是即便当职业发生变化时，这些能力依然在从业者身上起作用，因此也有人称之为跨职业能力。

在现阶段，我国对应用型本科人才所要求的关键能力主要体现在五个方面：第一，运用所学知识解决实际问题的能力，包括能不能"学以致用"，以及有没有"学以致用"的意识等；第二，表达和沟通能力，包括与人的沟通能力、文字表述能力、语言表达能力和在经济发展国际化环境下的外语能力和表达能力；第三，团队合作能力，主要指分工协作和主动配合能力；第四，组织协调能力，包括在团队中的组织能力、优化资源能力和组织团队按时完成任务的能力；第五，创新意识，前瞻性思维，创新的能力等。

3. 应用型本科人才的素质要素

应用型本科人才不应只具有技术，而是必须具备良好的综合素质。在实际工作中，应用性人才进行技术开发、生产管理时，其专业知识的运用、应用能力的发挥常与责任心、道德感、心理素质、意志品质等非专业素质有密切关系并发挥着重要作用，直接影响着专业工作完成的效果的质量。因此，应用型本科教育要避免重专业知识能力，轻视非专业基本素质，避免过分重视人才的技术价值而忽视了人自我发展的价值。体现在培养目标上，就是必须将其作为三要素的重要组成部分之一，合理、科学地构建素质内涵，并在培养过程中得到贯彻。

应用型本科教育人才的素质要素主要是基本素质。基本素质是指具有良好的身心素质，具有合格的政治思想素养，具有良好的身心素质，具有基本的人文、科学素养和良好的职业素质等方面的内容，它是在基本素质课程的基础上，被进一步培养和养成的。现阶段，对应用型本科教育人才素质要求突出体现在工作中的基本素质上，要求在从业中必须具备责任意识，也就是必须从基本工作做起，能够对自己职责范围内的工作认真负责的完成。

科学与人文分离的结果就两个极端而言，出现了两种畸形人，一种是只懂技术而灵魂苍白的"空心人"，一种是不懂技术、奢谈人文的"边缘人"。靠现实社会改变这种情况是无能为力的，而大学教育者，特别是人文社会科学教育应将其作为应有的内容。早在 20 世纪初，西方一些著名的大学就注意克服这种片面性，探索科技与人文的汇通之路，哈佛的学生在一二年级开设"通识课程"，广泛涉及人文、社会和自然科学的各个方面。麻省理工学院内的工科学生要学占课时 22% 左右的人文课程。我国现行被一再呼吁的人性教育、全人教育、通识教育、道德教育、心理教育等无不是针对技术对人的异化进行批判的结果[3]。

（四）应用型人才的岗位角色

我国高等教育的弊端之一是教育与社会需求脱节，也就是学校的人才培养过程与学生毕业后的就业岗位的实际需求相脱节。因此，这里有必要对应用型性人才的岗位角色作简要说明。

应用型人才岗位分布从专业和产业角度讲，比如自动化专业是以电气工程师、市场工程师、技术支持工程师、维修维护工程师为主要培养目标；建筑环境与设备专业是以现场工程师、智能楼宇运行维护工程师、监理师、建筑工程类企业施工组织与管理工程师为主要培养目标；管理信息系统专业是以信息项目主管为培养目标；电子商务专业是以网站维护工程师、市场营销工程师、期货操盘手、信息发布管理员和项目经理为培养目标。城市规划与管理专业是以经纪人和策划师等为主要培养目标；工商管理专业则是以中小企业经理为主要培养目标。在以上培养目标中，电气工程师、技术支持、市场工程师、维修维护工程师、信息发布管理员等为技术应用型人才；项目主管、市场营销工程师、信息发布管理员等为管理应用性人才；项目经理、中小企业经理、经纪人、策划师等为服务应用性人才。

按产业的人才需求来分，第一产业有农艺师、农业技术畜牧师、农业技术兽医师、林业工程师、林业技术员等；第二产业有设备安装测试工程师、制造业的车间工程师、质量监控工程师、物流设备工程师等；IT 也有软件工程师、系统维护工程师、数据管理工程师、平面设计师、项目经理等；建筑行业有建筑施工工程师、建筑监理工程师等；第三产业有经纪人、策划师、中小企业经理、市场营销师、期货操盘手、企业法律顾问、文化创意设计师、旅游管理经理等。

了解应用型人才的社会岗位分布，有助于帮助学生认识和了解岗位对知识、能力、素质方面的需求，从而使学习更有针对性。

（五）实例分析：建筑电气与智能化专业人才培养目标与规格

1. 智能建筑专业对人才的素质要求

（1）热爱祖国、遵纪守法；

（2）一定的人文社会科学和自然科学的基础理论知识和素养；

（3）良好的团队合作精神和客户服务意识；

（4）刻苦钻研业务知识、不惧艰苦工作环境等优秀品质；

（5）良好的职业道德，健全的法律意识，身心健康，具有一定的创新意识。

2. 智能建筑专业对人才的能力要求

（1）具有较强的建筑智能化工程设备安装与调试能力；

（2）具有较强的施工组织与管理能力；

（3）具有一定的专业英语应用能力；

（4）具有一定的智能化工程预算能力；

（5）具有一定的计算机应用能力；

（6）具有初步的工程设计能力。

3. 智能建筑专业对人才的知识要求

（1）掌握楼宇智能化工程技术专业的基本知识；

（2）熟悉建筑智能化工程施工工艺标准与项目管理知识；

（3）掌握一定的数学、电工电子、电气工程材料、计算机操作等基础知识；

（4）掌握识读与绘制本专业现场施工图、竣工图的一般方法；

（5）熟悉智能建筑工程项目的实施流程及作业方法，掌握施工组织设计文件编制以及网络图技术的基本原理；

（6）掌握安全生产、环境保护以及智能建筑工程相关法规（规范、规程、标准）的基本知识；

（7）掌握本专业基本的英文词汇；

（8）了解企业经营、财务管理及成本分析的基础知识。

参 考 文 献

［1］徐理勤. 现状与发展——中德应用型本科人才培养的比较研究［M］. 杭州：浙江大学出版社，2008.

［2］高林. 应用性本科教育导论［M］. 北京：科学出版社，2006.

［3］苏智先. 现代大学制度创新研究［M］. 成都：四川人民出版社，2008.

［4］石中英. 知识增长方式的转变与教育变革［J］. 教育研究与实验，2001（4）.

第四章　应用型本科人才培养体系

高校应建立合理的人才培养体系，以提高人才质量为指引，以教学内容先进为引导，实施多元化的人才培养模式，因材施教，发展学生的潜能。积极推进以探究问题、启迪思维、师生互动为基本特征的教学模式，引导学生主动学习、主动思考和制定实践，主动地发现问题、分析问题和解决问题；强化实践教学环节，推进理论教学与社会实践密切结合；推进课内与课外的密切结合，广泛开展多彩的第二课堂活动。

一、应用型本科人才培养体系的概念与特征

（一）应用型本科人才培养体系概念

人才培养体系主要包括教学模式和教学内容两个方面，人才培养体系不仅是人才培养理念的集中反映，更是人才培养目标与培养规格的具体体现和实现载体。"如果说人才培养目标与规格还只是对受教育者的知识、能力、素质等方面提出的理想预期的话，那么人才培养体系在很大程度上则决定了受教育者所能形成的知识、能力、素质，决定了人才培养目标能否成为现实。"[1] 应用型本科人才培养体系是以"知识、能力、素质和谐发展为主线"，构建其理论教学体系、实践教学体系、素质拓展体系三位一体的人才培养体系。保证学生既具有扎实的理论功底，又具有较强的实践能力和突出的职业能力。

（二）应用型本科人才培养体系的特征

1. 培养理念突出能力和创新

在新的历史阶段和形势下，重视实践能力和创新精神的人才是我国高等教育的基本价值取向，是当前高等教育的核心所在，能力性和创新性是应用型本科人才培养体系的主要特点，地方性普通本科院校要以创新精神和实践能力为主线来构建人才培养模式，突出实践教学，注重培养学生的实践动手能力，为学生顺利就业铺平道路。因此，具有创新精神和实践能力不仅反映了时代发展对高级专门人才能力与素质的新要求，也使得我国高等学校人才培养具有一定的时代性和前瞻性。

2. 培养目标突出实用型

地方性院校出于生存的现实需要，将立足地方，依托地方，培养实用型人才作为重要指针，这种人才培养模式以提高大学生社会适应能力、综合素质和就业竞争力作为人才培养的主要目的，强调教育与生产劳动相结合，鼓励合作办学、培养学生的实际动手能力。务实致用是地方大学培养应用型人才的基本准则，通

过四年的专业学习，使学生真正具备做事的本领是应用型大学应达到的基本要求[2]。

3. 培养体系的双重性特征[3]

应用型本科人才主要是面向地方经济社会生产第一线的人才，不仅要有一定的基础理论知识和初步的研究能力，而且要有突出的实际动手能力和较快的上手能力。以此为目标，一些高等学校按照共性要求与个性发展相结合、学术性与职业性相结合、理论教学与实践教学相结合、科学和人文相结合、专业和行业相结合等原则构建人才培养体系。

4. 培养机制的人性化特征

随着高等教育大众化的到来，人才培养规格的多元化、多样化，客观上要求改变整齐划一式的人才培养制度，创新有利于学生个性发展、更加灵活的制度安排。应用型大学的培养机制应有利于学生的个性发展，富有弹性，实施分流、分层、分段、分地培养，因材施教，促进学生个性发展，以创造有利于学生学习的环境。

第一，分层培养。长期以来，我国传统本科教育注重学科型人才培养，重视专业教育的统一性要求，人才同质化现象比较明显。在入学资格上，有着一个严格、统一的入学基准——特别是入学最低总分，甚至一些专业对单科入学最低分也有明确规定；在教学过程中，基本上是统一设课、统一考核，重视期末闭卷考试，追求标准答案；在学业标准上，对课程学习有着诸多详细的统一规定，比如对必修课不及格累计学分都有详细要求。其结果是，一部分学生跟不上，一部分学生吃不饱，学生的个性得不到充分发展，发展潜能也没有得到充分挖掘。因此，根据学生的学习成绩分为实验班和普通班，实验班的教学内容侧重理论的深度和广度，鼓励试验班学生考取研究生，实行分层培养的体制。北京联合大学在办学目标上，侧重培养应用型技术人才，同时也注重培养应用型研究人才，在教学模式上设立实验班和普通班，实验班培养学生多以考研为目标，普通班则以就业为目标。

第二，大类招生。大类招生这一人才选拔和培养模式的出现，目的在于培养知识面广博、基础扎实、素质全面、具备扩展知识领域的潜质和终身学习能力，具备多元知识技术能力的复合型人才，使之具有更强的竞争力和创新力。这一人才培养模式所体现的教育理念是通识教育。通识教育，又称"通才教育"，旨在培养学生的综合素质，使学生在道德、情感、理智等方面全面发展。通识教育的核心在于培养人的整体素质，而不是培养人的某一领域的专业知识。它强调对不同文化的了解，同时也重视对人情志的培养等。美国大学的通识教育有着上百年的历史。哈佛大学本科生在上主修课之前，必须上通识课程，必须文理并重，了解掌握人文科学和自然科学领域的基本知识和学术流派，课程分成 8 个领域 11 大类，要求学生在一定时间内所修课程必须涉及 9 大类，使之具有宽厚的知识基础。哥伦比亚大学规定，理、工、医科学生在大学就读期间需必修包括亚里士多德、莎士比亚等大家的经典著作的核心课程。通识教育的作用在于：可以培养人的思维能力、条理性和智慧，这将有利于其增强学习其他学科领域的能力，不管是文学、社会学还是会计学的具体领域的心智锻炼都将增强学习其他学科领域的能力；可以帮助学生学会自己思考，使之拥有自己的意见、态度、价值、观念，一旦养成良好的思考习惯，就能胜任每一种工作；可以增强创造性，使学生在大学真正获得的不是一堆死知识，而是学习技能的方法。大类招生作为一种新型的招生方式和培养模式在国内已得到了长足的发展。按大类招生模式培养学生是一种新的本科人才培养模式。大类招生的全称应该是按学科大类招生，是指高校将相同或相近的学科门类，通常是同院系的专业合并，按一个大类招生。学生入校后，经过 1～2 年的基础培养，再根据兴趣和双向选择原则进行专业分流。目前，高校招生政策是专业招生和大类招生并存，既有研究型大学实行大类招生，也有地方高校实行大类招生。北京联合大学管理学院从 2006 年提出按专业大类招生的设想，并对此开展深入调研，同时开展与之配套的基础建设包括经管类专业基础平台课建设和实践教学体系建设，已初步形成了面向需求、大类招生、分级教学、学生自主、多元发展的经管类应用型本科人才培养模式。

大类招生有利于因材施教，提高人才素质。按照大类招生培养人才，学生可以根据自己的特长和兴趣、学校及专业、社会人才需求都有了更明确的了解，避免了考大学时对专业选择的盲目性，为培养各类优秀人才创造了条件。

大类招生有利于激发学生的积极性。按大类招生对学生能够产生激励的作用，对提高学生的学习主动性会产生动力，因为学生需要学会选择，学会规划自己的学习。同时，学生在学习过程中会在教师的引导下及自己的反思中确立成长的方向，这会使学生进一步发挥积极性、主动性和创造性。此外，由于学生只有具备优异成绩和良好表现，才有更多选择的主动权，在明确的选择目标的激励下，激励学生自主学习时学习动力会增强。故从某种意义上说，大类招生有利于学生靠自己的实力，通过个人努力最终会实现个人目标。

大类招生有利于培养创新型人才。高等教育作为知识和技术创新的基础，其主要责任就是培养具有创新精神和实施能力的高级专门人才。建设创新型国家走自主创新的发展道路，要求高等学校培养的学生不仅要有扎实的专业背景，而且要成为厚基础、宽口径，具备终身学习能力、扩展知识领域的潜力、创新创业能力以及适应社会人才市场多变局面的复合型、创新型人才。大类招生能够让学生入学后得到宽口径、厚基础的培养，避免了由于过早进入专业学习而导致的知识面狭窄、基础素质欠缺的弊端。

第三，分流培养。过去，我国的高等教育模式基于这样一种理论预设：同一层次的所有人，都应该适用于同一种培养方案、同一种教学计划、同一种学习要求，被培养成具有一样或是大体一样的知识结构、能力的人。根据统计，目前高校学生本科毕业 10 年后，仍然从事原来专业的不到 5%；博士毕业 5 年后，仍然从事所学专业的不到 40%。故传统的培养方式与市场经济体制的要求有偏差。北京联合大学部分院校实行大类招生后，学生在一年以后可以自由选择专业，使人才培养模式更加人性化。

二、应用型本科人才培养体系构建的基本原则

人才培养体系的确定，主要以生产力与科学技术、经济社会发展以及受教育者身心发展水平为依据，适应经济社会发展和学生个性发展的需要[3]。随着高等教育发展进入大众化阶段，应用型本科人才培养体系既要注重大众化的生源特点，树立人人成才的观念，注意人才培养体系的合理性和可行性；还要注重将最新的科学技术和社会发展的最新成果充实到教学内容中来，保持培养体系的前瞻性和教学内容的先进性。

（一）人的全面发展的原则

人才培养体系的构建是一项系统工程，涉及教学内容的整合以及课程体系的优化等方方面面，不是教学内容的简单堆积。应用型本科人才培养体系要根据应用型本科人才培养目标和规格来制定，确保应用型人才的全面发展。人的全面发展是一个长期、艰苦的过程，这个过程是历史的、具体的。构建以"知识、能力、素质和谐发展为主线"的理论教学体系、素质教学体系、实践教学体系三位一体的人才培养体系。人的综合素质是人的各种能力发展的基础，人才能力的提高又会促进人的综合素质的全面发展。人的全面发展并不否认个性发展，全面发展是个性发展的基础，个性发展是全面发展的体现与展开。

（二）学术性与职业性相结合原则

我国本科教育一直比较重视课程的学科标准和知识的内在逻辑性，注重人才培养的理论性和学术性，强调培养对象的理论水平、科学研究能力和继续深造能力。但是，由于学科本身有其发展的逻辑轨道，学科知识有其自身的内在体系，直接按照学科体系组合的理论与社会生活生产实际运用存在一定的差距，缺乏应用性和职业性，培养出的学生在社会适应性方面存在一定的问题，需要用人单位"再培训"之后才能上岗。因此，以学科为主线设计，以研究人才培养为目标的课程体系在某种程度上不适合地方性普通本科院校的办学定位。从世界高等教育的基本走向看，作为高深学问——大学知识不断走向实用化和技术化。反映在高等学校课程设置上，一批实用的、有利于就业的实用课程开始列入人才培养体系。应用型本科人才培养体系应体现先进的基础知识和实践能力相结合的特色，以适应未来就业的需要。

（三）知识教学与能力培养相结合原则

知识教学与能力培养相结合是应用型本科区别于传统本科的重要理念。应用型本科把能力培养贯穿于整个人才培养的全过程。同时注重基础知识教学与能力

培养相结合，21 世纪的人才需求与评价以"知识、能力、素质"为核心，只有专业基础知识和能力培养相结合，学生才能具备核心能力、职业能力、可持续发展能力。否则就没有发展的后劲，就不会在生产实际中"熟能生巧"和"技术创新"，就不会分析专业性问题和创造性的解决问题，这是相辅相成的关系。

（四）专业教育与素质培养相结合原则

具备相应的综合职业能力和全面素质是应用型人才的重要特征。要为学生提供形成技术应用能力的必须的专业知识，同时，学生在实际工作中遇到的问题往往仅靠专业知识无法解决，还需要掌握除专业知识外的科学人文知识和经验，既具有专业知识又具有综合素质的学生很受企业青睐。企业需要毕业生具有良好的人品，具有合作精神，拥有脚踏实地、敢于拼搏，吃苦耐劳，敢于奉献，最重要的是具有社会责任感。而学生普遍缺乏责任心是现代学生的特色。因此，加强学生的素质教育在任何时候都不过时，而素质培养是通过潜移默化的方式使学生所学知识和能力内化为自己的心理层面，积淀于身心组织之中。对学生的思想成长具有重要的指导和促进作用，对大学生素质的形成和发展起着主导作用。使学生不仅会做事，更要会做人；不仅能成才，更要能成人。

三、应用型本科人才培养体系构建

（一）应用型本科人才培养的理论基础

《国家中长期教育改革和发展规划纲要（2010 – 2020 年）》对人才培养工作提出了一系列的重要战略思想和重大举措，对高等学校提高人才培养具有重要的指导意义。"把育人为本作为教育工作的根本要求。人力资源是我国经济社会发展的第一资源，教育是开发人力资源的主要途径。以学生为主体，以教师为主导，充分发挥学生的主动性，把促进学生成长成才作为学校一切工作的出发点和落脚点；关心每个学生，促进每个学生主动地、生动活泼地发展；尊重教育规律和学生身心发展规律，为每个学生提供适合的教育，培养造就数以亿计的高素质劳动者、数以千万计的专门人才和一大批拔尖创新人才。把改革创新作为教育发展的强大动力。教育要发展，根本靠改革。要以体制机制改革为重点，鼓励地方和学校大胆探索和试验，加快重要领域和关键环节改革步伐。创新人才培养体制、办学体制、教育管理体制，改革质量评价和考试招生制度，改革教学内容、方法、手段，建设现代学校制度，构建中国特色社会主义现代教育体系。加快解决经济社会发展对高质量多样化人才需要与教育培养能力不足的矛盾、人民群众期盼优质教育与资源相对短缺的矛盾、增强教育活力与体制机制约束的矛盾，为教育事业持续健康发展提供强大动力。（十八）全面提高高等教育质量。高等教育承担着培养高级专门人才、发展科学技术文化、促进现代化建设的重大任务。提高质量是高等教育发展的核心任务，是建设高等教育强国的基本要求。到2020年，高等教育结构更加合理，特色更加鲜明，人才培养、科学研究和社会服务整体水平全面提升，建成一批国际知名、有特色高水平高等学校，若干所大学达到或接近世界一流大学水平，高等教育国际竞争力显著增强。（十九）提高人才培养质量。牢固确立人才培养在高校工作中的中心地位，着力培养信念执著、品德优良、知识丰富、本领过硬的高素质专门人才和拔尖创新人才。加大教学投入。教师要把教学作为首要任务，不断提高教育教学水平；加强实验室、校内外实习基地、课程教材等教学基本建设。深化教学改革。推进和完善学分制，实行弹性学制，促进文理交融；支持学生参与科学研究，强化实践教学环节；推进创业教育。创立高校与科研院所、行业企业联合培养人才的新机制。全面实施高校本科教学质量与教学改革工程。严格教学管理。健全教学质量保障体系，充分调动学生学习积极性和主动性，激励学生刻苦学习，奋发有为，增强诚信意识。改进高校教学评估。加强对学生的就业指导服务。大力推进研究生培养机制改革。建立以科学研究为主导的导师责任制和导师项目资助制，推行产学研联合培养研究生的'双导师制'。实施研究生教育创新计划。（二十）提升科学研究水平。充分发挥高校在国家创新体系中的重要作用，鼓励高校在知识创新、技术创新、国防科技创新和区域创新中作出贡献。大力开展自然科学、技术科学、哲学社会科学研究。坚持服务国家目标与鼓励自由探索相结合，加强基础研究；以重大实际问题为主攻方向，加强应用研究。促进高校、科研院所、企业科技教育资源共享，推动高校创新组织模式，培育跨学科、跨领域的科研与教学相结合的团队，促进科研与教学互动。加强高校重点科研创新基地与科技创新平台建设。完善以创新和质量为导向的科研评价机制。积极参与马克思主义理论研究和建设工程。深入实施高校哲学社会科学繁荣计划。（二十一）增强社会服务能力。高校要牢固树立主动为社会服务的意识，全方位开展服务。推进产学研用结合，加快科技成果转化；开展科学普及工作，提高公众科学素质和人文素质；积极推进文化传播，弘扬优秀传统文化，发展先进文化；积极参与决策咨询，充分发挥智囊团、思想库作用。鼓励师生开展志愿服务。（二十二）优化结构办出特色。适应国家和区域经济社会发展需要，建立动态调整机制，不断优化高等教育结构。优化学科专业和层次、类型结构，重点扩大应用型、复合型、技能型人才培养规模，加快发展专业学位研究生教育。优化区域布局结构，设立支持地方高等教育专项资金，加大对中西部地区高等教育的支持，实施中西部高等教育振兴计划。新增招生计划向中西部高等教育资源短缺地区倾斜，扩大东部高校在中西部地区招生规模。鼓励东部地区高等教育率先发展，加大东部地区高校对西部地区高校对口支援力度。促进高校办出特色。建立高校分类体系，实行分类管理。发挥政策指导和资源配置的作用，引导高校合理定位，克服同质化倾向，形成各自的办学理念和风格，在不同层次、不同领域办出特色，争创一流。加快建设一流大学和一流学科。以重点学科建设为基础，继续实施'985 工程'和优势学科创新平台建设，继续实施'211 工程'和启动特色重点学科项目。改进管理模式，引入竞争机制，实行绩效评估，进行动态管理。鼓励学校优势学科面向世界，支持参与和设立国际学术合作组织、国际科学计划，支持与海内外高水平教育、科研机构建立联合研发基地。加快创建世界一流大学和高水平大学的步伐，培养一批拔尖创新人才，形成一批世界一流学科，产生一批国际领先的原创性成果，为提升我国综合国力贡献力量。"

《国家中长期教育改革和发展规划纲要（2010－2020年）》强调了提高质量在高等教育人才培养目标中的重要性，培养什么样的人，是教育工作必须首先回答的问题。《规划纲要》强调要全面贯彻党的教育方针，坚持教育为社会主义现代化服务，为人民服务，与生产劳动相结合，培养德智体美全面发展的社会主义建设者和接班人。《规划纲要》明确了人才培养的中心地位，把学校最优质的资源投入到人才培养中；树立科学的教育质量观，把促进人的全面发展、适应社会需要作为衡量教育质量的根本标准。提高质量是高等教育改革发展的核心任务，提高高等教育的质量涉及很多方面，但是，提高人才培养质量是第一位的；《规划纲要》指出：推进素质教育要坚持育人为本，坚持德育为先，坚持全面发展。强调了素质教育在教育改革发展中的战略地位；《规划纲要》指出：人才培养的"五个观念"，即：全面发展的观念、人人成才的观念、多样化人才观念、终身学习观念和系统培养观念。更加强调创新人才的培养模式，注重学思结合，注重知行统一，注重因材施教。

（二）构建应用型本科人才培养体系步骤[3]

1. 人才需求调研

以社会需求为导向，是地方性普通本科院校人才培养的基本原则。为更好地培养适应地方社会经济发展的应用型人才，增强高等教育社会适应性、人才培养前瞻性以及提高学生知识应用能力，在人才培养体系设计过程中，准确、及时把握地方经济社会对学科专业人才需求的现状和人才需求的结构与规律，分析区域文化、科技和社会经济特征，明确应用型人才的规格特点，是构建专业人才培养体系、开展教育教学改革、找寻适合学生的教学方法的第一步。

在专业人才需求调研过程中，不仅要研究地方经济社会发展规划，还要走进企业，开展实地考察、走访座谈、问卷调查，深入了解经济社会对应用型人才规格的要求，邀请专家、有关企业的高层领导、行业协会成员参与学校的课程开发与设计，了解企业对应用型专业人才的类型、业务规格和综合能力的基本要求。

2. 人才规格分析

在专业人才需求调研的基础上，根据国家规定的本专业本科人才培养规格的一般要求，结合学校人才培养的总体定位，按照"知识、能力、素质和谐发展"的设计主线，根据学术性与职业性相结合、知识教学与能力培养相结合、共性提高与个性发展相结合的基本原则，从知识、能力、素质三个方面分析本专业应用型本科人才培养规格。

3. 课程体系设置

在确立了人才培养规格之后，提出本专业的理论教学体系、实践教学体系、素质拓展体系，并分别列出每一个体系中的具体课程。按照"平台＋模块"的方式，确立公共基础课程、专业基础课程、专业方向课程和模块课程，基础实验（实践）课程、专业实验（实践）课程、模块实验（实践）课程，公共素质拓展课程、专业素质拓展课程。最后，按照课程的纵向结构安排教学进程表，并合理分配学时与学分，形成人才培养的整个体系。

要根据课程在人才培养中的地位与作用，按照"必修＋选修"的要求，确立每一个体系中具体课程的课程性质。一般而言，必修课程是共性要求，是保证专业基本规格的统一要求；选修课程是个性要求，是保证专业发展方向和促进个性发展的需要。

4. 课程评价与反馈调节

课程体系和教学内容不仅要适应经济社会发展对人才培养规格的要求，而且还要适应学生个性发展的要求，特别是要符合高等教育大众化阶段学生知识基础、认知特点的要求，因材施教，分层分类教学。

课程教学效果应成为课程体系和教学内容评价的重要依据。要更新改良陈旧的教学内容，调整与技术发展不相适应的实验，改革课程教学效果差的教学方法，不断完善课程教学组织过程管理，以使每一教学环节中都能有良好的教学效果，以保证按质保量完成人才培养任务。

具体来讲学生主体意识的增强，他们对世界、对社会有了更深刻的认识，对许多事物的看法都具有自己独立的见解，特别是交费上学、今后就业去向等问题，导致他们对所学专业知识的获取具有更多的选择性和更强烈的自主性，不满足于统一的人才培养模式，存在对人才模式多样化的需求。这就使得高等学校必须结合区域经济的发展需要在人才培养模式、专业设置等方面进行调整和改革，为学生自主发展提供更为广阔的选择空间。学生主体意识的增强对其在大学内所学的知识也就有了新的标准，这就要求高校在教学内容、课程体系方面作出调整和改革以适应他们的需要。"高校应根据培养目标和人才培养模式的要求，更新教学内容，优化课程体系，打破学科课程间的壁垒，加强课程与课程体系间在逻辑和结构上的联系与综合；精选经典教学内容，不断充实反映科学技术和社会发展的最新成果，注意把体现当代学科发展特征的、多学科间的知识交叉与渗透反映到教学内容中来；注重教给学生科学的思维方法，为学生探索新事物、培养创新能力奠定基础。"传统教学方法，以教师为中心，过分偏重讲授，形成满堂灌、填鸭式的教学方式，极大地限制了学生主体参与和主动创造的精神。在教学过程中，教师往往居高临下地看待学生，忽略了学生对学习过程的共同管理能力，其后果不仅是学习质量和学习效率低下，更严重的是压抑了学生主体所必须具备的主动性和能动性的发展，影响学生积极主动的人生态度的形成。学生主体意识的增强，使得他们在教学过程中的主体地位得以回归，这就要求对传统的教学方法和手段进行改革，充分重视学生在教学活动中的主体地位，充分调动学生学习的积极性、主动性和创造性。要进一步精简课堂教学时间，为学生创造更多的自学条件；要根据学生的特点和需要，因材施教；要积极实践启发式、讨论式、研究式等生动活泼的教学方法，充分利用以计算机技术为核心的现代信息技术来改变传统的教学观念、教学技术、教学方法和教学手段；要重视综合性实践教学环节，密切教学与科学研究、生产实践的联系。教学方法和手段的改革要有利于加强学生自学能力、独立分析解决问题的能力的培养，要有利于加强学生高校人才培养模式与课程模式之间的关系。学校培养人的过程是通过教育活动使学生逐渐成为人才的过程。人才培养是状态的变化，模式是状态中表现出来的特征。人才培养模式的内涵是指在一定的教育思想和教育理论指导下，为实现培养目标而采取的教育教学活动的组织形式和运行方式，这些组织形式和运行方式在实践中形成了一定的风格与特征，具有明显的计划性、系统性和规范性。其外延一般是指专业设置、课程体系、教学方式、教育教学活动运行机制和非教学培养途径等。人才培养模式的构造是按照一定方式将传统教育模式中的合理内核与创造出的有利于人才培养活动的要素进行优化综合。人才培养模式在状态上是规范化的、稳定模式区别于另一种模式。换言之，每种人才培养模式都有特定的目标指向、组合形式、操作原则和动作范式。

（三）构建应用型本科人才培养体系的核心要素

实现人才培养模式的核心要素是教学模式和课程模式。如果说课程模式是人才培养模式的具体表现形式，那么教学模式则是实现人才培养模式的组织形式。

1. 教学模式

教学模式是指在某种教育思想观念指导下，在一定教育环境和教育资源支撑下，围绕教学目标、教学内容、课程体系、教学方法手段、教学秩序、教学评价以及教师和学生双方等诸要素所涉及形成的教学组合方式和活动顺序，是完成人才培养任务的教与学范式。如果说课程模式是人才培养模式的具体表现形式，那么教学模式则是实现人才培养模式的组织形式。传统的教学模式，在教学内容上，表现为"知识继承型"教育；在教学方法上，表现为"单向灌输式"教学。传统模式的最大弊病在于没有在教学过程中发挥学生的主体作用，培养的是千人一面的专业人才。现代高等教育的发展趋势是"终身教育、以学生为本，教育的国际化"，要培养和造就具有高素质的人才，高等学校就必须改革传统的教学模式，积极探索有利于培养创新人才的教学模式。

创新思维和实践创新能力的培养，要有利于学生个性和才能的全面发展。

理工科院校以培养实用性和通用性较强的高级工程技术人才或经营管理人才为目的，以现代工程师基本素质教育为核心，以工程教育为主线，形成基础科学理论、技术基础理论、专业基本理论和工程师基本训练一体化的开放式宽口径专业人才培养模式。使多数学生成为"知识、能力、素质"协调发展的应用型人才；对部分学有余力的学生实施"主辅修制"、"双学位制"和跨学科门类选修课程等使其成为具备多种专业技能的复合型人才；对少数优秀学生实行本—硕连读制，促进其个性发展，使其成为开发型、研究型人才。

对应人才培养目标，教学模式的改革思路可以从以下几个方面展开：一是以学生为本，在教学模式中落实学生的主体地位，从学生的认知水平、能力和兴趣出发，组织分层次教学，发挥学生特长，培养学生个性；二是从教学内容出发，采取并行式教学，在每一个教学活动中，将分散在不同课程中的有关内容按知识衔接的先后顺序集成组合，将理论学习、方法训练和应用实践融为一体；三是改进教学方法，提倡启发式、辅导式、探索式、讨论式、试听教学与个别教学等方式的综合运用，提倡探讨和发现问题，加强案例教学，不拘泥于只对学科体系中系统性、完整性为主的课程知识的介绍；四是在教学管理上实行学分制，允许学生跨系跨校活动，允许学生在一定范围内选择专业、课程、教师和学习年限；进一步修订教学计划，压缩总课时，增加课程选修学分和综合训练学分；优化课程结构，鼓励教师开设跨学科，跨专业选修课；推行双学位制和主辅修制，全方位满足学生需要，提高学生的学习积极性和主动性；五是在实践教学上做到四年不断线，注重将成熟的科研成果转化为教学实验，让学生在本科学习阶段就接触本专业领域前沿的先进技术，提高学生学习专业的兴趣，激发学生创新的兴奋点；六是加强现代教育技术平台建设，有效利用校园网、多媒体等现代教学手段，使学生从被动接受知识转变为主动建立自己的知识和能力体系。

2. 课程模式

我们所说的"课程"，一般指学校按照一定的教学目的所建构的各学科和各种教育、教学活动的系统。课程是教学活动中内容和实施过程的统一，是学校实现教育目的的一系列内容和实施过程的统一，是学校实现教育目的的一系列内容和手段的核心部分，是实现素质教育目标的基本手段，是培养学生创造力的重要改革途径和必经环节。所谓"课程模式"，亦指在一定观念指导下课程的结构模式，包括课程设置、课程实施及其管理等一整套环节。由于人才培养的目标内化于课程，学生在达到课程要求的同时也达到了培养目标。因此，人才培养模式要切实落实到课程模式之中，按人才培养模式的要求指导课程模式的建立和改革；课程模式支撑人才培养模式的实现，它随着人才培养模式的不断完善而做相应变化和调整。所以说，课程结构、教学体系、内容、方法的改革，是人才培养模式改革的具体体现，是教学改革的核心。

新中国成立初期，学习苏联的专才教育模式，课程模式以分科教育和注重经典知识的传授为主要特征，强调学科专业理论知识的系统性、顺序性和渐进性，忽视能力的培养。从 20 世纪 80 年代中期开始，提出要在传授知识的同时，加强对学生能力的培养，并转变专业人才培养的观念，提出通才教育的理念。高等教育不再是人们接受教育的最后环节，素质教育、终身教育的思想逐渐在我国产生了广泛的影响，提倡知识、能力、素质和谐发展，注重培养学生学习的方法和自身品格的塑造；20 世纪 90 年代后期，课程模式逐渐发展为加强和拓宽学科基础知识，增加和强化实践环节，培养和提高学生综合素质的模式。

课程模式的发展呈以下趋势：

（1）逐步实现课程的现代化。一方面是课程体系的现代化，即根据科技发展需要更新课程门类，新开设反映现代科技成果的课程；另一方面是课程内容以及讲授方法和手段的现代化。

（2）逐步实现课程综合化。现代教育发展的基本特征是学科发展相互渗透、综合集成。课程综合化顺应了学科专业交叉、复合的时代趋势，一方面是基础科学与技术、工程科学相结合；另一方面是人文科学、社会科学与自然科学的相互渗透，以加强学生对各学科之间联系的了解，提高学生的综合分析能力和创造性。

（3）逐步加强课程结构的整体性和科学性。课程的设置注重基础化、实践化、个性化、国际化，构建课程体系注意整个课程结构的科学化、课程内容整合衔接的合理性和知识结构的整体性，实现课程体系各环节的整体性与人才培养目标总体要求相一致。

（4）逐步增强课程体系的灵活性。保证课程体系具有自我调节机制，能够对不断变化的社会需求随时做出反应。同时针对新知识迅猛增加的特点和满足学生日益增长的广泛兴趣和要求，逐步增加选修课的比重。

3. 课程结构

课程结构是指根据教育的目标对各种内容、各种类型、各种形态的课程的科学安排以及按照一定的科学标准选择和组织起来的课程内容所具有的各种内部关系[4]。

课程功能的正常发挥不仅取决于课程内容的选择，而且取决于合理的课程结构。课程结构与课程功能密不可分。课程结构的合理程度直接影响着课程功能的大小。优化课程结构的目的正是为了发挥课程的整体功能，课程结构决定了课程功能的方向和水平。课程功能的方向是指学校课程引导学生身心发展的方向。对课程功能的方向具有决定作用的内因就是课程结构。合理的课程结构，由于具备完整的课程要素、课程成分及各个组成部分，并使它们之间具有密切的联系，因而通过课程的实施，就能引导学生全面、主动地学习，使学生在品德、才智、审美、体质几方面主动地得到发展。建立合理的课程结构既包括建立课程的整体结构，又包括建立课程的具体结构，前者是指课程体系的整体优化，后者是指对每种课程或每类课程的内容和形式安排的优化，无论是课程的整体结构还是课程的具体结构，其完善都要涉及课程的内容和形式两个方面，否则，真正合理的课程结构无法形成。

依照不同的标准，课程的形式可作不同的分类，从课程内容的组织来看，课程形式可分为理论课程、实践课程。从课程的外在表现来看，课程可以分为显性课程和隐性课程。本科应用型人才培养的课程形式将主要是围绕以上两个方面来丰富和发展，其基本思路是：（1）提高实践课程在课程结构中的地位，而不是从属于理论课程。理论课程一直在我国高校课程结构中占主导地位，其优点是系统性和简约性，但不利于联系社会实际，不利于培养学生的实践能力，而实践课程则可以较好地解决上述问题。（2）强化隐性课程对显性课程的积极作用，使隐性课程与显性课程有机结合。在实践中，隐性课程总是跟随着显性课程的，并对显性课程产生积极或消极的影响，要加强隐性课程的积极作用，必须尽可能地把它纳入到有计划的教学内容中来，从而使两者相互补充，相互促进。（3）深化通识教育，通识教育在培养学生一般素质起着重要作用，培养本科应用型人才的能力，是建立在学生厚实的一般素质基础上的，这样才能促使学生可持续发展。（4）逐步实现有效的课程综合化。

（四）应用型本科人才培养途径

目标决定过程，内容决定形式。不同的人才培养目标与规格、不同的课程教学目标与内容有着不同的教学方法、手段和教学组织形式。应用型本科人才是知识、能力、素质和谐发展的人才，其培养途径包括理论教学、实践教学、综合素质培养等。

1. 理论教学体系

人们在讨论应用型大学的教学问题时，强调实践性教学，注重动手能力的培养，往往成为讨论的重心，成为热门话题，理论教学问题容易被忽略或淡化；另一方面，在探讨理论教学的时候，又认为理论教学可以降低标准，显然，这是一种认识误区。

理论课教学质量在整体教学质量中占有重要地位，如果理论课程的教学质量标准没有保证，那么整体教学质量就不可能达标。理论教学的重点在于知识的传授，是在知识传授过程中注重能力和素质的培养，以讲授为主。从一定程度上讲，理论教学是应用型本科人才培养的基本途径。没有学科基础，本科学习就如大厦失去了地基，缺乏学术底蕴，成为空中楼阁；没有知识基础，应用型人才就如同大树失去了根基，缺乏思维载体。因此，我们必须强调理论教学的重要性，不能从一个极端走向另一个极端。应把先进的科学技术和社会发展的最新趋势融入理论教学，找寻合适的教学方法和手段，提高理论教学的效果与质量。必须明确，应用型大学培养的虽然是一线的应用型人才，突出了应用性和实践性教育，但是输送到社会的必须是既有一定专业基础理论知识，又具备较强的应用能力的专业人才，而不是21世纪的"手艺匠"。理论知识，是人类在自然、社会和科学实验活动中规律性、原理性的经验总结。所以，理论往往是实践活动的指南，是学生走向社会，进行终身学习和可持续发展的必要基础。因此，理论课程的教学内容、教学目标、教学手段、教学方法是应用型大学教育教学质量监控的不可或缺的指标内容。

（1）理论教学内容。在理论教学内容上，要突出应用型，应用型本科人才培养的理论教学要突出内容的综合性、先进性，加强理论课程内容的整合和更新；在教学中要凸显应用性，在保证理论知识的系统性、完整性、严密性的基础上，突出强调基础知识对专业知识的必需和够用以及理论的实际应用价值，强调学生能够善于运用理论知识，避免对深奥理论的过多论述。坚持基础为专业服务，专业为行业服务的原则，紧密联系区域经济建设和社会发展，注重基本理论在行业和企业中的应用，突出理论教学的针对性和实效性，为实验课程和实践问题提供相应的理论支撑。

（2）理论教学目标。教师通过教学活动，使学生掌握各类人文社会知识、自然科学知识、专业基础知识、专业知识等为基本目标，在专业知识的传授与学习中强化能力的培养，重视提高学生的综合素质，将理论知识内化为能力素质，使理论教学成为提高学生学习能力、创新能力、实践能力、交流能力和社会适应能力的重要途径。

（3）理论教学方法。应用型大学教学方法与传统的教学方法存在区别，应用型大学的学生普遍缺乏主动学习的能力和习惯，对大学教育缺乏兴趣，因此，教师在授课过程中应因材施教，采用项目法、案例法等教学法使枯燥的理论具体化、形象化、生动化和趣味化。改变传统的教师为主的课堂模式，变换教师和学生的角色，使学生成为课堂的主角，教师起引导作用。比如以问题的方式导入，让学生能够带着问题去调查，准备资料，不仅激发学生学习的积极性，还能提高教学效果，增强实效性。

（4）理论教学手段。传统的教学手段是"粉笔＋黑板"，与现代多媒体教学手段相比存在很多局限。随着科技的发展，多媒体教学手段已经在各类学校普遍应用。多媒体教学手段在应用型大学的应用显得尤为重要。将枯燥的理论用动漫、图画的方式呈现在学生面前，使教学变得生动活泼，一些抽象的原理通过数字模拟以直观的方式呈现，使抽象的概念具体化，从而使学生对课程的基本概念、性质、方法等有更加透彻的理解，能将一些教学内容置于网络中，成立空中课堂，使学生能反复自学，提高学生主动获取知识和独立解决问题的能力。

2. 实践教学体系

中外应用型大学普遍重视实践性教学环节，加强实习教育，注重培养学生解决实际问题和为社会服务的能力。如德国教育法规定工业技术学院必须以培养德国企业所需工程技术人员为宗旨，以培养具备实际工作能力，能胜任技术工作和企业的领导工作、能负责任的应用型人才为目标；教学方法非常重视培养学生的动手能力，重视实验课、课程设计和专项研究课的教学；此外，所有的工业技术学院都有两个学期的实习学期（第三学期与第六学期），共一年时间。学生在实习学期必须到德国企业去实习。此外，发达国家的高等学校还积极承担大量的委托培养与人员培训任务，并积极促进产学研一体化。

马克思主义认为，实践是认识的来源，实践是认识的动力，实践是检验真理的唯一标准。也就是说，从认识论的角度讲，认识来源于实践，人的各种能力也是在实践中发展的，因此，实践在人的培养过程中处于非常重要的地位。我国教育方针明确指出，"教育必须与生产劳动和社会实践相结合"；实践能力是人才培养目标的重要内涵，我国高等教育人才培养目标确立为"培养具有创新精神和实践能力的高级专门人才"。教育部在《关于进一步深化本科教学改革，全面提高教学质量的若干意见》中进一步要求，高等学校要"高度重视实践环节，提高学生实践能力"。

对于应用型大学而言，主要任务是培养面向地方经济社会需要的应用型人才。应用型人才的一个重要特征就是具有较强的实践能力和创新精神。由此，应用型大学加强实践教学工作的意义比其他本科高校更重大。实践教学的质量直接影响培养目标的实现，直接关系到学校整体教学工作和人才培养质量的全局。

实践教学是应用型人才培养模式的重要组成部分，实践教学体系由实践教学目标、实践教学内容、实践教学环节、实践教学环境、实践教学管理和实践教学队伍六部分构成。

（1）实践教学目标。实践教学是师生之间以实验、实习等活动为中介，以巩固和深化理论认识、培养实践能力和创新精神为基本目标，以着力培养创新精神、创新能力和实践动手能力以及运用专业知识分析与解决问题能力为基本导向。对于具有研发潜能的应用型本科人才培养而言，不仅要重视基本操作技能的培养，更要重视综合能力、创新意识和创新能力的培养；不仅要重视基础技能的培养，更要重视专业技能与行业技能结合起来培养，突出专业应用能力，突出行业结合。

（2）实践教学内容。应用型本科人才培养的实践教学内容要根据人才培养目标来确定，对实践内容进行整合与扩展，着力培养学生的科学精神、创新思维、实践动手能力和分析与解决问题的能力。对应用型大学生来说，要减少验证性、演示性实验，增加设计性、自选性、综合性、研究性实验。实验类型可以分为基本实验和提高型实验，基本实验为验证性实验和基本技能训练实验。提高型实验包括综合性实验和设计性实验，实验内容侧重社会应用和科技创新，旨在培养学生的探索精神、科学思维、综合实践能力及创新能力。实验类型不同，培养学生的能力有侧重点，比如验证性实验培养学生的实验基本操作能力，综合性实验培养学生的综合能力，旨在加深学生理解基本原理和培养实验基本技能。设计性试验培养学生的创新意识与能力。通过不同的实验，可以提高学生的综合能力和研发能力增强科研能力和创新能力。

（3）实践教学环节方面。实践教学环节是培养学生掌握实用技术、运用技术解决实际问题的基本教学活动。应用型本科的培养目标是培养"一线工程师"，具有直接为生产第一线服务的特点，因此，应用型本科的实践教学更注重工作能力、工作管理能力和工作技术能力等综合能力的培养，实践教学环节包括实验、实训、实习、试验、证书培训、课程设计、毕业设计等基本形式[5]。

①实验。实验是人们探索客观世界的一种活动，也是人们认识客观世界的一种重要方法，它是实践教学环节中最基本、最普通的形式。"实验就是人们根据一定的科研和教学任务，运用仪器设备手段，突破自然条件的限制，在人为控制和干预客观想象的情况下，观察、探索事物的本质规律的一种学习研究活动。"在高等学校的专业教学计划中，实验既可以作为理论课程的组成部分，也可以在教学计划中独立设课。实验环节包括演示性实验、验证性实验、操作性实验、综合性实验、设计性实验和创新性实验。

演示性实验：旨在演示某一种或某一类实验，让学生观察实验的过程、现象、规律与结果。

验证性实验：旨在验证所讲理论或现象，让学生通过亲手实验感知该理论或现象的正确性、结果以及产生误差的原因。

操作性实验：旨在通过某实验环境下的实际操作，使学生按照实验步骤的要求，了解和掌握实验的全过程，了解或理解某类仪器设备的工作原理，了解该类（种）仪器设备的操作；或了解某种软件的工作原理及使用方法。

设计性实验：在给定实验目的、仪器设备和场地的条件下，由学生运用已学知识（包括实验所需的自学知识）独立设计实验方案，完成实验的全过程。

综合性实验：指实验内容涉及本课程的综合知识或与本课程相关的课程知识、方法或手段，学生在给定实验目的、实验仪器设备和场地的条件下，运用已学知识，按要求完成实验的全过程。

创新性实验：由学生独立提出有一定社会意义的实验课题，按照实验科学的方法，完成从实验方案设计、仪器设备或软件的选择到实验数据处理、得出实验结果、写出实验报告全过程的实验。

在应用性人才培养模式中，实验教学应以操作性、设计性、综合性、故障性实验为主体，适当减少演示性、验证性实验的数量，使实验教学成为应用性人才的实践教学环节的有机组成单元，成为培养学生解决实际问题能力、适应社会能力的基础实践教学环节。

②实习。实习环节（包含认识实习、工作实习和社会实践）需要教师带领学生到真实工作环境参观或从事实际工作，使学生了解自己的职业方向并获得有关的实际知识和技能。它属于现场教学范畴，与课堂教学不同，它是把理论知识所解释的研究对象的发生、发展、运动、变化，按其本来面目显示给学生，并且使学生置身于社会活动、生产过程中，在实践中学习。《教育大辞典》将实习解释为："实习是围绕完成一定实务作业的教学。学生在教师组织和指导下，根据

职业定向，在校内实习场所或校外有关现场从事模拟或实际工作，以获得有关的实际知识和技能，养成独立工作能力和职业心理品质。"

③设计。设计环节包括课程设计、项目课程、科技活动与竞赛。教师需要指导学生完成综合性设计任务、以小组形式完成实际项目、参与科研课题研究和课外科技活动，培养学生综合运用知识和技能、增强专业能力和综合素质。试验环节包括与专业教学内容相关的技术产品的功能测试、新功能的开发试验等，是由理论（或实践经验）转换为技术的创造过程，或者是对研究对象的测试过程。证书培训环节旨在培训学生掌握相关的职业能力或技术能力，以取得国家职业资格证书或技术等级证书。

在本科教育中，课程设计是一种传统的、经典的实践教学环节。对于应用型人才培养，课程设计在内容和教学目标设计上应注重与社会实际相结合。课程设计的题目应从解决工程或社会实际问题出发，结合教学实际，将实际问题简化或分割，演变成为课程设计题目。

④毕业设计（论文）。教师指导学生完成符合专业培养目标且具有实际应用价值或一定理论意义的题目，综合运用所学的主要理论、知识和技术，结合社会实践完成课题任务，并撰写设计报告或论文，从而培养学生创造性地、综合运用所学知识解决问题的能力，同时使他们受到工程设计或技术研发的基本训练，以及科学研究的初步训练。

毕业设计（论文）环节是教育教学过程中综合性最强的实践教学环节，是学生毕业前最后一个教学环节，是整个专业教学过程的总结，对教学起着检查、巩固和提高的作用。毕业设计（论文）的重要意义还在于它能促进教学、科研、生产相结合。

应用型大学的毕业设计（论文）更要集中体现应用型教育教学的效果。毕业设计（论文）的选题在符合学科专业培养方向、难易度适合学生学历层次的基础上，要努力做到与社会实际相联系。理工科的毕业设计（论文）应该提供与毕设题目相关的图纸、工艺书等；人文经管类的学科毕业设计，应该提供项目设计方案、社会调研报告等。

（4）实践教学管理方面。做好实践教学工作，建立健全实践教学的组织机构、规范实践教学管理是前提。重点是做好三个方面的工作：教学过程监督、教学质量考评、教学结果管理等。学校教学委员会应负责指导全校的实践教学，制定科学的实践教学的设计思想，使实践教学内容与时代发展的步伐相一致，软件与硬件相结合、虚拟与实际相结合、教师命题与学生自拟命题相结合，培养学生的工程实践能力和创造性思维能力，理顺和协调好理论教学和实践教学的关系，构建与课程体系相配套的实践教学体系。教学指导委员会还应制定全校实践教学的规划，明确实践教学的发展方向，同时还要明确实践教学队伍的配置和职责要求。

（5）实践教学环境方面。实践教学环境的好坏直接影响学生的实践能力培养的实效性。实践教学环境包括校内实践教学基地和校外实践教学基地。实践教学基地使学生有身临其境的感觉，学生在该环境中可以得到系统的、规范的专业和岗位能力训练，掌握更多的规律性知识技能，培养工程思维能力。在北京市教委的大力支持下，北京联合大学紧密结合北京地区经济建设，面向支柱产业和第三产业建立实践教学基地。目前，规划建设了电子信息技术、现代制造技术 2 个校级实践教学基地，以及生物化工、商业实务、旅游服务与管理、艺术教育等校级实践教学中心。校内实践教学基地的建设不仅要考虑与企业合作的形式，还要考虑为企业创造相应的环境。应该考虑与技术先进、产品应用广泛、能代表相关技术领域发展方向的企业进行特殊合作，例如设立与这些企业合作的联合实验室，创造真实的职业环境；尽可能贴近生产、技术、管理、服务第一线，努力体现真实或仿真的职业环境，让学生在一个真实的职业环境下，按照未来专业岗位群对基本技术技能的要求，得到实际操作训练和综合素质的培养。同时，实验项目要紧跟时代发展前沿，体现新技术、新工艺，瞄准实际操作人才缺乏的高技术含量核心技术行业的职业岗位，在技术要求上要具有专业领域的先进性。使学生在实训过程中，学到和掌握本专业领域先进的技术路线、工艺路线和技术实际应用的本领，使投入具有前瞻性、持久性。北京联合大学应用型实践教学基地的特点是面向北京地区的现代制造业、现代服务业和高新技术产业进行建设。北京联合大学实践教学基地构成如图 2 所示。

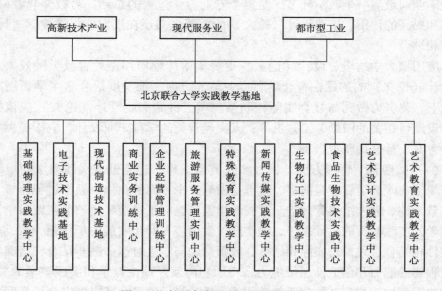

图 2　北京联合大学实践教学基地构成

实践教学基地作为应用型大学的重要实践场所之一，它的建设要积极争取行业、企业的支持，起到学校和企业之间桥梁的作用。将企业的实际需求引入实践教学，改变"产销不对路"的情况。

建立校外实践基地，校外实践教学基地使学生在校期间就接触到本行业的新技术。鉴于校内实践教学基地不能将所有实践教学环节的实验或实训项目都在校内完成，大型或特大型设备引进后不能充分利用，使用率较低。校外实践教学基地可以弥补校内教学实践基地的不足，学校与企业联系紧密，使应用性教育能更及时、更准确地反映经济的发展。每个专业都与对口行业、企业挂钩。近年来，随着首都经济的迅速发展，人们对高等教育的期望已经不再是那个本科文凭，人们希望在获得本科文凭的同时，能够掌握行业、岗位所需的技术以及获得与企业密切相关的可持续发展的职业能力。校内实践教学基地不仅可以为校内教师、学生提供基本科研和实践教学场所，而且应能承担各级各类职业技能的培训任务，为社会提供多方位的服务，成为对外交流的窗口和对外服务的基地。北京联合大学建立了考试中心，利用实践教学基地的条件，与国家劳动部、北京市劳动局和相关行业积极合作，开展职业技术资格证书的考试工作，各实践教学基地先后被劳动部门及行业授权确定为相关证书的考点及培训点。

应用型大学实践教学基地是实践教学的平台，应体现应用为本、能力优先、资源共享、特点突出、产学合作、服务科研的原则。

（6）实践教学教师队伍方面。实践教师的水平和数量是决定应用型大学学生实践能力水平高的关键因素。要培养高素质应用型人才，就应有高素质的应用型实践教师队伍。

①实践教学教师应具备先进的教育理念和强烈的创新意识。实践教学教师应积极地开展实践教学体系改革和实践教学内容和方法改革，要培养具有较强实际动手能力的学生就需要有丰富的专业实践经历的教师，实践教学教师应对相关职业领域内的技术和行业规范十分熟悉，同时具有娴熟的实践技能和操作能力，能够指导学生的实践活动，提高学生实际工作的适应性和实用性。实践教学教师还应具有扎实的基础理论和专业知识，对新知识和新技术有敏锐的反应和接受能力，能够适应实践教学多学科知识相互渗透、相互交融的任务需求；应具备较强的课程开发能力，能将与社会科技发展同步的最新技术和最新管理理念等吸收内化，不断更新实践教学内容，开发综合性和设计性实验项目，同时探索实践教学的教材改革、教学法改革、教学手段和考核方法等方面的改革。

②实践教学教师应具备较强的合作能力和社会交往能力。应用型本科的实践教学教师与传统大学的实践教学教师还有一个区别是要具有较强的社会交往能力或企业兼职的经历。教师应深入社会，了解社会需要和职业要求。因此，其社会交往与合作能力显得尤为重要。只有与相关行业建立密切的合作关系，教师才能紧密结合行业企业实际问题进行应用技术研究和实践开发研究。只有教师具备了这些素质，才能通过教师的潜移默化的影响，培养学生的良好的职业道德和意志

品质、心理承受能力、合作能力、公关能力等非技术性职业素质的培养。

③培养实践教学队伍的骨干教师。设置实践教学带头人和实践骨干教师的岗位，其中，实践教学负责人岗位由具有丰富实践经验的教授或副教授担任。其任务是组织本中心的实践教学建设与改革、实践教学课程的开发、组织制定实践课程的开发和实验（训）项目设计和实验（训）室建设，组织制定实践课程和实践教学辅助人员的检查与培训，负责实践教学环境建设、实践教学队伍建设、实践教学质量监控、实践教学人员培训等，并承担一定的实践教学课程。实践骨干教师则是在实践教学负责人的指导下开展相关课程的实践教学研究与开发，参与实践教学环境建设，以承担实践教学任务为主。实践教学骨干教师既可以由具有实践经验专职教师担任也可由企业行业中有教学能力的技术骨干担任。

④加强实验室人员的培养和提高。大学里教辅人员的质量普遍不高，对应用型大学开放实验室，减轻专业教师的承担实验课的负担存在一定制约，要提高他们科学知识和掌握现代新技术的能力，培养一批精通专业知识、技术熟练的高水平的教辅人才。鼓励教辅人员进修和培训，提升管理实验室的能力和服务水平，不应局限于负责实验室的开关门、卫生环境、设备清洗、实验记录等简单劳动，更应承担起和专业教师一起授课和辅导的任务，并将工作与教学、科研紧密结合，提高教辅人员的任职条件，这也是现代科学技术发展对教辅人员队伍的客观要求。

⑤加强教师的实践能力的培养。通过产学研合作，教师去企业参加企业实践等方式提高企业实践能力，北京联合大学自动化学院鼓励教师去企业参加技能培训、顶岗、企业实验等，使教师全部具有了企业实践经历。

表3为北京联合大学自动化学院部分教师参加实践培训项目一览表。

表3　　　　　　　北京联合大学自动化学院部分教师参加实践培训项目

序号	项　目　名　称
1	计算机网络系统集成专业实践
2	Oracle 项目实施
3	基于 Compact AC800M 的集散控制系统设计与调试
4	PSoC 专业实践
5	智能建筑工程技术及工程项目管理实践
6	影视节目制作
7	电机电器工程技术实践
8	基于 Zigbee 的无线探测器技术实践

3. 实践教学与理论教学的功能分析

实践教学活动与理论教学活动有机结合，形成了培养应用性人才的教学体系，二者具有不同的功能，一般地说，理论教学主要是通过课堂教学的形式，组织学生有计划地学习基本概念、基本原理和方法，注重抽象思维和理解事物共性特征能力的培养；实践教学是教师通过实验、设计、训练、实习等教学形式，组织学生在实验室、实习场所等有计划地获得结构性、操作性、工艺性的知识与技能，注重形象思维和运用所学知识解决实际问题能力的培养。理论教学和实践教学相结合，有利于学生从理性到感性，又从感性到理性的双向认识；有利于学生由一般到特殊，又由特殊到一般，产生认识上的飞跃；有利于学生创造性思维的形成和发展。具体到一个人，他的能力的增强，不仅取决于知识的积累，更取决于对知识的理解、吸收和运用的过程，即知识的活化过程。知识的活化过程也是创造性思维的形成过程，它是将知识转化为能力的关键性的中间环节。课堂教学与实践教学相互结合所产生的整体功能，对加速知识活化过程起着决定性的作用。

下面以北京联合大学基于智能建筑职业岗位群构建专业实践教学体系为实例进行分析。近几年来，根据本专业实践教学的特点与实际条件，坚持"双轨并重"的实践教学理念。在校内，依托以"智能建筑控制技术实训室"为中心的综合性实践教学基地；在校外，坚定不移地走产学合作、工学结合的教学改革之路，依托北京广阔的智能建筑业市场，利用其巨大的技术与工程资源为本专业的人才培养服务，把北京市的智能建筑市场变成一个广阔的实训基地群。与二十几个智能建筑相关企业合作建立了校外实训基地，第五、第六学期，学生主要在校外实训基地完成企业实践和综合毕业实践。实践证明，产学研合作、工学结合教育教学模式的建立，对于学校和企业双方来讲，是一种双赢的经营模式。这也是本专业毕业生赢得用人单位普遍欢迎和持续保持高就业率的重要原因之一。

1）实践教学体系结构。本专业实践教学体系如图 3 所示。本专业实践教学体系重点解决了教学形式、教学地点、技能特征和实践教学的连续性、层次性等方面的问题。包括：课程实验、建筑智能化技术训练、企业实践和综合毕业实践等环节。

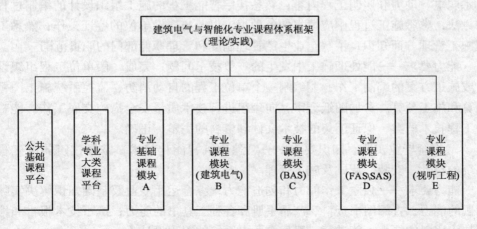

图 3　建筑电气与智能化专业实践教学体系结构

2）实践教学体系内容分析。

①建筑智能化工程岗位群。通过对智能建筑工程建设程序及工作内容的分析，可以确定适合于本专业毕业生的岗位如表4所示。

表4　　　　　　　　　　建筑电气与智能化专业毕业生岗位表

序号	岗位名称	工作内容	序号	岗位名称	工作内容
1	技术员	工程项目的设备安装与调试等	6	安全员	工程现场施工安全管理等
2	工长	建筑智能化工程项目的施工组织与管理等	7	业务员	工程业务与前期策划等
3	物业管理员	设备运行维护管理等	8	资料员	工程信息管理等
4	技术支持工程师	施工图绘制、技术支持、售后服务等	9	监理员	工程质量、进度与投资控制与管理等
5	概预算员	投资与工程费用管理等	10	材料员	器材采购与管理等

②实践教学内容：

a. 建筑智能化技术实训。知识要求——熟悉各种智能系统（信息网络系统、综合布线系统、建筑设备监控系统、火灾自动报警及消防联动系统、安全防范系统、闭路监控系统等）的信号采集、数据传输及数据处理设备，了解各种实训设备的功能和各系统的工作过程，掌握各种智能系统的工作原理、系统各部分的接口和系统调试的程序，理解微机控制及控制网络的概念。

能力要求——能读懂设备使用说明书，会智能系统设备的操作使用和网络布线，会一般智能系统安装的步骤和方法，会一般智能系统调试和设置的步骤和方法，对系统设备及网络常见的故障有诊断、排除、维修的能力。

b. 企业实践。知识要求——熟悉建筑设备安装技术与工程管理方面知识；熟悉弱电、动力和照明工程内容；熟悉楼宇智能工程的施工组织设计的编制过程和方法，熟悉施工过程中应填报的各种报表以及与建设单位的鉴证工作；熟悉工程施工管理方面知识，了解企业生产管理制度和管理职能部门的职责范围。

能力要求——能处理施工中发生的一般技术问题；完成一般单位工程组织设计或施工方案的编制工作；能编制一个单位工程的自动消防、监控系统施工图概预算和施工预算；参加图纸会审，向班组进行技术质量安全措施交底工作；能整理工程技术档案，保证汇集的技术文件和资料的完整、正确。

c. 综合毕业实践。知识要求——熟悉建筑智能化技术，掌握建筑弱电工程系统的设计、安装、调试及施工管理。

能力要求——独立工作能力和创造能力；综合运用专业及基础知识解决实际问题的能力；查阅图书资料、产品手册和各种工具书的能力；撰写技术报告和编制技术资料的能力；能进行一般建筑弱电系统的工程设计。

企业实践与综合毕业实践的关系：前者主要是学习、锻炼；后者是学习与为企业服务兼顾。

近年来，我们在开展产学合作、建立校外实习基地等方面做了大量的工作，大大地提高了学生的岗位能力，提高了教学质量。就业率逐年提高。

3）企业实践与综合毕业实践地点。

①智能建筑专业公司、智能建筑系统集成商；

②大中型建筑设备安装企业；

③物业管理企业；

④建筑设计研究院；

⑤政府机关以及各类建有智能化系统的事业单位；

⑥大型宾馆饭店；

⑦工程建设监理公司；

⑧智能建筑控制技术实训室。

4）企业实践与综合毕业实践项目分类（每个学生可选择其中 1~2 项）。

①建筑智能化工程项目的招投标实务；

②建筑智能化各子系统设备的安装与调试；

③建筑智能化各子系统设计；

④施工组织设计与管理；

⑤设备运行维护与管理；

⑥智能建筑物业管理；

⑦建筑智能化系统组态软件应用（编程与调试）；

⑧中小型项目的配电与照明系统工程设计；

⑨楼宇自动化系统 DDC 编程与调试；

⑩楼宇智能化系统集成实践；

⑪工程资料管理等。

随着我国高等教育进入大众化阶段，国家不仅需要大学培养研究高深学问和尖端技术的高精尖人才以维持其长远发展，也需要大学为社会培养大批的应用性人才以满足现实社会发展的需要。这就对教师提出了新的要求，建设一支符合应用性人才培养要求的师资队伍是实现应用型大学培养目标的关键。正如苏霍姆林斯基所说"教师想把学生培养成什么样的人，教师自己就应该成为这样的人"。

四、应用型本科人才培养实例分析

（一）探索人才培养模式创新与课程体系建设优化实践

探索创新应用性人才培养模式，从人才培养方案和课程体系的设计入手，建立适合不同学生特点和需求的培养模式，建立因材施教的个性化人才培养机制，通过分流培养、按课程模块选课、分级教学等方式，满足学生个性化发展需求，培育优秀和特色人才。

1. 专业类别及相关学科

智能建筑类专业是一个在土木工程学科背景下，研究以建筑物为载体时对电能的传输、转换、控制、利用和对信息的获取、传输、处理和利用的专业。本专业的主干学科包括"土木工程""电气工程""控制科学与工程"；相关的重要学科包括"计算机科学与技术"、"信息与通信工程"。本专业的相关专业为：电气工程及其自动化、自动化、计算机科学与技术、建筑环境与设备工程等。

根据本专业的学科专业特点，按照智能建筑子系统（BAS、OAS、CAS 或 4C 技术/强弱电/技术＋管理）的分类方法，并参照本专业涉及的知识单元（Unit）和知识领域（Area），建立科学合理、适应学年学分制要求、满足学生个性化发展与行业需求相吻合的"平台＋模块化"课程体系。

2. 专业特色

支持和鼓励新生参加实验班学习，夯实英语、高等数学以及专业基础核心课程等学科基础（这项措施实施的难点在于处理好实验班与普通班课程教学内容的良好衔接）。

3. 专业课程模块化设计思路

专业课程模块分为专业技术理论课程模块和实践教学环节模块两种类型。专业技术理论课程模块由专业基础课、专业核心课程、专业一般课程和专业选修课程按一定比例构成；实践教学环节模块由不同知识内容的课程设计、专业训练和专业实习（校内外）构成。每一门课程或实践环节赋予一定的学分。学生按照个人意愿选修不同的专业课程模块，学生首先选专业课程模块（必修），然后选修其他专业课程模块中的课程（选修）。

每个专业技术理论课程模块和相关的实践教学环节模块构成不同的专业课程模块，专业课程模块的学分是相等的。专业课程模块与公共基础课程平台、学科专业大类课程平台"三位一体"、有机结合，为学年学分制的改进和实施创造有利条件。

4. 专业人才培养方案设计

根据智能建筑行业对建筑智能化专业人才的目前与中长期需求，设计"基于智能建筑工程的建筑电气与智能化专业人才培养方案"。

设计程序如图 4 所示。

5. 专业课程及课程体系优化

（1）基于建筑智能化工程内容确定专业课程内容。分析建筑智能化工程技术内涵，首先进行建筑智能化工程系统分类，再进行知识层次分类，确定设计性知识、研发性知识、工程实施性知识，并进行归纳、整理、综合。然后根据学生特点和能力要求确定课程内容和初步确定授课方法。

基于智能建筑工程，依据智能建筑行业所具有的主要工作岗位、所涉及的工

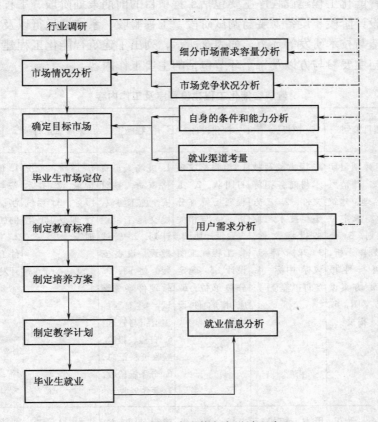

图4 专业人才培养方案设计程序

程技术与管理知识以及对应用性本科毕业生的具体岗位能力要求,确定应该学习的内容和教学环节,按照"以能力为本位"的课程观完成专业的课程体系设计。

　　课程体系设计的关键,是通过对本行业所涵盖的知识内容进行归纳、分析、综合与整理,建立课程之间的有机联系,按应用性本科毕业生的综合应用能力与知识要求设计课程体系链路和课程体系结构。

　　智能建筑工程的建设过程包括建筑智能化工程建设程序与项目工作内容两个方面,如图5所示。

图5 建筑智能化工程建设程序与内容

建筑智能化工程建设程序主要包括工程项目的前期策划阶段、工程招投标阶段、深化设计阶段、设备安装与调试阶段、工程验收、系统试运行以及智能化工程设备制造与技术研发等环节。如表 5 所示，列出了建筑智能化工程建设程序的各个环节与主要参与方以及每个环节包括的主要工作内容。

表 5　建筑智能化工程建设程序及工作内容

程序	项目策划	招投标	深化设计	工程施工	系统试运行	产品制造与研发
工作内容	1. 组建项目团队，2. 聘请顾问/监理，建筑物的需求定位与规划，3. 经济/技术分析，4. 可行性报告，5. 方案设计/方案图，6. 立项、报批	1. 甲方编写技术与商务招标文件，2. 乙方编写技术与商务投标文件，3. 开标/评标/议标/中标，4. 签订工程合同	1. 组建落实项目团队，2. 工程现场调查分析，3. 与相关专业设计协调，4. 工程施工图设计，5. 确定分包单位，6. 应用软件设计等	1. 进场人员资格审查，签订安全施工协议，提交施工组织计划，2. 管线敷设，设备安装、协调，3. 软硬件系统调试，4. 工程施工组织与管理，5. 自检、报验，验收资料汇总，6. 分系统验收，7. 系统验收	1. 巡检、工况记录，2. 技术服务，3. 系统管理人员培训等	1. 信息采集设备与装置、控制设备与装置的加工与制造，2. 工程应用软件的研究与开发
参与方	建设/投资方、顾问、监理、政府及行业管理部门	甲方、招投标公司、投标企业、顾问/专家	中标企业、监理、建设/投资方	建设/投资方、监理、施工方、质检部门	建设/投资方、物业管理单位、设备使用单位、监理	智能建筑专业公司、设计研究院、高等院校等

（2）根据智能建筑行业对本专业人才培养的能力要求，设计核心能力链路（如图 6 所示）。

（3）在核心能力链路设计的基础上，构建课程体系（如图 7 所示）。

（二）实践教学效能提升计划

有效提高建筑电气与智能化专业的实践教学体系的建设水平，促进校内外实践教学环境建设、实践教学内容、方法手段及教学模式改革与创新，强化实践育人功能和实践环节管理，特别是综合性集中实践环节的质量、进度、安全等方面的全过程管理，努力提高学生实践技能、创新意识、创新精神和创新能力。

1. 构建与实施基于智能建筑工程项目的"H"型实践教学体系

根据本专业实践教学的特点及实践教学体系构建的目标性原则、系统性原则、渐进性原则、开放性原则，坚持"双轨并重"的实践教学理念。在校内，

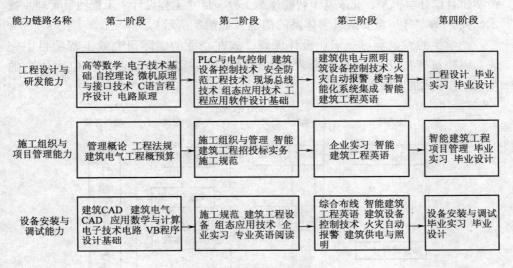

图 6　核心能力链图

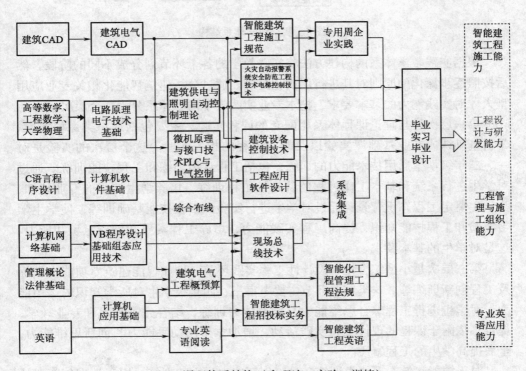

图 7　课程体系结构（含理论、实验、训练）

建设以"智能建筑控制技术实训室"为中心的实践教学基地；在校外，充分利用北京市广阔的智能建筑市场资源，建立和运行基于"加强合作、互惠互利"的产学研合作办学机制，完成基于智能建筑工程项目（工程设计＋工程项目管理＋技术研发）的"H"型实践教学体系的构建（如图8所示）。

把学生的专业实习、毕业设计课题，放在企业的实际研究或工程项目中完成，以建筑智能化实际工程为背景，开展毕设→实习→就业"三位一体"的"一条龙"式的实践教学。

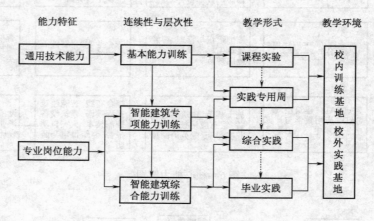

图 8　实践教学体系结构

根据实践教学体系的构建方法将实践教学的各个环节划分成不同的阶段，然后按照逐步深化的原则对其进行层次化处理。通过分析建筑智能化相关专业应用型人才对实践能力的基本要求，把本专业实践教学内容体系分为三个层次：

第一层次是与理论课程体系相配套的课程实验，主要包括通识类课程实验、学科基础课或专业基础课实验以及专业课程的相关实验。这个层次的实验是对一、二年级学生通用技术能力的训练，包括工程认识训练和工程技能训练。通过对学生进行系统和基本工作过程的认知性工程训练，培养学生初步的专业认知、为学生奠定工程知识背景；通过对学生进行实验和工程技能基础训练，使学生学习实验和工程技能知识，提高工程实践能力，培养工程素质和创新意识和能力。这是对学生的基本要求。

第二层次是小型综合性、设计性工程实践环节，例如智能建筑专项能力训练及工程创新训练等。这类实践环节主要考察三、四年级学生对所学知识的运用能力，对学生进行工程综合思维能力与创新能力训练，结合先进技术和专业教学，提供不依附于课程的现代工程实践活动，增加学生的动手能力和创新思维能力，全面提高学生的工程素质。

对于智能建筑专项能力训练，是以创新能力为主的训练，用于学生创新课外活动小组、专业课程设计和毕业设计等多种教学环境中，为学生提供相应的综合工程项目平台，让学生进行专题研究训练，采用自愿组织、报名选拔到申请资助等多种形式进行。

实践专用周（八周）环节的训练地点有三种形式：

（1）主要在本校"智能建筑控制技术实训室"和相关实训室进行；

（2）根据技术专业课程的教学内容与进程，适时组织专业参观，或者在工程现场完成实践专用周的实践教学；

（3）根据与学校有合作办学关系的企业实际工程实施情况，在校外进行实践专用周的实践教学。如果企业的实际工程进度与实践专用周计划在时间上有冲突，则适当调整实践专用周的时间。

第三层次是指大型综合性工程训练与拓展实践活动，例如四年级的专业综合训练、毕业设计、科技创新训练、参与实际工程项目、全国大学生专业技能竞赛或科研活动等。设置以建筑智能化实际工程为背景的毕业设计、参与实际工程项目或科研活动等模块，鼓励立志考研学生尽早参与教师的科研立项，鼓励学生毕业设计参与研究类课题等。

2. 毕业实践（毕业设计）地点

（1）智能建筑专业公司、智能建筑系统集成商企业；

（2）大中型建筑设备安装企业；

（3）智能建筑设备生产或研发企业；

（4）建筑设计研究院；

（5）政府机关以及各类建有智能化建筑的企事业单位；

（6）大型宾馆饭店；

（7）工程建设监理企业；

（8）智能建筑控制技术实训室。

3. 毕业实践项目或毕业设计课题模块

（1）建筑智能化工程项目的招投标实务；

（2）建筑智能化各子系统设备的安装与调试；

（3）建筑智能化各子系统设计与研究；

（4）工程项目管理、施工组织设计；

（5）建筑智能化系统应用软件编程与研究；

（6）建筑配电与照明系统工程设计；

（7）楼宇自动化系统 DDC 编程与调试；

（8）建筑智能化系统集成设计与研究；

（9）教师科研项目。

4. 校企合作、工学结合、产学研结合

近几年来，本专业与中信国安电气总公司、清华同方股份有限公司、北京玛斯特系统工程、中国电子工程有限公司、中国通信建设工程总公司、北京城建集团、中建集团、长城电子、北京冠林系统集成总公司、北京明望电子科技、北京天川、北京华科鸿泰科技有限公司、北京亚控科技有限公司、北京建筑设计研究院、北京市政设计研究院等十多家企业建立了比较稳定的校企合作关系。

在目前本专业广泛开展校企合作实践教学基地建设的基础上，计划与国内智能建筑企业的管理机构——"建设部智能建筑协会"合作建立实践教学高级管理平台，定期组织在京的智能建筑相关企业开展校企合作研讨会，定期组织人才招聘会。以此平台为基础，确保本专业产学研合作实践教学的可持续发展。

5. 加强毕业设计过程管理的主要内容与措施

（1）坚持毕业设计过程管理的"三结合"原则。毕业设计工作以专业培养目标为宗旨，以智能建筑行业的发展需求为导向，校内/外实习基地"双轨并重"，以产学研合作为途径，强调三个"结合"：

① 毕业设计和毕业实践环节与本行业工程实际相结合，以实际项目为背景完成论文。

② 毕业设计与工程训练（实习）相结合；

③ 毕业设计、毕业实践与就业相结合。

（2）毕业设计质量管理措施

①毕业设计课题题目的选定原则：

a. 符合专业培养目标的要求；

b. 所选毕业设计题目为智能建筑工程或相关行业技术的真实课题；

c. 所选毕业设计题目应符合学生的知识与能力要求。

②毕业实习单位与实习内容的确定：

a. 选择与本专业相关的企事业单位作为学生实习地点并完成毕业设计；

b. 实习内容应与毕业设计课题相吻合；

c. 原则上实习单位应具有职员招聘计划与指标；

d. 指导教师与实习企业的人事和技术管理人员共同商讨并确定学生实习计划（企业培训计划、工程现场实习计划、论文撰写计划与返校汇报计划等）。

③指导教师。每个学生应配备符合要求的工程技术人员作为校外指导教师（例如，北京冠林公司的指导教师全部为各部门的负责人或项目经理）。校内指导教师全程跟踪，及时了解学生实习动态，及时与实习单位领导沟通解决实习期间出现的各种问题。

（3）毕业设计的安全管理措施

① 指导教师对实习生进行施工现场安全教育（一周）；

② 实习学生必须遵守企业或施工现场的规章制度（熟悉安全手册的基本内容）；

③ 企业应给实习学生购买工程项目保险；

④ 实习学生在实习过程中应注意保护企业或施工现场的各种电子、电器设备及设施，注意防火、防盗；

⑤ 实习学生应注意和其他专业或工种工作人员和睦相处，避免不必要的冲突发生。

（4）毕业设计的进度控制。加强进度管理，实行每周返校制度，由学生汇报实习与论文撰写进度情况，指导教师应及时指导并记录，及时了解毕设进度和质量上出现的问题与原因，与企业管理人员沟通，及时加以解决。

（5）及时了解学生思想动态，解决学生在实习中出现的思想波动与困惑。例如：对艰苦的工作环境认识不足产生畏难情绪、与他人在工作中出现矛盾不知如何处理与应对、专业理论知识与工程实际相结合过程中表现出的各种问题。

（三）教师执教能力提升计划

重视教师执教能力提升工作，通过组织教师积极参加研修培训、学术交流、教研/科研项目研究、工程实践、社会服务等方式，进一步提高专业教师的执教能力。每名教师做到精通一门课、熟悉且讲好两门课（教学评价为优秀）、了解三个建筑智能化子系统实际工程项目（即：一精、二优、三了解）。

（1）每名教师每学年至少参加一次专业培训；至少参加一次学术交流活动；至少参与一项教研/科研项目，鼓励青年教师攻读博士学位。

（2）以世界大学生运动会场馆等建筑智能化工程为实践基地，制定中青年教师工程实践计划，帮助中青年教师实施工程实践计划。每名教师每学年至少参与一项（累计时间不得少于一个半月）智能建筑工程实践。通过教师到企业定期实践制度，积累教师专业实践经验、提升教师专业实践能力和社会服务能力，推动教学内容、教学方法和教学手段改革。

（3）加强以青年教师为对象，以专业核心课程为重点的教学研究工作。建立以教学内容和教学方法改革为主要内容的教学工作研讨制度，每两周召开一次教学工作研讨会。

（4）建立教师间相互听课、说课制度。每学年，每位教师至少听课或被听课各一次。重视提高备课环节质量，重点帮助青年教师提高课堂教学能力，保障课堂教学质量。

（5）鼓励教师积极承接社会服务项目。本专业计划每年至少承接一项智能建筑工程服务项目（工程设计、顾问、咨询、监理、技术研发等），促进教学内容改革，提高教师的执教能力，提升我校的社会声望。

（6）鼓励教师申报科研课题。争取在"十二五"期间成立以"城市环保、建筑节能、高效、安全、便利"为主要研究内容的"智能建筑工程设计研究所"，面向社会承接相关的工程设计或研究项目，为现代化城市的经济发展和技术创新服务。

（四）学生学习效能提升计划

（1）强化学生从入学到毕业的学习辅导机制，研究推动强化学习动机、提升学习风气的有效作法。建议废除"班主任制"，试行"导师制"或"班导师制"。

（2）改进"学年学分制"，创造学生自主学习的空间。

（3）支持学生参与北京市和全国各类与本专业相关的行业技术技能大赛；鼓励学生参与教师负责的科研项目；鼓励和组织学生考取与本专业相关的技术与职业资格证书（详见附录《建筑电气与智能化专业人才培养方案》），以赛带练，寓学于做，增强学生学习兴趣和自信心，提高学以致用、解决实际问题的意识和能力。

（4）深入进行教学内容与教学方法的改革，努力提高教师的业务水平与执教能力。

（5）实行专业核心课程"3＋X"考试制度，加强学习过程的全过程监控。变"点控"为"线控"，进而实现"面控"，实现教学质量的全面提升。

参 考 文 献

［1］杨春梅．当代英国大学课程改革研究［J］．比较教育研究，2004．（4）：1．

［2］刘耘．务实致用：对地方大学应用型人才培养模式的探索［J］．中国高教研究，2006．第5期，第7－9页．

［3］钱国英等．高等教育转型与应用型本科人才培养［M］．杭州：浙江大学出版社，2007．

［4］陈扬光．课程论与课程编制［M］．福州：福建人民出版社，1998．145～147．

［5］蒋爱军等．独立学院本科应用型人才培养模式研究［M］．保定：河北大学出版社，2009．

第五章　应用型本科德育体系构建

一、应用型本科人才的特点

在高等教育大众化阶段，我们必须考虑学生知识基础的不同以及智能结构的差异，从学生的实际情况出发，突出学生主体地位，关注学生个性发展，探索针对学生群体特点的行之有效的应用型本科德育体系，提高学生的综合素质，逐步提高学生质量。

（一）应用型本科人才特点

如前所述，应用型本科人才作为一种与学术型本科人才和高职专业人才不同的新型人才培养类型，在人才培养目标及规格上亦有自身的特点，主要体现在以下几个方面。

1. 行业知识性

从知识结构来说，应用型本科以行业设置专业，知识结构应具有复合性、跨学科性和现实性。以工程教育为例，"现代工程教育是由约30%的数学——自然科学基础知识，50%的工程科学基础知识和专业知识以及20%的跨学科知识组成的"。应用型本科不应一味追求本学科知识体系的完整性与系统性，而是应该根据行业发展的最新要求构建知识体系，体现复合性和现实性。同时，由于应用型本科是以行业为中心设置专业，不是面向具体的职业岗位（群），专业口径应该比高职专科更宽一些，专业基础理论则应该更厚一些，使学生掌握相当的理论知识，有发展潜能和技术创新能力。

2. 应用复合性

从能力结构来说，应用型本科人才应该具有运用科学理论知识和方法综合分析、解决问题的综合能力以及将解决方案付诸实施的实践能力。这里要特别指出的是：应用型本科人才的"应用性"不只是继承性应用，而且是创造性应用，不只是对现有知识、技术、方法的应用，而且是通过不断地学习新知识、新技术、新方法，创造性地分析新情况，解决新问题。一般而言，在知识上，具有应用创新性潜质的大学生不仅要有知识的广度，还要有知识的深度，不仅要有过硬的专业知识，还要有一定的财务、管理、社交等方面的复合性知识和解决实际问题的能力。

3. 社会合作性

从素质结构来说，应用型本科人才应该具有更强的社会能力，如语言表达能力、自我表现能力、团队精神、组织协调能力、跨文化交流能力以及综合运用能力等。应用型本科立足于社会，为区域社会经济发展服务，其培养目标是为社会培养各行各业的高级专门人才。因此，社会性是应用型本科教育培养目标定位的价值取向之一[1]。现代企业很看重团队精神和社会责任感，企业不单注重就业者的动手能力和实际动手能力，更注重就业者的道德水平、敬业精神和稳定性；对于眼高手低、没有责任心、投机取巧、怕吃苦的就业者会被企业淘汰。

4. 国际性

在经济全球化、教育国际化时代，国际化是应用型本科人才培养的时代特色。它要求应用型人才不仅要具有扎实的专业技能，还要有一定的国际知识和经验，良好的国际交往能力和熟练的外语技能以及开放的心态、全球的视野和全人类观念。比如北京联合大学与英国东伦敦大学合作培养 3 + 2 项目，与韩国、日本、澳大利亚等都有国际交流学生，建立了多层次的合作教育，全面提高学生的国际化意识和能力。

（二）应用型本科人才与学术型本科人才、高职人才的区别

应用型本科实习对于学术型本科和高职专科而言的，它既不同于学术型本科也不同于专科层次的高职。要明确应用型本科人才的特点，必须将应用型本科人才与学术型本科人才和高职人才进行比较，在比较的基础上找出区别，从而明确应用型本科人才的培养要求。

1. 与学术型本科人才的对比

应用型本科和学术型本科是本科教育的两种类型，它们之间是平行发展的关系。按照《国际教育标准分类法》，应用型本科和学术型本科人才的区别就相当于 5A1 与 5A2 的区别。5A1 和 5A2 都属于理论型，其中 5A1 培养的是学术研究型人才，5A2 培养的是应用科学理论从事高技术专业工作的应用型人才。应用型本科人才与学术型本科人才的区别主要体现在以下三个方面。

（1）培养目标的差别。学术型本科培养的是学术研究型人才，主要是为升入研究生教育做准备的；应用型本科培养的是各行各业中应用科学理论从事高技术专业工作的应用型专门人才，属于"理论应用型"人才。

（2）培养规格的差别。一是知识结构：学术型本科以学科体系为本位，注重学术性，注重学科知识自身的系统性和理论性。而应用型本科是以行业需求为本位，由于行业，特别是高科技行业技术更新快，且具有复合性和跨学科性，因此应用型本科应该特别注重知识的现实性、复合性和应用性。二是能力结构：学术型本科通过系统的学科理论教育和专业思维训练，培养学生的科研能力和创新能力。应用型本科则以面向行业，培养学生综合运用理论和技术的综合能力和解决问题的实践能力为主。三是素质结构（这里主要指的是个性素质，即个体所具备的与其从事或学习的专业无直接关联的、专业知识结构之外的、具有普遍意义的能力、人格、情感、行为方式等心灵结构）：学术型本科人才则应具有更强的社会能力，如语言表达能力、自我表现能力、团队精神、组织协调能力、跨文化交流能力和综合运用能力等。

（3）教学体系的差别。学术型本科是面向学科设置专业，围绕学科自身系统来组织教学，以"学科体系"为主旨和特征来构建课程和教学内容体系，并通过系统的学科理论教育和专业思维训练培养学生的科研能力和创新能力；应用型本科则是面向行业设置专业，以适应行业需要为目标来组织教学，以"理论应用"为主旨和特征来构建课程和教学内容体系，培养学生应用科学理论解决实际问题的综合能力和实践能力。

2. 与高职人才的对比

应用型本科与高职是应用型人才的两个层次，它们之间的关系是纵向的。按照《国际教育标准分类法》，应用型本科和高职人才的区别就相当于 5A2 和 5B 的区别。高职面向的是具体职业岗位，专业口径与职业岗位或者职业群对口，一般较窄；应用型本科面向的不是具体职业或者某类行业，专业口径相对较宽，适应面较广。

应用型本科人才与高职人才的区别主要体现在以下三个方面。

（1）培养目标的差别。高职培养的是在生产、管理、服务第一线的实用性技术专门人才，重视实践操作能力的培训，理论只求够用，技术能力要求熟练，属于"职业技能型"人才；应用型本科培养的是各行各业的高级专门人才，要求有相当的理论水平，对一般生产流程、工艺要有所了解和掌握，不必都很熟练，但要有综合运用理论知识与方法解决复杂实际问题的能力，属于"理论应用型"人才。

（2）培养规格的差别。一是知识结构。高职专科根据职业岗位要求，以"必须和够用"为原则构建基础理论，重在掌握使用技术和熟练相关规范；应用型本科因岗位的适应面较宽，适应的层次较高，要求基础理论相对宽厚。二是能力结构。高职主要培养技能型的实践能力，重在常规操作，即运用成熟技术，按既定规范操作，强调熟练性、规范性；应用型本科重视培养学生综合运用理论和技术的综合能力和解决问题的实践能力，要有较强的技术创新能力，即发现问题、分析问题、创新解决问题的思路和方法。对高职学生要求知道如何做，对应用型本科学生则还要求掌握为何这样做，以提高工作的创造性和创新性。三是素质结构。高职专科应该具有更强的执行能力和规范意识；应用型本科则要求更强的综合运用能力及一定的技术创新意识。

（3）教学体系的差别。高职教育直接面向社会职业岗位（群），以此设置专业，组织教学内容和训练岗位操作能力。应用型本科则是面向行业设置专业，以适应行业需要为目标来组织教学，以"理论应用"为主旨和特征来构建课程和教学内容体系，培养学生应用科学理论解决实际问题的综合能力和实践能力。因此，应用型本科的课程体系既应有相对稳定和宽厚的学科专业基础理论，又应有多个专业方向的知识和能力使学生有选择性加强实际工作能力。应用型本科应重视学生发现、分析和解决问题能力的培养，实践能力的层次比专科高。

总之，应用型本科人才不同于学术型本科人才，也不是三年制高职人才的简单扩展，认清应用型本科与学术型本科和高职的区别，才能明确应用型本科人才的培养目标及规格，办出自己的特色。

二、构建应用型本科素质观

（一）应用型本科素质教育的内涵

1. 素质的概念

素质这个词本身的含义是指构成一事物的要素（或元素），即反映这一事物的本质属性的成分或特征。《辞海》中认为，素质是指"人或事物在某些方面的本来特点和原有基础。在心理学上，素质是指人的先天的生理解剖特点，主要是感觉器官和神经系统方面的特点，是人的心理发展水平。"《中国劳动人事百科全书》认为，"人才素质是人才自身所具有的知识、能力、思想、品德、个性和身体素质的综合。也有人把人才素质概括为德、识、才、学、体五要素。人才的成长过程实质上就是人才素质的形成和发展的过程。人才素质的形成是人自身的因素和外部条件相互作用的结果。人才素质从质上说是劳动（包括自己和他人的）结晶，从量上说是一个综合指标，是各项要素的平均值。"可见，素质是在先天身心素质的基础上，受到后天教育及教育环境的影响，通过自身的认识和实践形成的比较稳定的主体性身心品质，是人的智慧、道德、审美的系统整合。人的素质从狭义上解释即有机体天生具有的某些解剖和生理特性，素质是个体能力和个性发展的自然前提和基础。从这个意义上讲，人的素质就是遗传所赋予个体的生理和心理方面的基本特征。比如，有的人发音器官和听觉器官很好，音色纯美，韵律感强，可以认为，这个人具有较好的音乐素质；有的人注意力集中能力强，观察力、记忆力强，思维敏捷，想象丰富，精力充沛，情感可控，对环境具有良好的适应能力和应变能力，可以认为，这个人具有较好的心理素质。素质已扩展延伸到以人的社会道德、行为规范、事业心、责任感、原则性、民主性、信念和世界观为基本内容的思想道德素质；以一个人所具备的科学文化知识、专业知识、管理组织能力、指挥协调能力、决断能力、谋略能力、表达能力、交往能力和工作效率等为基本内容的业务素质；以一个人所具备的身体活动能力（力量、速度、耐力、灵敏、柔韧）和强健的体制为基本内容的身体素质；以及反映一个人的智能和个性特征为基本内容的心理素质。所以，人的素质是指构成一个社会的人所具备的各种要素，是指人的本质和人的质量而言。

2. 大学生素质拓展的内涵

大学生素质拓展的提出，是由我国现实所处时代和社会发展的宏观背景所决定的。在国际高等教育早已出现自然科学和人文科学融合的背景下，我国的高等教育也必须进一步变革教育思想、教育观念和人才培养模式。

时代对当代大学生综合素质的要求是，政治上要有为中国特色社会主义事业奋斗的理想，思想上要有国家民族观念，道德上有承担多种义务的自觉性和享受权利的正确态度，心理上有承受各种困难和挫折的能力，并有勇气去加以克服，文化上要有较高的文化基础和较强的民族自豪感。而大学生这些能力和素质的获取仅仅靠课堂教学教育是不够的，必须调动各方面的力量，整合多方面的资源，按照素质教育的规律来开发和培养。

大学生素质拓展计划是由团中央、教育部、全国学联联合实施的一项着眼于引导和帮助每一个大学生全面发展、健康成才的素质教育计划、该计划全面贯彻党的教育方针，按照马列主义、毛泽东思想、邓小平理论、"三个代表"重要思想和科学发展观对于教育工作的基本要求，坚持面向现代化、面向世界、面向未来，以培养大学生的思想政治素质为核心，以培养创新能力和实践能力为重点，以普遍提高科学素质和人文素质为目的，按照现代人力资源开发的思想和理念，为大学生的综合素质培养进行科学的规划、个性化培养和综合性开发。

大学生素质拓展计划的基本内容是以开发大学生人力资源为着眼点，进一步整合深化教学主渠道外有助于学生提高综合素质的各种活动和工作项目，在思想道德修养、社团活动与社会工作、技能培训等六个方面引导和帮助广大学生完善智能结构，全面成长成才。大学生素质拓展计划旨在通过以上各种素质拓展活动全面提高大学生的思想政治素质、科学文化素质、创新能力素质和身心健康素质。在这些素质中，思想道德素质是根本，科学文化素质是基础，创新能力素质是主体，身心健康素质是保障。

（二）素质的发展过程

1. "知识本位"人才培养模式下的人才素质

"知识本位"人才培养模式下的人才素质重理论、轻应用；重知识、轻能力。但是科技与经济的发展充分揭示了知识与经济活动之间的新的互动关系，尽管"知识本位"培养模式的知识内涵较为系统，但其课程设置难以与经济发展接轨，脱离实际的需要。

2. "能力本位"人才培养模式下的人才素质

由于经济社会、科技的快速发展，社会不仅需要学术型人才，也需要应用型人才，对人才的需求日趋多元化，"能力本位"的人才培养模式应运而生。

3. "人格本位"人才培养模式下的人才素质

"人格本位"人才培养模式产生于 19 世纪末至 20 世纪初，这种培养模式主张以教师或教育者的人格为教育手段，达到养成学生人格的教育目的，强调独立人格的价值和人格的自由发展。因此，在人才素质的构建过程中它注重知识技能、智慧与方法、人格力量或职业伦理三个层面——知识与技术的学习并不是为了让学生掌握大量的知识，充实大脑记忆库，而是为了唤起学生的求知欲、好奇心、认识、发现、理解的欲望，激发想象，启迪思维，学会学习，只有当人的创造力水平与德性相统一时，每个人的创造力才会造福人类。而人格则以道德为内核，人格本位的人才培养模式，是一种教育创新理念，是知识社会的产物，符合终身教育和终身学习的理念，也较适应学习型社会的需要。

（三）素质拓展体系的构建思路

素质拓展体系要根据学生的个性差异和兴趣爱好来设计，明确素质拓展的内涵与目标，以培养学生综合能力、精神品质、身心品质，延伸专业核心能力为目标，重视专业核心能力的提炼，创建与完善专业素质拓展体系。素质拓展不仅要有利于学生专业技能、技术创新等专业素养的拓展，还要有利于思想品质的锤炼、文化素质的陶冶，以及社会综合能力的扩充训练和身心品质的全面提升。"大学生素质拓展计划"的实施要注重六个结合，即"第一课堂"与"第二课堂"相结合、大学生的"硬素质"与"软素质"相结合、集体组织学习与个体自主学习相结合、学校阶段教育和终身职业发展相结合、校内教学资源与校外教学资源相结合、知识理论学习与生产生活实践相结合。实施工作主要围绕职业导航设计、素质拓展训练、建立评价体系、强化社会认同四个环节，通过教学、课堂、讲座、活动等丰富多彩的形式展开。尤其要突出一些具有特色的传统工作项目，如"挑战杯"科技竞赛、"三下乡"社会实践活动等，全面带动和促进"大学生素质拓展计划"的实施。

1. 职业规划设计

职业规划设计在港台地区及在发达国家早已不是什么新鲜事，在一些发达国家，很多大学生在中学时代就已经开始职业生涯规划，比如英国在幼儿园是其就进行职业生涯的教育。该环节的主要任务是根据学生个人的特点、爱好和能力，对他们将来可能从事的职业进行设计指导，帮助学生建立明确的学习方向、找准成才目标，引导他们有意识地进行人生规划。

2. 加强素质拓展训练

素质拓展训练是专业能力和社会综合能力的扩充训练，通过项目构思、设计与实施，提高学生独立自主的工作能力以及知识的运用能力。广泛开展校园科技活动、社会实践活动、科技竞赛、社团活动等有益于学生综合素质提高的活动，为大学生的全面发展提供必要的训练和帮助。

3. 强化社会认同

大学生终究要回归社会，能否被社会认可是评价素质拓展体系的根本标准，因此，建立学校与企业的良好沟通渠道，建立校企合作实践基地，能够及时得到企业的反馈，可以不断完善大学生素质拓展体系，也有利于大学生尽快适应社会。

（四）我国素质观发展历程

素质教育是个历史范畴，随着我国社会实践、教育实践的发展，素质教育的内涵也随之丰富与发展。20世纪80年代中期，素质教育仅涉及基础教育；90年代以后，素质教育涵盖了从学前教育到高等教育，还涉及家庭教育。此时的素质教育被赋予了新的内涵。中共中央、国务院《关于深化教育改革全面推进素质教育的决定》指出："实施素质教育，就是全面贯彻党的教育方针，以提高国民素质为根本宗旨，以培养学生的创新精神和实践能力为重点，造就'有理想、有道德、有文化、有纪律'的德智体美等全面发展的社会主义事业建设者和接班人。"

素质教育的内容广泛，但不外乎主要包括三个层次：自然素质、社会素质、专业素质。自然素质主要是指人与生俱来的生理特质和心理禀赋；社会素质是在自然素质的基础上，通过后天的学习和实践形成的素质；主要包括思想政治道德素质、科学文化素质、身体心理素质、审美素质、情感素质和劳动实践素质六个方面；专业素质是专门的社会素质，指完成任务所必需具备的专业知识和技能、职业道德、职业审美、职业情感，有些专业还要求从业人员必须具备特殊的政治素质或身心素质，此外还有职业转换能力等。这三个层次是层层递进的关系，前者是后者的基础，后者是前者的深化与展开。

（五）应用型大学素质观

素质教育的目的就是让人全面发展。但人的全面发展是一个长期、艰苦的过程。不同的人才培养模式对素质的要求也不一样。作为应用型大学的素质教育要根据自身的办学定位和培养目标，形成有特色的素质教育观。应用型大学以培养学生的创新精神和实践能力为重点，提高学生的应用能力和就业能力。一是完成职业任务所必需的基本技能或动手能力；二是完成职业任务应具备的基本职业素质，即20世纪80年代德国企业倡导的"关键能力"。比如合作能力、公关能力、解决矛盾能力、心理承受能力；三是适应职业岗位变动的应变能力和就业弹性；四是在技术应用领域中的创新精神和开拓能力。从外延上讲，包括服务意识、责任意识、专业（职业）能力、沟通能力、团队合作能力、组织协调能力等。

学生的全面发展是素质教育的核心，如何使学生得到全面发展，高校应注重建立健全德育教育体系，注重提高大学生的思想道德素质并将其内化，积淀于身心组织之中。德育对学生的思想政治成长具有指导和促进作用，在大学生成长成才中起了主导作用。国家发展纲要指出："坚持以人为本、推进素质教育是教育改革发展的战略主题，是贯彻党的教育方针的时代要求，核心是解决好培养什么人、怎样培养人的重大问题，重点是面向全体学生、促进学生全面发展，着力提高学生服务国家人民的社会责任感、勇于探索的创新精神和善于解决问题的实践能力。

坚持德育为先。把社会主义核心价值体系融入国民教育全过程。加强马克思主义中国化最新成果教育，引导学生形成正确的世界观、人生观、价值观；加强理想信念教育，坚定学生对中国共产党领导、社会主义制度的信念和信心；加强民族精神和时代精神教育，增强学生爱国情感和改革创新精神；加强社会主义荣辱观教育，培养学生团结互助、诚实守信、遵纪守法、艰苦奋斗的良好品质。加强公民意识教育，树立社会主义民主法治、自由平等、公平正义理念，培养社主义合格公民。把德育渗透于教育教学的各个环节，贯穿于学校教育、家庭教育和社会教育的各方面。构建大中小学有效衔接的德育体系，创新德育形式，丰富德育内容，不断提高德育工作的吸引力和感染力，增强德育工作的针对性和实效性。

坚持能力为重。优化知识结构，丰富社会实践，强化能力培养。着力提高学生的学习能力、实践能力、创新能力，教育学生学会知识技能，学会动手动脑，学会生存生活，学会做事做人，促进学生主动适应社会，开创美好未来。

坚持全面发展。全面加强和改进德育、智育、体育、美育。坚持文化知识学习和思想品德修养的统一、理论学习与社会实践的统一、全面发展与个性发展的统一。加强体育，牢固树立健康第一的思想，切实保证体育课和体育锻炼时间，加强心理健康教育，促进学生身心健康、体魄强健、意志坚强；加强美育，培养学生良好的审美情趣和人文素养。重视可持续发展教育、国防教育、安全教育。促进德育、智育、体育、美育有机融合，提高学生综合素质，使学生成为德智体美全面发展的社会主义建设者和接班人。"

三、构建应用型大学的德育体系

应用性教育中思想政治教育至关重要。2004 年中共中央、国务院《关于进一步加强和改进大学生思想政治教育的意见》指出："加强和改进大学生思想政治教育的主要任务，一是以理想、信念教育为核心，深入进行树立正确的世界观、人生观、价值观的教育。二是以爱国主义教育为重点，深入进行公民道德教育。四是以大学生全面发展为目标，深入进行素质教育"。2005 年，胡锦涛同志在《全国加强和改进对学生思想政治教育工作会议》的讲话中再次强调："大学生的思想政治状况、道德品质、科学文化素质如何，不仅直接关系现阶段中华民族的素质，而且直接关系未来中华民族的素质。特别是大学生思想政治素质如何，更是直接关系到党和国家的前途命运。"高校的人才培养模式不同，德育教育的侧重点也不同。应用型大学的德育体系应从以下几个方面着手：

（一）构建应用型大学思想政治理论课教学模式

在大学课堂教学过程中，采用何种教学模式，不仅要有科学的理论基础，而且还要服从服务于学校的办学宗旨，试图以单一的固定教学模式去应对各种不同情况，不可能取得良好的教学效果。应用型大学思想政治理论课课堂教学模式构建要体现应用性，同时要结合学生特点，并遵循教育教学规律。"师者，乃传道、授业、解惑者也"，这是为师者自古而今不断吟咏的职责。师者似乎生就执柄权威、泰然高举的形象随着时代的变迁在迅速地发生着变化，逐渐由知识的传授者转变为学生发展的促进者、由书本的执行者转变为课程的建构者、由课堂教学的控制者转变为学生学习的引导者、由学生成绩的评判者转变为学生成长的激励者[2]。构建应用型大学思想政治理论课课堂教学模式，实现"以学生为本"就是要求教师实践对学生的人本关怀。大学生是一个处于特殊年龄阶段的群体，特点是思维敏捷接触面广，容易接受新生事物，也容易受到周边环境和各种社会思潮的影响。充分考虑和尊重学生的各种需求和利益，在课堂教学中灵活运用各种课堂教学方法，引导学生"想"、"说"、"做"、"得"，弘扬其自身的主体性和创造性，提升其认识能力与实践能力，实现教师的主导性和学生的主体性的统一，促进学生全面和谐地发展，真正地做到"以学生为本"。应用型大学的学生特点活泼好动，对新事物充满好奇，在教学过程中，教师应注意学生的状况，需要不时的运用各种情绪调试，使学生在整个教学过程中能够愉悦、精神上轻松地进行学习。可见，高校的课堂教学不是一个简单的系统，对应用型大学的教师来说，思想政治理论课的教学模式要与学生的特点相结合，学生强烈的社会交往的需要、知晓国情世情的需要、自主操作的实践需要等，教师要关心学生的成长与发展，有效地引导学生培养合作意识、团体意识和人际交往能力，培养社会归属感、义务感、责任感。总之，构建应用型大学的思想政治理论课模式要强调应用性教育的科学化，要尊重和发展学生的主体意识和主动精神，培养高素质的全面发展的应用型人才。

1. 培养学生形成正确的成才观

要教育学生先学做人，再学做事。这是成才的关键。中共中央、国务院《关于进一步加强人才工作的决定》指出："在建设中国特色社会主义伟大事业中，要把人才作为推进事业发展的关键要素，努力造就数以亿计的高素质劳动者，数以千万计的专门人才和一大批拔尖创新人才。"高校的责任在于帮助大学生树立正确的人才观，指导大学生把握方向，健康成才。

（1）树立人人成才的观念。在应用型大学中，有一部分学生的学习基础不好，入学分数低，他们与国内一流的、研究型大学的学生相比，有一定的自卑感，一些学生甚至怀疑自己的智力和能力。正因为如此，他们的成才意识不强。应用型大学应抓住这一特点，广泛开展"人人都可以成才"的教育，研究型大学培养的是拔尖创新人才，应用型大学培养的是应用型创新人才。要正确看待自己，正确对待自己的优势和劣势，增强成才的自信心。使学生树立"人人成才"的概念，人才是必要条件，人为万物之灵。随着经济全球化不断发展，科技进步日新月异，人才资源越来越宝贵。纵览国内外大学发展史，无一例外地说明人才培养的重要性。

（2）树立应用型人才也是人才的观念。我们的社会是多元的，不仅需要高端人才，也需要为社会主义现代化和制造业发挥巨大作用的应用型人才。现代多元智力理论认为，人的智力是多元的，不存在谁更聪明，只存在谁在哪个方面聪明、怎样聪明的问题。每个学生都是独特的，同时，每个人都可以是出色的。随着大众化高等教育阶段的到来，招生规模的扩大，一些文化基础知识不够扎实的学生也能进入大学学习，如果严格按照传统、整齐划一的学科教学和学术标准要求他们，既不适应经济社会发展对人才多样化的需要，也不符合学生成长和发展的实际。应用型大学要使学生认识到应用型人才在国家现代化建设中的特殊作用，提高对应用型人才的认同感。

（3）扬长避短，因势利导。这些学生的学术研究能力有些欠缺，对学理论兴趣不大，但他们是一个兴趣广泛、喜欢动脑筋、实践能力强，充满个性化、多元化特点，适合从事应用型职业的青年群体。因此，因材施教对应用型大学有特定的意义，那就是扬长避短，因势利导，把这些在解决实际问题能力、社会交往能力、艺术想象力等方面存在着优势的学生培养成各类应用型人才，使他们在解决现实生活中的实际问题上、在生产或创造出社会需要的产品上比学科型、理论型人才更出色、更有成效。这既是人力资源开发中以人为本的体现，也是高等教育大众化的内在意蕴，更充分体现了人性化、多样化的应用型人才的培养特色。

（4）树立群众观点。培养对劳动人民的感情，马克思主义从来都认为，人民群众是推动历史前进的真正动力。人民群众是一切物质财富的创造者。虽然我国的知识分子也是工人阶级的一部分，但由于知识分子侧重于脑力劳动，对主要从事体力劳动的工农群众联系不多，认识不深，感情体验较浅。在一些大学生中还存在脱离群众、鄙视工农的错误倾向。这些错误观念对大学生成长成才非常不利。因此，要增进与工农群众的感情，大学生必须参加社会实践，把自己当做工农群众的一分子。2005年4月30日，胡锦涛总书记在全国劳动模范和先进工作者表彰大会的讲话中指出："包括知识分子在内的我国工人阶级、广大农民以及其他各阶层劳动群众，始终是不断发展最广大人民根本利益的坚定力量，始终是维护社会安定团结的可靠力量。"应用型大学的毕业生，多数工作在基层，他们同普通人民群众朝夕相处，应用型大学应加强对大学生的尊重劳动人民的情感教育，认识到人民群众创造历史的作用。大学生由于缺乏对群众的历史作用的理解，当看到群众消极情绪一面时，他们的思想便受到左右，以个体否定一般，以偏概全，进而对待任何事情都持怀疑态度和否定态度。影响了他们自觉走与工农结合的道路，影响事业心和责任感的树立。因此，应用型大学要加强学生的群众观点教育，使他们能够用辩证唯物主义观点认识到人民群众创造历史的作用，使之成为激励自己前进的动力，利用寒暑假组织社会实践，深入了解国情、民情，培养与劳动人民的感情。而不是把现实中存在的某些问题作为鄙视人民群众的借口，要尊重人民群众、相信人民群众、团结人民群众，自觉为祖国的崛起和人民群众的幸福而奋斗。

2. 建立优质规范的思想政治教育社会实践活动基地

（1）社会实践的意义。社会实践首先是我国高等教育的重要组成部分，是人才培养的必然途径。中共中央、国务院《关于深化教育改革全面推进素质教育的决定》指出："学校教育不仅要抓好智育，更要重视德育，还要加强体育、美育、劳动技术教育和社会实践，使诸方面教育相互渗透、协调发展，促进学生全面发展和健康成长"；"高等学校要加强社会实践，组织学生参加科学研究，技术开发和推广活动以及社会服务活动"；"社会各方面要为学生开展生产劳动、科技活动和其他社会实践活动提供必要条件。同时要加强学生校外劳动和社会实践基地建设"。这一论述把社会实践与德、智、体、美、劳并列，确认其在实施素质教育中的地位和作用。同时指出大学生社会实践基地是大学生社会实践活动的重要场所，是大学生走向社会、接触社会、了解社会、服务社会的桥梁。大学生社会实践基地对促进大学生综合素质的提高、促进大学生成长成才发挥了课堂教学难以达到的作用。大学生求知欲旺盛、好奇心强烈、接受新事物快，但辨别和选择能力较弱。面对各种纷繁复杂的间接认识，大学生难以识别真伪、判断是非，这必然会对他们的健康成长造成妨碍。而通过社会实践，使大学生们投身于社会主义现代化建设事业之中，让他们直接感受社会各部门、各领域建设者们的工作热情和忘我精神，让他们亲眼目睹社会主义现代化建设的成就。这样不但可以促使他们在深层次上、从思想上坚定社会主义的理想信念，而且还会激发他们的历史使命感，促使他们自觉提高学习的积极性，更严格地要求自己，从而促进自身的全面健康发展。为了有效地促进人的全面发展，高校必须把社会实践视为整个教育体系的重要组成部分，积极引导大学生在社会实践中健康全面发展。其次，社会实践对人才培养起了促进作用，"社会实践是大学生思想政治教育的重要环节，对促进大学生了解社会，了解国情，增长才干、奉献社会、锻炼毅力、培养品格，增强社会责任感具有不可替代的作用。"一方面，社会实践可以使大学生全面了解社会，正确认识国情，增长才干，锻炼品格和毅力；另一方面，也可以促进他们的参与意识，自觉地把个人的远大抱负与祖国的发展、民族的振兴结合起来，力所能及地将自己在学校学到的知识服务人民、奉献社会，承担应付的社会责任。社会实践活动增强了大学生的社会责任感。形式多样的社会实践活动拉近了大学生与社会的距离，使大学生有充分的机会走出校园，接触社会，了解国情民意，走进工农、深入生产、生活第一线。在活动中，他们不仅增长了见识，提高了服务社会的本领，而且加深了对社会的认识，对国情民情的了解，对党的路线、方针、政策的理解，从而进一步明确自己的历史使命，增强社会责任感，自觉地把自己的前途与祖国的富强、人民的富裕、民族的复兴紧密结合起来。社会实践活动培养了大学生艰苦奋斗的思想作风。应用型大学的学生普遍存在怕吃苦的思想，缺乏艰苦创业的精神。参加社会实践活动使大学生有机会接触到广大工农群众，使他们增强群众观点、劳动观念，体会到生活的意义、创业的艰辛，养成吃苦耐劳、勤俭节约、珍惜劳动成果的作风，加深对工农群众的思想感情，树立艰苦创业的思想观念。社会实践活动为大学生提供了自我评价的价值尺度，使大学生以主人翁的姿态、社会参与者的眼光，分析、考察自身和社会。大学生在与群众广泛接触、交流的过程中受到真切的感染，从无数活生生的典型事例中得到启发和教育，从与别人的比较中了解自己，从别人的评价中认识自己，从而有助于他们克服不切实际的"书生气"，找到评价自身价值的社会尺度，形成不仅关心自己，而且关心他人、关心社会、关心国家的良好思想道德品质。

（2）如何构建大学生社会实践体系。首先高校领导要高度重视大学生社会实践基地的建设，要组织校、系各方面的力量相互配合，形成合力，共同把社会实践基地建设好。学校主管部门对社会实践活动不仅在经费上能够给予保证，而且能够进行精心组织和具体领导。要选派优秀教师深入基层现场指导学生，并将此作为教师晋升职称的必要条件。地方或单位也要指定具体部门负责接受、安排大学生的社会实践，对大学生社会实践提供必要的条件。而且基地建设要加强分类指导，根据学校类型、社会实践特点和社会要求的不同，实行不同的基地建设运行方式。要着重加强德育教育基地、专业实践基地和科技创新、创业等基地的建设。基地建设的成效将为社会实践的深入、持久发展奠定坚实的基础，为培养高素质人才做出贡献。其次作为高校不能只注重实践活动，应更注重实践基地的建设，使大学生社会实践成为定期化、基地化、制度化。高校要和接收单位长期合作，共同努力，明确双方的权利义务，从而保证实践基地建设不流于形式。通过社会实践，为当地提供科技服务等创造良好的社会和经济利益。最后要发挥教师的指导作用，社会实践是学校通往社会的桥梁，教师则是架桥工。学校拥有积极进行教学与科研，热心社会实践活动，勇于克服困难，善于协调厂校、乡校关系，具有指导学生开展社会实践活动能力的教师。实践证明，教师是创建社会实践基地不可缺少的条件。

（二）培养科技应用创新能力

培养大学生科研创新能力是高等教育的一项重要任务，也是建设创新型国家的一项基础性工作。应用型大学的人才培养目标是培养应用型创新人才，侧重于应用型创新的角度，学校要为学生创造创新的条件环境，需要从软件和硬件上给予很大的投入，但是总体来说，各高校对大学生的创新能力的培养重视不够，有的高校甚至没有设立专项资金，随意性、功利性比较强。

评价一个科技活动是否成功，指导老师不仅要将知识传授给学生，更要将方法传授给学生，即"授人鱼不如授人以渔"的道理。所以大学生参加科技活动的过程比结果更重要。美国大学的证据表明，"所有对学生产生深远影响的重要事件，有4/5发生在课外"。应用型大学应用的特色正是由大学生参加各类科技竞赛活动所体现的。如何把应用型大学的学生从宿舍寝室、网吧吸引到实验室里，还需要学校营造开放实验室的环境，提供一个创新活动的平台。改善开放实践实验室的软硬件环境。

1. 设立大学生科技创新活动的基本内容

为大学生开展科技创新活动设立专项基金，学生可以根据自己的兴趣爱好和研究方向以科研项目的形式申请获得基金的支持。同时，成立大学生科技创新基金评审机构、制定相应的管理办法，对学生的科研立项进行认真评审和指导，积极鼓励学生参与科技创新活动。

2. 建立网络系统

建立科技创新网络系统，将其建设成为一个团结各方面青年人才，发挥大学生科技创新龙头作用的科技社团，组织大学生提供咨询，论证等多种形式的服务，形成联系青年大学生和企业的纽带，建立大学生科技创新活动网站，形成汇集各类科研项目、成果、科技人才的信息库，促进全社会创新资源的优化配置。有了健全的网络系统，就多了一个向社会展示的舞台，而且也给对科技创新有浓厚兴趣和爱好的青年大学生们提供一个交流的平台。以"挑战杯"竞赛为龙头，积极开展各种科技赛事，扩大学生参与面，推动课外学术科技活动氛围的形成，帮助大学生提高创新能力。

应用型大学注重对大学生实践动手能力的培养，办学定位决定了应用型大学在人才培养模式上突出实践、突出应用，强调知识、能力、素质协调发展。因此，科技活动在应用型大学人才培养方面发挥了重要作用。

3. 加强创新思维能力

鼓励学生参加课外科技活动，不仅可以加强学生的创新思维和创新能力的训练，还可以为学生提供尽可能多的综合学习、挖掘潜能的机会和空间。对参加并获奖的学生可以采取相应鼓励措施，如以北京联合大学的建筑智能专业为例，参加由建设部智能建筑专业教学指导委员会组织的"全国综合布线技术竞赛"并获奖的毕业生，可视为取得"综合布线"课程的学分。将技术技能竞赛奖项可以替代相关课程的学分。参加电子技术竞赛获得一、二等奖的学生，可视为取得"电子技术基础"课程的学分。再比如"挑战杯"大学生课外科技作品大赛就是一项重视理论与实际双重能力的比赛，通过参加这些科技赛事，更加主动地锻炼自己的科研能力和创新能力。学生通过参加课外科技活动，实践能力和创新精神得到了提升，不论是电子设计大赛、机器人大赛还是创新实验项目，既加深了对基本理论的理解，同时在实践中通过亲自动手和实践，大家发现问题、分析问题、解决问题的能力会得到大大的提高。有效地弥补了课堂教学对学生实践能力和创新思维培养的不足。实现了从理论知识向实用技能型的转变。

4. 加强科技社团建设

应用型大学从政策上鼓励学生创新，从措施上保证学生创新，引导学生成立与专业相关的社团，并指派教师担任导师，引导学生开展丰富多彩的科技实践活动。教师有目的的安排教学内容，经过精心设计和组织，安排学生做一些社会实践，让学生自己努力去寻找解决问题的方法，如上网学习，查询资料，向教师请教。教师可以在讨论过程中发现学生知识掌握上的不足和问题，有的放矢地进行讲解，既节省了时间，又因为讲授的是学生想知道的知识，学生也乐于接受，提高了课堂教学效果。

学生科技社团是由学生按照共同的爱好自愿组合的群众性组织，它给予了学生充分发现自我、展现自我、塑造自我的空间。社团有很多类型，有理论社团、科技社团、实践社团、文体社团、联谊社团等。社团的活动原则是自我教育、自我管理、自我服务[3]。应用型大学目前的社团多为文体社团和联谊社团。与理论社团、科技社团相比有一定差距。应用型大学的办学定位是培养直接服务社会的应用型人才，在大学生四年的学习生活中，不仅学习专业知识，更是陶冶情操、磨炼意志、提高素养、学会做人做事的过程，培养学生既掌握技术知识，又能娴熟运用于实际的过程，因此，应用型大学要加强对学生社团的组织和引导。培养应用型大学的学生具备科学研究和技术开发的能力。组织社团学生参加教师的科研项目或由学生自己提出创新研究课题，学校给予经费和理想上的扶持，鼓励学生积极参加学术与科技社团，着力培养诚实守信、爱岗敬业、注重实践、提高应用能力的学术氛围。提高学生社团建设过程中"文化"的含量。在学生社团建设中，学校应从宏观上对社团进行指导，微观上由学生自行管理，比如发动学生会、党团学生干部的主动性，由学生进行社团策划、构思、组织、实施学校的一些大型活动和管理工作，增强学生自我管理、自我教育、自我服务的意识和解决问题的能力。

在教学中发挥学生的主体作用，能够充分发挥学生的主动性、创造性、合作精神及创造性思维能力，充分调动学生的学习兴趣、好奇心和求知欲等，强调学生的主体意识，开发学生的个性潜能，激发学生的创新欲望，塑造创新人格。要让学生创造性地、批判性地思考问题。在实现学生主体作用发挥的同时，教师必须发挥主导作用，成为学生的激励者、合作者、促进者、指导者和协调者，引导、激发学生善于发现问题、提出问题，巧设疑难，鼓励学生独立思考，大胆质疑，使学生的思维得到自由发展，培养学生的创新能力。

目前比较典型的一种观点认为："创造力是一种根据一定目的，运用一切已知信息，产生出某种新颖、独特、有社会和个人价值的产品的能力"[4]。社团活动可以增强大学生创造力的培养，科技活动为大学生创造意识和个性发展提供自由的空间，在社团里，大学生在教师的指导下参加科技赛事活动，不仅可以增加自身的知识储备，还可以让大学生在赛事活动中感知自己的差距，进而激发主动学习的兴趣，营造良好的学风，培养大学生创造动机与创造技能。

鼓励学生参加科技实践活动，可以让学生更多地接触新知识，新的方法。这种实践环节可以增加对知识的理解，促进学生主动学习，有利于学生将课本知识和实际问题相结合，激发创造力[4]。强调实践环节不仅体现应用型大学应用为本，学以致用的办学理念，更是提高应用型大学教育教学品质的关键，同时也是促使大学生健康成长的重要途径。大学生要树立正确的学习态度和终身学习的理念，把自我发展和社会发展联系起来，促使自己早日成为社会需要的合格的应用型人才。

建立大学生社会实践基地。大学生在大学校园里主要的精力是用于学习专业理论知识，因此对外面的职业世界了解不多，实践能力、业务经验等方面相对较弱，不利于学生客观全面把握职业环境，因此需要鼓励大学生多参加社会实践活动。当然，实践活动要和大学生的所学专业相结合，这样，不仅能磨炼意志、锻炼能力、了解社会，还能增强其对所学专业的理解和应用以及将来可能从事的相关职业有一个比较清晰的感性认识。通过这些专业性和职业性针对性强的参观、考察乃至实践，使大学生在心理上接纳自己将要从事的工作，也进一步明确自己今后的重点努力方向。

大学生社会实践体系的构建可以从几个方面入手：一是充分利用好院系各方面的资源积极建设社会实践和教学实习基地，将社会实践与专业实习和择业有机地结合起来，建立长效的实践教学基地，让学生深入社会、体验社会中各种职业，达到对外部环境更为全面、客观的认知。这应成为学校加强职业生涯规划指导的一个重要方向，二是充分发挥社团作用，利用假期，通过其自发组织一定规模的有明确目标性的社会实践活动，如青年志愿者活动、三下乡活动，与专业结合较密切的社区咨询服务活动等，从而形成良好的社会实践意识和校园氛围。三是利用部分高校班导师制度，发挥其针对性强、专业性突出的优势（一般班导师都由专业教师担任），科学地引导学生的专业实践，为大学生的职业规划提供积极有效的指导。这些形式各异的实践活动，能使学生在熟悉社会环境和执业环境的同时，也进一步修正其职业定位，有助于职业生涯目标的实现。

《国家中长期教育改革和发展规划纲要（2010－2020年）》指出："把科普宣传教育作为思想政治教育的内容，提高人们的科学文化水平，需要营造学习科学的良好氛围，不断充实科技创新的内容，还要大力宣传科技兴国的战略。寓思想政治教育于科学文化教育中，使辩证唯物主义和历史唯物主义更生动，更容易为人们所接受，从而大大增强思想政治教育必须不断学习和了解国际国内科技动态和形势。使大学生不仅通过《形势与政策》课了解国际国内形势，还可以通过参加科技创新活动了解国家政治、经济。不仅可以培养大学生对科学的兴趣和信念，科学精神和科学的世界观；还培养了爱国热情，增强时代感，提高大学生按科学态度和科学规律对待、处理问题的能力和素质。因此，随着科技创新，生态文明观、绿色文化价值观等协调人与自然的价值观成为思想政治教育的重要内容之一。培养人们的生态平衡意识、资源保护意识和环境保护意识。"

科技的创新改变了人们惯有的学习模式和思维模式，"数字化革命"改变了我们记录和传播知识的符号；网络缩短了我们的空间，可以共享全球的知识和信息；多媒体技术把文字、数据、图像、声音集成起来实现了图文一体化，这些变化影响着思想政治教育的方法和手段，单纯的说教和灌输与当前大学生价值观念多元化、个性更加突出、自我意识增强发生剧烈碰撞。

（三）建立学生职业生涯规划指导体系

随着近几年中国高等教育"扩招"的步子越迈越大，每年毕业生的人数也在不断攀高。据教育部统计，2010 年大学毕业生超过 650 万。高等教育从"精英教育"向"大众教育"转变，大学生的社会地位从"干部"向"从业者"转变。国家对大学的管理机制也发生了根本性的变化，从计划管理向市场管理转变，这里的市场有两层含义：一是岗位市场，即社会经济发展中需要的人才数量、类型、回报率；二是生源市场，即大学的招生量，不是取决于空岗的数量，而是取决于要求上大学的考生的数量，这意味着接受高等教育的大学生毕业数量会远远高于空缺岗位的数量。由于国家对大学生的就业管理从身份管理向契约管理机制转变，大学毕业生的身份由用人单位与毕业生的协议确定，人才流向有相当大的灵活性和自由度。所以，大学生由"天之骄子"变成了用人单位的挑选对象，使大学毕业生备感压力。因此，选择某项职业就是选择一种人生。如何使自己能在这样的职业竞技场中选择到既适合自己的个性特点、又能激发兴趣爱好、有助于实现人生理想和抱负，又能胜任职业？这就需要在大学期间进行职业规划。成功的职业生涯规划与成功的就业之间具有密切联系。职业生涯规划对于大学生的择业乃至一生的发展都有重要的意义。不同的职业，不同的工作岗位对劳动者能力的要求不同，社会的回报程度也不同。对社会来说，成功的职业生涯设计将使毕业生对自己的职业科学定位，正确认识社会竞争和自身在社会中的价值，能够比较顺利地解决就业问题，从而施展自己的才华，促进社会发展和进步。

职业生涯规划主要内容包括确立阶段性和长期性的职业目标，确定适合自己的发展道路和方式、方法，明确将要进行的调整和各项准备等。职业生涯规划的目的就是让个人考虑自己一生的设计，进行个人的选择，以便使自己的潜力、精力得以发挥，拥有一个满意的、富有挑战性的和自我实现的事业，为社会也为自己创造最大的价值[4]。职业生涯规划不仅能使大学生在前期找准自己未来的就业目标，还可以即使避免一些不切实际的想法，减少再就业时的挫折感，避免大学生因对自己未来的茫然而消沉下去。

对学生职业生涯规划的指导直接影响到学生的就业状况，应纳入学校课程体系。学生的就业受学生的择业观、就业能力和求职技巧等因素影响，对学生职业生涯指导首先就是要让学生树立正确的择业观。要让学生明白"行行出状元"的道理，教育学生了解自己专业的价值，热爱和钻研自己的专业，培养学生的敬业精神。此外，学生的就业能力还决定于学生职业生涯发展的状况。学校加强对大学生进行职业生涯发展指导，对学生职业素质的形成具有促进作用。

对大学生的职业生涯规划指导应从以下几方面入手。

1. 制定职业生涯规划要与个人特点相结合

职业生涯规划要与自己的个人性格、气质、兴趣、能力特长等方面相结合，充分发挥自己的优势，扬长避短，体现人尽其才，才尽其用的要求。自我评估的目的，便是认识自己的性格、特长。不同的职业有不同的性格要求，虽然每个人的性格都不能百分之百地适合某项职业，但却可以根据自己的职业倾向来培养、发展相应的职业性格。兴趣是工作的动力，如果一个人的工作与自己的兴趣相符，那么工作就是一种享受和乐趣。每个人都有着巨大的发展潜力，关键是要相信自己；一些专家通过调查研究发现：如果一个人对自己的职业感到疲劳，对所从事的工作没有兴趣，那么只能发挥其全部才能的20%～30%，且容易疲倦。如果一个人对自己的职业感兴趣，则能发挥他的全部才能的80%～90%，并且长时间保持高效率而不感到疲劳。

2. 制定职业生涯规划要与社会需求相结合

选择职业作为一种社会活动必定会受到一定社会的制约，任何人选择职业的自由都是相对的、有条件的。社会需求不断变化，旧的需求不断消失，同时新的需求又会不断产生，所以在选择职业岗位时，必须把社会需求作为出发点和归宿，如果择业脱离社会需求，将很难被社会接纳。大学生求职时应将社会需求与个人利益、社会需求与个人愿望有机结合。因此，大学生在职业生涯规划时，应积极把握社会需求的动向，以社会对个人的要求为准绳，既要看到眼前利益又要考虑长远发展，既要考虑个人的因素也要自觉服从社会的需要。这就要求大学生要改变多年来的被动学习的习惯，超越校园，参与社会，主动获取，主动发展。使所学知识、技能与社会需要有机结合起来。

3. 制定职业规划要符合阶段性发展要求

职业生涯规划是一个涉及领域比较广泛的课题，且需要与实践相结合，通过实践的沉淀，才能真正领悟其中的内涵。大学生应该将职业生涯规划知识的学习贯穿整个大学四年，有意识的与实践结合，渐进性地学习与领悟。大一学生重在适应大学生活，初步进行生涯规划。为此要开展成才教育和职业意识培养，通过具体的问卷调查、职业兴趣测定、专场讲座等工作，系统介绍专业与职业之间的关系，以及职业性质对大学生的素质要求，以弥补中学阶段的缺陷，争取对大学四年的学习生活有一个初步的认识和合理设计，认清自己将来所要从事的工作和自己的不足，进而制定学习目标、确立职业目标。大二学生主要是职业道德和职业知识的教育，重在自我认知和做好职业前心理准备。要通过回顾以往的人生、社会、生活，引发自己对职业生涯的自主性认识，进一步思考职业生涯规划的模式和学习目标。并通过与师长的交流和结合本专业的职业定位，努力建立扎实的基础知识和合理的知识结构，在参与实习、兼职、暑期工作或志愿者活动中获得一些工作经验。大三学生主要是进行职业适应，落实职业规划。通过参加人才市场招聘、搜集求职信息、撰写简历、参加面试等实践活动进行职业分析、准备，有计划地学习一些职业技能技巧，培养创新能力、创新精神以及独立思考和继续学习的能力，完善自己的知识结构，全面提升个人素质，为将来职业发展做好各项准备。大四学生进行就职前的培训以及角色转换，以适应社会。可以通过岗前技能培训认识将要从事的工作并搜集即将从事工作的信息和材料，参加面试，做到胸有成竹，以不变应万变，更好地实现由"学生"向"职业人士"的转变。

（四）建立应用型大学的班导师制度

北京联合大学自动化学院在班导师制度方面有如下经验：

（1）根据学校的特点和学生特点，制定导师工作计划，建立导师日志，认真做好各项工作记录，并及时向系主任汇报工作情况。

（2）指导学生。指导学生学习《学生学籍管理规定》，提醒学生定期浏览校、院网络教学管理主页；对学习困难的学生，及时与其沟通，掌握其动态情况，与辅导员联系共同研究解决问题；向学生介绍学校基本情况和学分制教学体制，进行专业介绍，帮助学生认识和了解本专业的培养目标、培养规格和培养计划，了解所学学科、专业的知识结构体系和各课程之间及其与相关学科、专业之间的关系，使学生逐步加深对本专业的了解；向学生介绍大学的学习特点，引导其掌握学习规律和学习方法，尽快适应大学的学习生活，端正学习态度，树立良好的学风和考风；督促学生按时上课，携带教材，记好笔记；在每学期选修课选课前对学生进行选课指导，包括如何选（选课具体操作）和选什么（选哪些课）两方面，同时督促学生在规定时间进行选课操作，避免出现学生漏选、错选。指导学生"选什么"时要结合专业培养计划及学生自己的实际能力与个体差异；导师在教学学期内，应每周安排与学生见面时间，平均每周见面（或谈话）时间不低于两小时，时间地点要在导师日志中体现出来。每月召开一次班会；考试前应向学生介绍考试纪律、违纪处分等相关文件，做好考风考纪的宣传工作，考试结束后及时了解学生各门课程的学习情况与考核成绩，并有重点地给予指导。针对不及格科目较多的学生，应与其分析原因，督促学生在假期认真复习，按时参加开学重考考试；在学校的统一组织下，班导师参加迎新工作，实施新生入学教育。指导学生进行社会实践或参与科研项目；组织学生开展各种学术活动和科技活动（配合团委）；与任课教师及时沟通，了解学生学习情况，并及时解决相应学习问题；负责本班就业工作，是本班就业责任人；每学期结束，班导师要对所指导的学生班级和学生个人进行学习方面的评定，给予符合实际的评价并做好本学期的工作总结，同时针对本学期学生的学习情况制定下一学期的工作计划。

为充分发挥班导师教书育人、管理育人的作用，帮助学生树立良好的学风，促进学生健康成长，指导顺利完成学业，提高学生的出国率、考研率、就业率，每个教学班聘任班导师1人；本专业的教师一般应聘任本专业的班导师；班导师原则上职称讲师以上；班导师由热心学生工作，具有一定工作能力，有奉献精神的教师担任；为了保证工作的连续性，班导师原则上随班负责到学生毕业，无特殊情况，一般不做更换；学生办备案，对不能履职或调离的应及时调整。

班导师考核原则：定性与定量相结合、平时考核与年终考核相结合、院系考核与学校考核相结合、院系领导考核与学生考核相结合；考核内容：主要根据工作职责和开展工作的实际情况及工作效果，包括对班导师工作的责任心，班风、学风、学习成绩，四、六级通过率、班集体遵守校规、校纪，取得集体荣誉以及后进生的转化和优秀生的选报等方面；有违纪、受处分的学生以及课堂纪律明显不好的应扣分。考评办法：每学年考评一次由学院学生工作指导委员会负责，学生代表、任课教师代表参加，学生工作指导委员会、学生代表、任课教师代表根据班导师述职情况等方面综合考评；并按"优秀、称职、基本称职、不称职"四个等次对每个班导师进行工作考核；奖惩办法：对认真履行职责，工作取得突出成绩者，学院授予"优秀班导师"的光荣称号，发给荣誉证书和相应院级奖励。班导师考核结果，作为奖励、晋职、提级等的依据之一。每月发给班导师一定的岗位津贴。对工作不负责任，没有达到考核标准者，进行批评教育，取消其参加在职进修资格；经教育无改进者，建议人事部门给予转岗或解聘。

（五）发展学生的自我教育能力

我国著名的教育家叶圣陶说："教育的目的就是为了不教育。"这里讲的不教育并不是要解除教育，而是指受教育者可以把教育者的教育内容和要求转化为自己的思想和行动，做到自教自律。高校德育工作，面对人的全面发展、主体性发展趋势和终身教育、继续教育的发展趋势必然要求立足于学生的自教自律。要发展学生的自教自律，教育者必须了解新时期对大学生自教自律的新要求；必须联系德育工作的实际，积极探索大学生自我教育的新途径；结合学生自我教育的主要内容，不断强化自我教育功能。

1. 充分认识新时期对大学生自教自律的新要求

新时期对大学生自教自律的新要求，既由现代社会客观条件所决定，也是人的自身发展所必须，是社会发展与人的发展的一致性要求。

（1）开放环境的适应性要求。"在过去封闭环境条件下，人们受交通、通信、传媒等不发达的制约，活动范围有限，视野、思维难免局限于比较褊狭的时空，加上意识形态领域在封闭状况下经过反复过滤显得相对单一，人们对环境因素没有多少选择的余地，只能依赖封闭环境所提供的有限条件生存发展。"[5]现在，人们面临的生活环境已发生了巨大而深刻的变化，现代社会环境就是一个全面开放的环境。这不仅表现在现代交通、通信和传媒的变化，也表现为意识形态多种思想文化并重而产生的多元化。这种变化使人们的视野、思维、心理同时发生变化，并以个人的价值标准和期望进行比较、评判和取舍，以适应开放环境。近几年，随着网络技术在高等教育中的广泛应用，互联网在大学校园迅速普及，上网已成为大学生必须面对的一种生活和学习时尚，网络既给大学生选择有利的环境提供了条件，带来了福祉，但同时也有负面作用。面对网络的负面影响，通过围堵进行隔离不是办法，只有主动适应它才是出路。主动适应的前提就是要能把握自己，对学生来说必须自教自律。

（2）市场经济体制的自主性要求。社会主义市场经济体制的逐步建立，在改变计划经济和封闭环境下人们存在的某些依赖性的同时，扩大了人们之间的联系与合作，加强了人们的比较与竞争，提高了单位、个人的社会化程度，并能充分刺激和调动人们生产和工作的自主性和创造性。与自然经济和计划经济时期的依附性和他律性相对立，市场经济条件下主体的自主性表现为独立意识和自主能力。同时，市场经济从某种角度看就是法制经济，市场经济主体，必须超越自我，认识和改造主观世界，遵循法制经济的内在要求，按规律办事，依法办事。"市场经济体制所要求的自主性、竞争性和创造性，决定了人们提高自教自律的自觉性与水平的必要，也只有提高自教自律的自觉性和水平，市场经济体制所要求自主性、竞争性和创造性才能充分发挥出来。"[5]市场经济社会是一个充满竞争和诱惑的风险社会，自教自律是一个人的立身之本。当代大学生只有通过学习达到自教自律，才能成为建设社会主义市场经济的高素质的人力资源和栋梁人才。

（3）终身教育的客观要求。终身学习、终身教育的提出，是现代社会信息变化、知识更新的必然结果。它打破了学习、教育的时空界限，使教育、学习空前社会化，社会成了学习型、教育型社会，人成了终身学习和受教育的人。传统教育观念下学校一次性教育转变为社会终身教育。终身学习、终身教育不仅表现在科学、技术方面，而且表现在思想道德方面，人们在学习、更新科学文化知识的过程中，总是伴随着思想道德和价值观念的相应变化。这种思想道德和价值观念既受社会客观条件制约，又受主观因素影响，如果人们都能按照客观世界的发展来自觉改造自己的主观思想，并能推进客观世界的发展，这就是自我教育和自我发展的表现，就是自教自律。

2. 积极探索大学生自我教育的新途径

德育工作客体的特殊性在于它是具有"主体性"的客体，是一个自觉的存在，具有选择的自主性。德育工作只有通过启发、引导学生内心潜在的自我教育的积极性、自觉性、主动性和创造性，才能取得理想的效果。自我教育既是大学生完善自己个性的有效途径，又是思想政治工作的有效方法和途径。

（1）用自我教育的方法开展德育工作是实现大学生自我教育、自我控制的保证。德育的目的，是使大学生形成自我教育、自我控制的能力。大学生要做到自教自律，其关键在是否树立科学的世界观、方法论，是否具有坚定的理想信念。只有理想信念坚定的人，才会自觉地在学习工作中发挥主观能动性，才会发自内心地为自己内心感到正义的事业而努力奋斗。

（2）开展社会实践活动，是实现大学生自我教育的重要途径。大学生的自我教育是依靠他们自身思想的矛盾运动，自觉地接受先进思想和正确理论，克服错误思想和不良行为的进程，所以必须根据不同的情况把自我教育渗透到社会实践中，并把两者相关的环节结合起来。这样，大学生就可以用自己所见所闻所为的典型生动的事实，进行自我教育、自我提高。比如，在改革开放的大好形势下，组织学生到企业、农村进行社会实践，他们就会进一步看到改革开放的大好形势，就会进一步感到改革开放取得的伟大成就，就会更加感到党的路线、方针和政策的正确，从而进一步坚定社会主义信念，激发他们建设中国特色社会主义事业的积极性。组织学生进行社会实践，把他们置身于改革的第一线，深入人民群众之中，体察民情、关心民生、关心民族疾苦，让他们去体会中国改革大潮中遇到的一些困难和问题，真正认识改革，研究改革。

（3）网络环境下大学生自我教育的实施途径。网络具有开放性、自由性、安全性、虚拟性等新特点，给大学生自我教育的外部环境带来了新的变化。网络环境的变化和青年大学生自身心理发展特点，又构成了现阶段大学生自我教育的新特性：网络凸显了自我教育的自立性，强化自我教育的自主性，增强了自我教育的个性化和契合了自我教育的规律性。相应的在网络环境下要搞好大学生的自我教育应从外部和内部因素两个方面入手：第一，从外部因素看，建好校园网，搭起大学生自我教育的新平台。即推进"校园信息化"，以信息为中心，以网络为媒介，实现校园各种信息资源共享最大化、信息资源配置最大化，信息资源利用合理化。第二，从内部因素看，开启大学生的认知能力，培养自我教育的新动力。着力开启大学生认知能力，使大学生成为学习的主体，不仅是社会发展对新一代人才培养提出的新要求，而且成为当代大学生适应社会、发展自我，实现自我的必要条件。

3. 强化自我教育功能

在自我教育中，大学生虽然是教育的主体，但处于主导地位的应该是教育者。所以在大学生自我教育中，教师不是无所作为的，而是能起到启发、引导和帮助的作用。

（1）引导大学生客观地认识自我，强化自我教育的激励功能。自知、自强是自励、自控的基础，它对人的各种活动和行为都起着调节作用，这是建立理想自我的基础。现代社会，自我既是一个独立性、自主性不断增强的自我，又是一个社会化程度不断提高，对社会依存性不断增大的自我；既是一个面临社会强化规约需要自觉自律的自我，又是一个面临社会激烈竞争需要不断发展的自我。实践证明，一个人自我认识、自我评价水平越高，越能促进自己的健康发展。大学生只有全面客观地评价自己，才能有效地扬长避短，顺利成长。教育者要帮助大学生发现自己的优点。信心对于一个学生来说非常重要，它是自我教育的起点，是自我教育的希望。让大学生找出自己的优点，再找出其他同学的优点，可以使大学生认识到，即使是最差的学生也有值得其他同学学习的地方，从而让每位同学看到自己身上的闪光点，树立成长信心。

（2）教育大学生正确设计自我，强化自我教育的导向功能。自我设计是为了理想的实现对自己所做的每一项工作有顺序地进行安排、计划。受教育者在拟定计划时，必须对自身的道德状况、理想的道德目标、道德修养的方法与途径进行认真分析。因此，自我计划不仅是顺利实施自我教育的必要保证，就其本身来说也是一个有效的自我教育过程。自我设计计划应该建立在对某种道德规范的深刻体验和对自身优缺点的准确把握基础之上。计划应该切实可行，空泛笼统或好高骛远都会导致自我教育浅尝辄止，半途而废。教育者引导学生开展自我设计，树立远大的志向和目标。而实际生活和学习中，目标又是一步一步实现的，而每一步小小的成功，都会激发学生的积极性和潜在能力。因此，教师要引导学生面对现实，从自己的实际出发，确立自己的具体奋斗目标，把远大理想分解为一个个具体目标，由近到远，由低到高，逐步加以实现。另外，自我设计必须适应和服从社会的需要。大学生只有把自己融入社会，把个人目标与社会目标有机结合起来，才能创造社会价值，实现自我价值。

（3）教育学生正确地调控自我，不断增强自我教育的调节功能。自我调控是为了达到预定目的，自觉地调整和控制自己思想和行为的过程。在教育系统中，教师是控制系统，学生是接受系统；但学生不仅仅是受控系统，同时也是具有自我组织能力的自控系统。学生可以提出自己的目标，能接受或拒绝教师的控制，能按自己的主张主动行事。因此，只有控制和自我控制结合起来，把教师控制转化为自我调控，才能使教育收到良好的效果。自我调控是最重要的机制，也是道德心理成熟的标志。但自我调控能力，不是一朝一夕所能形成，而必须是在自我教育过程中培养、磨炼出来：一要进行自我磨炼。在实现自我教育目标过程中，困难和挫折是在所难免的，教育者可以引导受教育者有意识地去做一些富有挑战性的工作，让他们在与各种困难作斗争的过程中磨炼自己的意志。二要进行自我管理。建立全方位立体式的自我管理系统，让大学生人人参与，各司其职，自己管理自己，从而使自己在自我管理实践中，约束自我，教育自我。三要进行自我督导。在自我教育过程中引导大学生将自己当作督导的对象，对计划实施情况进行检查，肯定成绩，揭示不足，明确今后努力的方向。四要进行自我奖惩。受教育者在完成自己预定的计划、做出某种成绩之后，以一定的方式，自己对自己进行奖励，能使自己深刻地感受到成功的快感，进而激励自己继续努力。教育者要让大学生把自己的成功告诉同学，可使大学生从他人的肯定中获得满足，在他人的赞扬和奖励中获得自信。

（六）应用型创新人才的培养

新时期的大学要求所培养的学生应具有较高的创新素质，所谓创新素质是创新意识和创新能力的结合。创新要求大学生永远充满获取知识的渴望，并善于获取知识；要求大学生具有怀疑精神，具有提出问题、发现问题的能力，在科学研究和生产实践中，有着强烈的创造欲望和激情；要求大学生具有创造性思维的能力，除此之外，还要有脚踏实地、不畏艰难，勇于攀登的学术精神和严谨的学风。大学生这些素质的养成主要通过大学教育教学来实现。从我国目前大学来看，在教育教学活动中，知识的传授和能力的培养没有结合在一起，课堂教学和课外活动还不能熔于一炉，常规教学和文化素质教育时常发生抵触，因而大学要更好地实现培养创新人才这一目的，必须进行全面改革。

如何培养创新人才，是摆在教育理论和实践工作者们面前的首要课题，因为它是关系着我们新时代教育向何处去的大问题。在人的因素之中，创新精神和能力是人的全面素质中最为重要的方面。培养创新人才，是建设创新型国家的必然之举。从我国目前的人才分布结构（素质结构、能力结构和学科结构）来看，存在着如下突出的问题：初中级人才多，高层次人才少；继承型人才多，创新型人才少；传统学科、专业人才多，新兴学科、专业人才少；理论型人才多，实用型人才少；单一领域、行业、学科的人才多，跨领域、跨行业、跨学科的复合型人才少。所谓创新人才，"就是具有创新意识、创新精神、创新能力并能够取得创新成果的人才"。它是与常规人才相对应的人才类型。常规人才是"常规思维占主导地位，创新意识、创新精神、创新能力不强，习惯于按照常规的方法处理问题的人才"。"创新人才与通常所说的理论型人才、应用型人才、技艺型人才等是相互联系的，他们是按照不同的划分标准而产生的不同分类。无论是理论型人才、应用型人才还是技艺型人才，都需要有创新性，都需要成为创新人才"。创新人才是通过系统的教育培养出来的。构建高校创新人才培养体系。作为新观念、新知识传播的重要基地和新思想的策源地，我国的高等院校已为我国社会主义现代化建设提供了数以百万计的各类人才队伍。东北大学原校长郝翼成教授讲道，"在创新人才成长的综合过程中，教育是源头，高等教育是关键环节。社会的期望值很高，因为高等教育是知识、能力和素质培养的最高层次和最后阶段。"但实际上，我们的高等教育还存在一些不利于创新人才培养的一些问题，比如教学方式单调，评价制度、考试制度单一粗糙，教育投入不足，等等。构建高校创新人才培养体系是克服现有弊端的关键。总之，创新型的国家需要创新人才，需要一种有利于创新人才培养的文化环境和教育环境，尤其是高等教育环境。构建一套具有中国特色的高校创新人才培养体系，是教育体系创新的一部分，也是国家创新体系的一部分。这关系到人才培养的质量，也关系到整个中华民族的前途和命运。

1. 创新人才的概念

什么是创新人才、创造人才，大家的观点并不一致，下面列几种有代表性的观点以供分析：

（1）创造人才，是指富于独创性，具有创造能力，能够提出、解决问题，开创事业的新局面，对社会物质文明和精神文明建设做出创造性贡献的人。这种人才，一般是基础理论坚实、科学知识丰富、治学方法严谨，对未知领域勇于探索；同时，具有为真理献身的精神和良好的科学道德。他们是人类优秀文化遗产的继承者，最新科学成果的创造者和传播者，未来科学家的培养者。

（2）创造人才可以通过三个层面来理解。第一个层面，创造是指"首创前所未有的事物"的活动，它是相对于模仿而言的，其结果是一种新概念、新设想、新理论，也可以是一项新技术、新工艺、新产品。第二个层面，创造性思维是人在创造活动和创造过程中产生新的、前所未有的思维成果的活动，主要由发散思维和集中思维两种形式构成，其中前者是更为主要的；创造性思维具有流畅性、灵活性、独创性和缜密性四种品质。第三个层面，创造人才是指具有较强创造能力和习惯于创造性思维的人才。

（3）创造人才的主要素质是：有大无畏的进取精神和开拓精神；有较强的永不满足的求知欲和永无止境的创造欲望；有强烈的竞争意识和较强的创造才能；同时还应具备独立完整的个性品质和高尚情感等。

（4）创新人才是指具有创造精神和创造能力的人，它是相对于不思创造、缺乏创造能力的比较保守的人而言的，这同理论型、应用型、技艺型等人才类型的划分不仅不是并列的，而且要求不论是哪种类型的人才皆需具有创造性。

2. 中外创新人才理念比较

我国明确提出了创新人才、创造型人才的概念，而国外没有明确提出创新人才、创造人才的概念，只有批判性思维、创造性思维、创造型人格等外延较窄的概念。

我国对创新人才的理解大多局限于"创新"上，主要从创造性、创新意识、创新精神、创新能力等角度阐释创新人才或创造人才，对人才的知识结构、能力结构、个性品质的全面关注不够；国外则强调在全面发展的基础上培养创造性、创新意识、创新精神、创新能力等素质，强调个性的自由发展。

我国对创新人才的理解差异很大，有的受当前领导人讲话或政府文件的影响较大，有的受西方心理学的影响较大，表现出很强的实用性，大多没有支持其概念的理论基础。国外对创新人才的理解多是把当代社会对创新的需要融入到全面发展的人才培养理念之中的产物。

无论是在国外还是在国内，创新人才的概念都不甚明确。如果我们把培养创新人才作为我们的培养目标，那么就必须明确其内涵。

创新人才，就是具有创新意识、创新精神、创新思维、创新能力并能够取得创新成果的人才。无论是理论型人才、应用型人才还是技艺型人才，都需要有创新意识、创新精神、创新思维、创新能力，都需要成为创新人才。创新人才的基础是人的全面发展。创新意识、创新精神、创新思维和创新能力并不是凭空产生的，也不是完全独立发展的，它们与人才的其他素质有着密切的联系。创新人才应该是个性自由、全面发展的人。

3. 创新人才的特征

（1）博、专结合的充分的知识准备。首先，创新人才应该具备宽厚的文化积淀和文化修养。其次，创新人才应该掌握高深的专业知识和技能。再次，创新人才应该将宽厚的文化积淀和文化修养与高深的专业知识结合起来，形成一个完整的有效的创新知识体系。

（2）以创新能力为特征的高度发达的智力和能力

①对创新需求的敏锐预测和正确把握能力。

②较强的探究能力。

③较强的语言表达能力。

④创新成果的转化能力。

⑤独立获取知识的能力。

（3）以创新精神和创新意识为中心的自由发展的个性

①创新人才必须具有创新精神和创新意识。

②创新人才要有强烈的好奇心、求知欲和探索精神。

③创新人才应有基本的科学态度。

④创新人才要有开放的意识和合作的精神。

⑤创新人才要有强烈的个人责任感。

（4）积极的人生价值取向和崇高的献身精神。创新的过程就是追求真理的过程。创新人才只有具有积极的人生价值观和崇高的献身精神，才能够锲而不舍，不断探究，为了人类的整体利益和社会的发展，在追求真理的道路上不断有所发明和创造。

首先，创新人才应有积极的人生价值取向，把创新作为人生价值观的组成部分。创新人才必须把创新活动同社会发展、国家富强、人类进步有机结合起来，使自己的创新能够促进社会发展、国家富强、人类进步，并把它作为自己的人生追求。

其次，创新人才应有正确的义利观。在当代社会，任何创新都可能会涉及个人与他人、集体和国家之间的利益关系。创新人才能够以正确的义利观处理好个人与他人、集体、国家之间的利益关系，把为社会服务，为人民谋福利作为自己的崇高理想和奋斗目标。

再次，创新人才应树立正确的道德评价标准。从历史的经验和教训来看，创新活动虽然大都促进了社会的发展和进步，为人类谋取了福利，但也有个别人的所谓创新给人类带来了灾难。因此，创新人才必须树立正确的道德评价标准，自觉地运用这些评价标准规范自己的创性行为，使之真正为社会发展和进步服务，为人类造福。

创新人才的培养不是一蹴而就的事情，它是一个漫长的过程。就学校教育对创新人才的培养来看，我们可以从纵向和横向两个维度来进行探讨。大学是创新人才培养的重要阵地，大学在创新人才培养方面得天独厚的优势是不容忽视的。大学里的教师本身就是创新人才，他们具备创新人才的基本素质——有创造思维、有创新能力。世界主要国家和大学提出创新人才培养目标的原因：

首先，人的全面发展的需要。人类不但依靠创造推动着人类社会的前进和发展，而且通过创造不断发展和完善自己。创造性是人类与动物的本质区别之一，也是人的本质属性的最高表现。教育是培养人的活动，教育的目标在于促进人的自由的、全面的发展。而全面发展的核心则是使人类蕴藏的无限创造力得到解放，使人的创造性得到充分的发展。如果人的创造性得不到充分的发展，就很难谈得上全面发展，这是与强调人的全面发展的新世纪人才培养理念相悖的。其次，科学技术发展和知识经济的挑战。再次，国际竞争的加剧。

为了培养创新人才，世界主要国家的大学在课程体系、教学方法和手段、评价方法、制度环境等方面，都采取了一些针对性的措施，许多经验值得我们借鉴。在本科期间，学生在学习某个专业的同时，还可以选择其他一两个专业作为辅修。国外许多大学都把教学的重点放在培养学生的独立思考能力、分析能力、批评能力和解决问题的能力上。

导师制是一些大学培养学生综合能力的一个重要措施。在牛津大学，学生在一个学院注册后，学院就会为他指定一位导师。导师是学生所选专业方面的学者，他负责指导学生的学业和品行。一个导师一般指导 6～12 个学生。导师一般都是学生所在学院的教师。如果本学院没有学生所选专业方面的教师，学院就请其他学院的教师担任导师。在这种制度下，学生每周至少同导师见一次面。他可以单独和导师会谈，也可以和一两个同学一同前往，讨论先前布置的论文或问题的解决方案，并在讨论的过程中提出新的观点。如果导师对学生提出的问题不能解答，他会安排学生去接受其他导师的指导。导师制成功的秘诀在于它倡导学生与导师和同学间积极的思想交流，要求学生提出并论证自己的观点，并能够接受他人建设性的批评和建议。这种教学方法，可以培养学生的独立思考能力，不仅有助于学生的专业，而且还有助于通过迁移而培养学生的其他能力。导师制使师生间建立了密切的互动关系。在师生间的互动中，通过文化的熏陶和耳濡目染，导师对学生的发展起着潜移默化的影响。难怪美国教育家弗莱克斯纳曾用"陶冶"一词来形容牛津大学和剑桥大学的导师制教学，并认为在本科生和导师之间建立的个人关系，是世界上最有效的教育关系。通过导师制度，牛津大学把大学的集体教学与导师的个别辅导结合起来，把学生的学业发展与个性发展、生活价值观教育等结合起来。

应用型本科人才的素质拓展应以培养学生综合能力、精神品质、身心健康和延伸专业能力的培养为目的，特别是要明确专业素养素质拓展的内涵，根据学生的个性差异和兴趣爱好，构建素质拓展内容。素质拓展可以通过形式多样的方式灵活开展，比如智能建筑专业将核心能力链路分析与课程体系建立联系，本专业从人才培养目标出发，以职业素质与道德教育为基础，以专业核心技术能力培养为主线，在对建筑智能化工程建设程序以及工作内容深入分析以及对本行业所涵盖的知识内容进行归纳、综合与整理的基础上，完成课程体系的设计。

参 考 文 献

[1] 徐理勤. 现状与发展—中德应用型本科人才培养的比较研究 [M]. 杭州：浙江大学出版社，2008.

[2] 朱怡青. 新课程中的教师角色转换 [J]. 江汉大学学报（人文科学版），2004.

[3] 王革. 新时期高校大学生社会实践 [M]. 杨凌：西北农林科技大学出版社，2008.

[4] 张再生. 职业生涯管理 [M]. 北京：经济管理出版社，2002.

[5] 郑永廷. 现代思想道德教育理论方法 [M]. 广州：广东高等教育出版社，2006.

第六章　应用型大学学生德育素质的构建

一、大学生德育素质构成

（一）思想素质

"思想"一词可以从不同的维度进行分析。从本体论上看，思想是精神现象，指对物质现象的反映过程及其结果，与物质现象相对应。从认识论上看，思想指理性认识的反映过程及其结果，与感性认识相对应。从社会历史观上看，思想是社会物质生活的条件和过程在思想和观念上的反映，与社会存在相对应[1]。本体论意义上的思想和认识论意义上的思想属于广义的思想，侧重于思想的来源、基础；社会历史观意义上的思想属于狭义的思想，主要与社会的经济基础相联系，侧重于思想所反映的阶级性内容。素质德育论从狭义上使用"思想"这个概念，认为思想是对社会物质生活，特别是社会物质生活的条件和过程在观念上的反映，它与社会经济基础紧密相连，阶级性比较突出。大学生的思想素质表现为学习和掌握马克思列宁主义、毛泽东思想、邓小平理论和"三个代表"重要思想的能力和水平，是与理想、信念相联系的能力和水平，是有关大学生政治方向的素质。忽视思想素质，在学习、生活和工作中，就可能迷失方向，甚至会走上邪路。邓小平同志提出的培养"有理想、有道德、有文化、有纪律"的四有新人中，最先强调的就是"有理想"，把有理想视为人的一切素质中最重要的素质。

思想素质具有以下特征：

第一，客观性。思想素质是通过理论和实践把握时代课题的能力和水平，这种能力和水平的客观性，取决于时代课题的客观性。如马克思主义中国化过程中形成了三大理论成果，即毛泽东思想、邓小平理论和"三个代表"重要思想。毛泽东思想是对"什么是中国革命，怎样进行中国革命"时代课题的解答；邓小平理论是对"什么是社会主义，怎样建设社会主义"时代课题的解答；"三个代表"重要思想是对"建设一个什么样的党，怎样建设党"时代课题的解答。对时代课题以及时代课题的变化的准确把握和理性解读反映了中国共产党思想上、理论上的成熟和进步。

第二，自觉性。思想对时代课题的理论和实践把握体现了主体的目的性、计划性。马克思将这种能力和水平描述为："劳动过程结束时得到的结果，在这个过程开始时就已经在劳动者的表象中存在着，即已经观念地存在着。他不仅使自然物发生形式变化，同时他还在自然物中实现自己的目的。"[2]

第三，能动性。思想对时代课题的理论和实践把握是积极的、主动的，这种能动性体现在精神变物质和物质变精神的过程中，马克思把这一过程描述为"思想力求成为现实"和"现实本身应当力求趋向思想"[3]的双向过程，因为理论不以实践为对象将变成空洞和虚无，实践不以理论为指导将变成自发和盲目。

第四，可塑性。作为一种能力和水平，思想素质是可塑的。这种可塑性表现在方向和水平两个方面。从方向性看，思想素质的可塑性表现为同一个人可以接受不同的思想或同一思想可以为不同的人所接受，即人对思想的接受是一个弹性的空间；从水平看，人的思想素质是一个不断提高和进步的过程，即人的思想素质的变化是一个弹性的曲线，它体现着主观和客观、理论和实践、精神和物质之间历史的、具体的统一。

（二）政治素质

政治素质指通过政治教育和政治实践活动而获得的政治能力和水平。政治教育主要指对阶级、民族、国家、政党、政权、社会制度和国际关系的情感、立场、态度的教育，通过这种教育和实践所形成的政治素质包括政治方向、政治立场、政治观点的选择和坚持，政治纪律、政治鉴别力、政治敏锐性的养成和贯彻。

政治素质具有以下特征：

第一，政治素质产生于社会的物质生活过程。政治素质不是与生俱来的，也不是一种纯粹的理论抽象，它根源于社会的物质生活条件和物质生活过程。所以教育与生产劳动相结合、通过生产劳动提高受教育者的素质成为马克思主义教育原理之一。

第二，政治素质随社会物质生活特别是经济生活的改变而改变。这源于政治和经济的关系。马克思主义经典作家主要是从阶级、阶级斗争的维度论述政治的。马克思恩格斯指出："随着城市的出现，必然要有行政机关、警察、赋税等等，一句话，必然要有公共的政治机构，从而也就必然要有一般政治。"[4]

第三，政治素质服务于社会经济的发展。经济发展取决于劳动时间的不断节约，表现为社会生产力的不断提高和物质财富的不断增加。但物质财富归谁占有、由谁支配，则取决于经济外的政治。即是说，经济的发展存在着一个为什么人、为哪些人的问题。这构成了法律等政治制度的根基和内容。从这个意义上，毛泽东把政治工作看做是一切经济工作的生命线，邓小平将在思想政治上坚持四项基本原则作为在中国实现四个现代化的根本前提，要求到什么时候都得讲政治。

（三）道德素质

道德素质是一个人在社会生活中如何做人处世、如何处理同他人、同社会各种关系的一种能力和水平。从伦理学来说，道德素质是指一个人在社会生活中自觉遵守社会道德规范的能力和水平。道德素质的核心思想，是一个人所具有的为他人、为集体、为社会、为国家的献身精神。在一个社会中，只要这个社会的道德是适应并符合社会发展需要的，遵守这些道德规范就有利于社会的进步。一个人越是能自觉地遵守社会道德规范的要求，越能为他人、为集体、为社会、为国家作出贡献，他的道德素质就高；反之，他的道德素质就低。

道德素质具有以下特征：

第一，道德素质形成于道德实践，归根到底形成于社会生产和社会生活的实践。

第二，道德素质具有鲜明的阶级性。道德素质表现为对政治方向、政治立场、政治观点的选择以及对是非、善恶、美丑、雅俗的取向，因而带有鲜明的方向性和倾向性。

第三，道德素质服务于社会生活并随社会生活特别是经济生活的改变而改变。道德是对社会生活特别是社会经济生活的反映和概括，相应地，道德素质表现为对社会生活，特别是对社会经济生活的反映和概括的素质和能力。如1919年五四运动以来，以中国共产党为代表、为主体的革命的仁人志士，在整个中国现代人民民主革命和社会主义革命与建设的大实践过程中，创造并表现出了中国革命的传统的道德素质，如保持社会主义、共产主义理想信念的素质、为人民服务的素质、集体主义的素质、爱国主义的素质、热爱科学的素质、热爱劳动的素质、革命英雄主义的素质、革命人道主义的素质、新型社会公德、职业道德、家庭美德的素质等。走过八十余年风雨历程的中国共产党，历经革命、建设和改革，锻炼并形成了革命的素质、建设的素质和改革的素质，相应地，便有了革命的道德素质、建设的道德素质、改革的道德素质。使无产阶级翻身做主人、以阶级斗争为纲、坚持科学发展观建设社会主义和谐社会，就是中国共产党八十余年革命、建设和改革历程道德素质的真实记录和刻画。

（四）心理素质

心理素质是以生理条件为基础的、将外在获得的各种经验和影响内化成稳定的、基本的、衍生性的并与人的社会适应行为和创造行为密切联系的心理品质。

心理素质具有以下特征：

第一，基础性。心理素质是德育素质中最一般、最基础的品质。如果个体不具备相应的心理品质，就无法适应社会和生活，更谈不上发展自我。人与人之间的心理素质差异，不是"有"或"无"的差异，而主要表现为心理素质水平"高"或"低"的差异、心理素质结构"完整"或"不完整"的差异、心理素质功能发挥的程度上的差异。

第二，相对稳定性与可发展性。个体的心理素质一经形成便以一定的心理结构形式存在于有机体内，并在各种活动中表现出惯常的、稳定的心理和行为特征。但个体的心理素质又始终处于发展之中，具有自我延伸的功能。它可通过环境和教育的影响，通过个体的努力而经历着由量变到质变，从不完善到比较完善，从不稳定到比较稳定，从不成熟到比较成熟，从较低水平到较高水平，不断扩展、深化、延伸的过程。

第三，内隐性与外显性。心理素质一经形成即内化为个体相对稳定的内在品质，其存在形式主要是大脑内部的内隐的心理结构，它不像人类知识可以脱离个体而独立存在，而是与人的生命及其活动密切联系在一起的，但心理素质的影响必须通过外显的情绪、态度、行为等表现和发挥出来，并作用于相应的活动对象，产生一定的活动效果。心理素质一般以内隐的形式存在，以外显的方式表现。

第四，整体性。按照系统论和心理学的观点，心理素质具有整体性，是各要素之间相互依存、相互渗透、相互制约、相互促进的统一整体，整体大于部分之和。学生心理素质结构的内容要素即认知因素、个性因素和适应性因素分别处于不同的水平或层次，发挥着各自独特的功能，又统一整合于个体心理素质结构中。心理素质的整体水平取决于这三个维度各自的发展水平以及三个维度之间结构的合理性。心理素质的整体水平在个体的学习、工作和生活实践中综合表现出来，是个体心理和行为的内容要素和功能作用的统一整体。

第五，可评价性。心理素质对个体的活动成效有直接影响，因而具有社会评价意义；其品质具有优劣高低之分，因而具有性质评价意义；心理素质虽然是一个统一的整体，但是构成心理素质的各内容因素可以区分为不同层次，并用科学的方法加以客观的测量。心理素质教育旨在培养和发展学生的优良心理素质。

大学生的德育素质除以上基本要素外，还关联着信息素质、科学素质、人文素质等。信息素质指大学生接受信息、应对信息的能力和水平。因此，大学生应该积极应对、驾驭信息社会中的各种信息，通过对信息因地而宜、因时而宜的应对、驾驭，确立起自己的主体性。科学素质指大学生对世界实然状态认识和解决的能力和水平。人文素质指大学生对人化世界解释、规定和评价的能力和水平。科学素质和人文素质的区分立足于"本然界"和"人化世界"的存在。"本然界是自在的存在，人化世界则是已进入人的知行之域的存在。科学主要致力于化本然界为事实界，并进而以数学等方式把握事实之间的联系，相形之下，人文学科所面对的不仅限于事实界，它亦包括性与天道等形上的领域；相对于科学主要着重于对事实的认知，人文的解释往往关联着应然的设定；换言之，它所关注的不仅是世界实际怎样，而且是世界应当怎样，而对应然的设定，总是渗入了价值的关怀。"[5]信息素质、科学素质、人文素质不是德育素质的独立要素，但与德育素质相关联，是形成大学生德育素质的基础和工具。

二、应用型大学德育素质的作用

作为大学生德育素质的要素，思想素质、政治素质、道德素质、心理素质在大学生德育素质中所处的地位、所起的作用是不同的。

（一）思想素质是灵魂

人和动物区别的标志之一，就在于人是精神性存在物。在马克思看来，人不仅是自然界的一部分和社会化动物，而且人能够思维，"人是能思想的存在物"。即是说，人不仅有自然属性和社会属性，而且具有精神属性，具有意识和自我意识。马克思反对把人只看做某种精神，或把理性夸大为人的本质属性，但同时认为人的确是有精神需要、精神能力以及精神生活的存在物，现实的、能动的人的确是有意识、有理性、有思维的人。人的意识是人区别于一般动物和人之所以为人的重要特征之一。动物和自然界是直接同一的。动物只是自然界的一部分，它没有意识。动物的活动是一种自然活动，动物和它的生命活动是直接同一的。动物也和人一样能听能看，但它和人不一样的地方在于它并不知道、不懂得它在听、它在看。动物具有一定心理活动，但动物绝不可能成为思考自己心理活动的生理学家和心理学家。而"人则使自己的生命活动本身变成自己的意志和意识的对象。他的生命活动是有意识的，有意识的生命活动把人同动物的生命活动直接区别开来。正是由于这一点，人才是类存在物"。既然拥有思想是人区别于动物的特点，因此，思想素质标志着人区别于动物、高于动物的程度和水平。一个人如果没有思想，仅有躯体，那意味着仅仅是行尸走肉而已。思想素质决定着大学生发展的方向，决定着大学生努力和奋斗的意义，它像灵魂一样贯穿于大学生存在和发展的每一个环节。思想素质高，意味着它反映与自然、社会、自身关系的能力和水平高，意味着它以浓缩的理性形式反映社会生产和生活过程的能力和水平高。大学生处于世界观、人生观、价值观形成的关键时期，要成为对社会、对民族、对国家有用的人才，必须首先解决"做什么人"、以什么样的思想作为自己的世界观、人生观、价值观的理念支撑等认识问题。思想素质的形成、提高是大学生德育素质提高的基础，没有思想素质的形成、提高，大学生将失去存在的价值，将失去奋斗的目标和成才的意义。在发展社会主义市场经济和对外开放的条件下，各种思想文化相互激荡，大学生面临着大量西方文化思潮和价值观念的冲突。影响大学生成长的，既有健康有益的思想，也有落后和腐朽的思想。大学生要成长为中国特色社会主义事业的合格建设者和可靠接班人，必须坚持科学的理论、正确的舆论、高尚的精神，在学习和掌握马克思列宁主义、毛泽东思想、邓小平理论、"三个代表"重要思想的过程中不断提高自己的思想素质。

（二）政治素质是主导

政治素质表现为政治方向、政治立场、政治观点、政治纪律、政治鉴别力、政治敏锐性等方面的能力和水平，而政治问题解决的是选择什么样的社会发展道路、政权为什么样的人服务等方面的问题，所以，政治问题是一个带有根本性的问题。正如毛泽东所说："为什么人的问题，是一个根本的问题，原则的问题。"大学生的成长既表现为智育素质的提高，也表现为德育素质特别是政治素质的进步。智育素质解决的是大学生智育知识和能力的获得的问题，至于这些知识和能力在什么目标、方向和意义上利用，智育本身不加以引导；而政治素质解决的是大学生智育知识和能力运用与发挥的目标、方向及意义等问题，对这些智育知识和能力运用与发挥的目标、方向及意义等起引导作用，而且是主导作用。相对于智育素质而言，德育素质特别是政治素质发挥的是"统帅"的作用，即《资治通鉴》所言"才者，德之资也；德者，才之帅也。"在这个意义上，邓小平要求"应该永远把坚定正确的政治方向放在第一位"。在智育素质的获得和德育素质特别是政治素质的获得之间，德育素质特别是政治素质越高即政治目标越明确，越有利于智育素质的提高。

（三）道德素质是保证

道德素质是大学生约束自己、正确处理与他人、社会关系进而实现自己社会化的能力和水平。作为大学生内在的、高层次的需求，道德的价值取向表现为对生命意义和生活质量的追求。道德素质通过道德教育和道德实践即德育过程和活动而习得。与法律、政治"显"的教育过程不同，德育通过"隐"，即无声润物、潜移默化的方式影响人；与法律、政治"表"的作用目标不同，德育通过"内"，即通过良心的反省、通过对善恶的批判性选择、通过"应当如何"和"不应当如何"的劝谕而影响人们的心灵。德育过程的以上特点客观上容易导致个人利益和社会利益、道德理论和道德实践的脱节。市场经济对利益原则、效益原则的追求和知识经济对技术、知识作用的彰显，客观上造成了道德作用的遮蔽，因为道德尽管追求共同体利益、社会利益的广博和久远，但它意味着个人利益的牺牲和奉献。因此，道德原则最容易被大学生所忽略、所背离。但道德原则恰巧是大学生提升自己存在际遇和人格层次的基础，因此，道德素质是制约大学生实现社会化的"瓶颈"。进入21世纪，祖国和人民对大学生的成长和进步有了更高的期待。大学生只有拥有较高的为他人、为社会、为民族、为国家的德育素质，才能顺利地融入社会实现社会化，通过自己价值的发挥推动社会的发展并在推动社会发展中实现自己的价值。因此，道德素质是大学生社会化的保证。

（四）心理素质是基础

心理素质在个体的德育素质中，居于基础地位，它渗透到各个德育素质结构中，是其他德育素质形成与发展的内因，影响和制约着其他德育素质的形成与发展，也影响其他德育素质的发挥。个体只有具备健全的人格、鲜明的个性、丰富的情感、高雅的兴趣、坚强的意志力、较强的心理调适能力，才能更好地理解、遵守思想道德规范，有效地接受思想道德素质教育，进而形成更高层次的思想素质、政治素质、道德素质。在外在的道德准则内化为个人内在信念的过程中，心理因素具有重大的作用。只有在心理因素的参与、促进下，外在准则才能内化成个体意识，进而把个体意识外化成个体品德、行为习惯、价值取向等。可见，良好的心理素质是造就合格公民的基础。很难想象一个偏执型人格障碍患者能正确理解社会规范、法律规则和方针政策。

三、应用型大学德育素质的功能

（一）思想铸塑功能

思想铸塑功能也叫灵魂铸塑功能，指素质德育用什么样的思想，是用先进的、落后的还是腐朽的思想作为大学生世界观、人生观、价值观理论基础的问题。大学生的成长既是追求智力素质的进步以获得立足社会的自然能力的过程，也是追求思想素质的进步以获得精神动力和智力支持的过程。其实任何德育都有思想铸塑功能，都要对人的思想活灵魂进行某种铸塑，问题在于以什么思想为指导，用什么思想进行铸塑，把人的思想或灵魂铸塑成什么样态。思想有自觉与不自觉、正确与错误、科学与非科学、进步与退步之分，是自觉地有意识地用一种正确的、科学的思想铸塑，还是与此相反，关系到能否使人们确立科学的世界观、人生观和价值观，关系到我们事业的性质和成败得失。文明时代以来，产生了各种各样的思想体系，归结起来，一种是非劳动者的思想体系，一种是劳动者的思想体系。前者是统治者进行统治的思想体系，后者是劳动人民群众争取自由、解放和富裕的思想武器。

马克思主义的产生，社会主义由空想变为科学，实现了人类思想史上最伟大的革命变革，开辟了人类思想史全新的方向，也极其现实和深远地影响着世界历史。中国共产党人领导中国革命、改革和建设能够不断地从胜利走向胜利，从某种意义上说，是自觉地坚定地以马克思主义为指导，坚持社会主义共产主义方向的结果，这是决定性的，什么时候这个方面做得好，什么时候我们的事业就生机勃勃，就能战胜困难从胜利走向胜利；凡是我们的工作出现了麻烦，走了弯路，招致挫折甚至失败，深究起来可以说，都与这个方面做得不够、不好有关系。

大学生面临着大量西方文化思潮和价值观念的冲击。影响大学生成长和进步的，有健康的、积极的思想，也有落后的、腐朽的思想；有整个社会思想的主流的、以马克思主义为指导的正确的、进步的思想观念，也有整个社会思想的支流的、违反马克思主义的错误的、落后的思想观念。思想或灵魂铸塑功能要求素质德育坚持"以科学的理论武装人，以正确的舆论引导人，以高尚的精神塑造人，以优秀的作品鼓舞人"，要求坚持马克思列宁主义、毛泽东思想、邓小平理论和"三个代表"重要思想，以大学生全面发展为目标，培养德智体美全面发展的中国特色社会主义事业的建设者和接班人。

（二）政治导向功能

政治导向功能，素质德育运用启发、动员、教育、监督、批评等方式，把大学生的思想和行为引导到、固定到社会主义的正确方向上来。因为政治是经济的集中表现，所以，较之于经济工作和其他一切工作，政治是一个阶级、民族、国家、政党关涉方向、目标的根本问题，对经济工作和其他工作而言，思想政治工作即德育工作起"生命线"的作用。

现代化是当今世界各国面临的一个共同的主题，但现代化面临一个方向、目标、道路的问题。邓小平指出："我们搞四个现代化建设，人们常常忘记是什么样的四个现代化，是社会主义的四个现代化。"20世纪80年代末以来，东欧剧变、苏联解体，西方敌对势力加紧以各种手段和方式对我国实施"西化"分化的政治战略，企图颠覆中国共产党的领导和中国的社会主义制度。江泽民指出："在我们进行改革的过程中人们思路活跃，各种观念大量涌现，正确的思想与错误的思想相互交织，进步的观念与落后的观念相互影响，这是难以避免的。党的思想政治工作的一个重要任务，就是要引导干部和群众分清主流与支流、分清正确与谬误。"只有社会主义才能救中国，只有社会主义才能发展中国，这是鸦片战争以来中国革命、建设、改革所反复证明了的真理。社会主义意味着消灭人剥削人的制度。邓小平指出：社会主义的本质，是解放生产力，发展生产力，消灭剥削，消除两极分化，最终达到共同富裕。"社会主义有两个非常重要的方面，一是以公有制为主体，二是不搞两极分化。"素质德育的社会主义政治导向功能表现在：理想信念导向。理想信念导向就是通过素质德育帮助大学生形成社会主义的共同理想，并通过社会主义的共同理想激发动力，指导行为。它意味着大学生要确立在中国共产党领导下走中国特色社会主义道路，把我国建设成为富强、民主、文明的社会主义现代化国家，为实现中华民族伟大复兴而奋斗的共同理想和坚定信念。

奋斗目标导向。坚信马克思主义关于人类社会必然走向共产主义这一基本原理。共产主义社会，是物质财富极大丰富、人民精神极大提高、每个人自由而全面发展的社会。它要求大学生树立共产主义的远大理想，坚定信念，以高尚的思想道德要求和鞭策自己。马克思主义是牢固树立中国特色社会主义共同理想、坚定共产主义远大理想的理论前提。大学生只有确立马克思主义的坚定信念才能深刻认识人类社会的发展规律，深刻认识中国走社会主义道路的历史必然性，把个人理想与社会理想统一起来，为国家和社会的发展做出更大的贡献。

（三）行为规范功能

行为规范功能，就是按照道德、法纪的准则、要求对大学生的日常行为进行规范。这种规范在两个层面上进行：一是道德规范，通过道德原则、道德规范的教育、道德习惯的养成，以社会舆论、自教自律的方式对大学生的日常行为进行约束，是一种经常性、广泛性的约束；二是法纪规范，通过法律制度、具体法规、章程、条例的教育和执行，以监督检查、强化管理的方式进行规范。这种规范，重在培养大学生的法制意识，增强依法治国、依法办事的自觉性，预防、抑制违法乱纪行为，保证大学生的行为与社会行为的一致性。

（四）心理调适功能

大学生处于身心发展的关键时期，独立性强，但自制力弱；尤其是应用型大学生情感丰富，但控制力差；追求新事物，但缺乏远大理想。为了更好地实现德育素质的培养目标，使大学生具有良好的心理素质，更好地发挥素质德育的心理调节功能，应用型大学应该注重从培养大学生的自我意识、情感、语言暗示、理智、注意转移、交往心理等方面发挥素质德育的心理调节功能[6]，并在培养过程中根据大学生的个性特点和环境变化，从不同侧面有针对性地进行培养，使大学生具有良好的心理素质以适应瞬息万变的社会环境。只有提高自我意识的支配能力，才能保证较高的自我意识水平，从而发挥正常的自我意识的功能；只有学会情感调节，才能使学习生活过程中的不良情感得到转化，既将不良情绪带来的能量引向比较符合社会规范的方向，转化为具有社会价值的积极行动；也只有学会语言暗示、理智、注意转移、人际交往等才能使他们保持健康的心理和健全的人格，从而最终实现对心理素质的培养目标，最终完成对德育素质的培养。心理调适功能的目标是：保持主观与客观、生理与心理的协调。俄国生理心理学家巴甫洛夫认为人和动物的心理活动，包括人的一切智慧、行为和随意运动，都是在无条件反射基础上形成的条件反射，强调一切主观活动都是由客观外界所决定的，坚持机体与环境、心理与生理、主观与客观的辩证统一。而大学生在生理发育与心理发育之间存在着一定的矛盾，这些矛盾如果在外界良好的社会影响和教育下能得到正确的解决，从而使他们健康地向成年过渡。反之，如果在不良因素的影响下，这些矛盾就可能使他们向错误方向发展，因而对其进行针对性的素质教育是非常必要的。而素质德育是根据社会所要达到的思想道德目标的要求，采用素质教育的理念所进行的思想道德教育，通过教育者采取有效的教育方式，使受教育者掌握一定的思想道德知识和要求，培养其思想道德品质、陶冶其高尚情操，提高其辨别是非善恶的能力，增强思想道德责任感和自觉履行思想道德义务；通过提高受教育者的整体思想素质、政治素质、道德素质和心理素质，帮助他们树立正确的世界观、人生观、价值观，使他们保持主观与客观、生理与心理的协调。

缓解心理压力、冲突，避免心理失衡与障碍。由于生理和心理的特殊性以及所面临的学习、情感、人际关系、就业等问题，大学生时刻都有可能出现心理失衡与障碍。而素质德育是根据学生的生理、心理特点，采用素质教育的理念进行的思想道德教育，时刻注重采用科学的教育方法对学生的心理素质进行培养，引导大学生正确认识自我和外部事物，增强自我的心理防御能力和自我心理的成熟程度，强化理想教育、价值教育、创造教育和创新教育，这样可以很好地缓解大学生在学习和生活过程中出现的心理压力、冲突，避免心理失衡与障碍。

四、应用型大学德育素质构成

应用性教育中，大学生的德育素质的培养至关重要。2005 年 1 月 17 日，胡锦涛同志在《全国加强和改进对学生思想政治教育工作会议》的讲话中再次强调："大学生的思想政治状况、道德品质、科学文化素质如何，不仅直接关系现阶段中华民族的素质，而且直接关系未来中华民族的素质。特别是大学生政治素质如何，更是直接关系到党和国家的前途命运。"

应用型大学所要培养的是高层次的应用性人才，和其他高校培养的人才一样，应该是我国现代化建设事业的建设者和中国特色社会主义事业的可靠接班人。他们必须具备良好的思想政治素质，这是中国各类人才构成要素的基础。从高级应用性人才结构的角度看，应用型大学德育素质包括思想政治素质、人文素质、沟通能力素质、职业道德素质。

（一）思想政治素质

应用性人才首先要热爱社会主义祖国和社会主义事业，拥护党的基本路线；具有马列主义、毛泽东思想、邓小平理论的基本理论知识，具有强烈的社会责任感；具有创新精神；具有服务基层、服务群众的群众意识。

（二）人文素质

应用性人才必须具备一定的人文素质，具备一定的人文知识是作为社会人的前提条件，仅有专业知识还不能满足岗位需要。应用性人才毕业后所面临的不仅是相对简单的技术问题，而是复杂和多变的各种社会问题，因此具备人文素质可以使应用性人才在工作中做到游刃有余。

（三）沟通能力素质

沟通能力素质是应用性人才的核心素质，他们不仅要熟练掌握本专业的技术能力，还要具有较强的沟通能力，在现代社会，由于竞争加剧，工作环境、人际关系的复杂和多变，对应用性人才的沟通能力提出了新的要求。在完成任务中，如何分工、协调、策划，都离不开沟通能力，而当前由于应用型大学所录取的学生多为城市学生、独生子女，合作意识差，团队精神欠缺。因此，要注重培养沟通能力可以使应用性人才在工作中达到事半功倍的效果。

（四）职业道德素质

应用性人才在工作中应具备职业道德素质，要学做事，先学做人。当代大学生由于成长环境优越，未体验过什么挫折，社会责任感较差，随意跳槽或在工作中遇到困难就产生放弃的念头，缺乏一种职业道德和坚韧不拔的毅力，因此，应用型人才要加强职业道德的养成，提高职业道德素质，使其成为受企业欢迎的人才。因此，对应用性人才要强化责任意识，增强社会责任感。

以上几项德育素质是对应用性人才应具备德育素质的具体化。这些要素的形成与学校的校园文化，教学模式、教学思想关系密切，只有具备了这些德育素质，才能帮助他们树立正确的世界观、人生观、价值观，帮助他们掌握科学的理论思维方法，提高观察社会、分析和解决实际问题的综合能力，是高层次应用性人才的必备素质。

五、应用型大学德育素质养成新路径

从我国高校德育课程现状看，普遍存在着忽视隐性德育课程的研究和实施现象，作为显性课程的马克思主义理论课，思想品德课的"单打独斗"，对大学生的德育素质培养效果也不明显。因此，开发和利用高校德育隐性课程资源、拓展大学生的德育素质培养新途径必须提到议事日程上来。

（一）开发隐性课程，拓宽德育工作途径

开发和利用高校德育隐性课程资源的主体是广大教职员工。应用型大学教职员工要树立全员德育观念和新的德育课程观，克服把学校德育仅仅看作是政工队伍、思想政治理论课教师的任务的错误观念，使每个人都真正认识到自己也是德育课程的实施者，每个人都要有高度的责任感，积极主动地配合德育课程，共同做好育人工作。开发隐性课程，必须通过广大教职员工的共同努力，整合学校的各种隐性课程资源。依据隐性课程理论，高校隐性德育课程应由四个部分构成：一是隐藏在各种正规显性德育课程中或各学科教学中被忽视的隐性德育因素；二是以校园物质环境为载体的隐性德育课程；三是以制度形态为内容的隐性德育课程；四是以文化心理内容为特征的隐性德育课程。

1. 建立和谐人际关系，重塑教师魅力，优化隐性课程"活教材"

和谐的人际关系是隐性教育发挥德育功能的关键。古人说得好："天时不如地利，地利不如人和。"高校和谐的人际关系，在这里着重从教师群体文化和学生群体文化以及融洽的师生关系来建设。教师群体是学校校园中的主导群体，教师群体文化和教师形象对于学生文化的形成和发展起着重要的作用。教师是人类灵魂的工程师，教师的敬业精神、知识背景、仪表风度以及价值取向等无时无刻不在给学生以感染和熏陶。一个有高尚人格的教师对于学生来说好比一本如何做人的教材，容易使学生认识、赞赏并加以模仿。榜样的力量是无穷的。这就需要教师既要有丰富的专业知识，又要有良好的道德品质、治学态度、进取精神和团队精神。孔子说过"其身正，不令则行；其身不正，虽令不从。"在实际工作中，大学生不仅对教育者听其言，而且观其行。因此，在高校德育中，教师要严格要求自己，时时处处以身作则，为人师表，做到育人先育己，带头践行自己提倡的道德和价值观念，用自己的胸襟、高尚的情操、正直的为人去熏陶和感染学生。只有这样才能发挥榜样的示范作用，达到"润物细无声"的效果。对学生群体，既要强调发挥集体的团结互助、友爱合作的作用，又要强调个人积极进取。和谐、友爱的同学关系是学生心情愉悦奋发向上的源泉。

2. 注重校园物质文化建设，美化校园环境

以校园的物质环境为载体的隐性德育课程，主要是指学校规划、建筑设计、班级教室设置以及自然景观、人文物质景观等因素对学生思想品德的隐性作用。

学校的校园建筑、环境设施并非是毫无生命和感情色彩的客观存在物。罗兰恩特·柏根在分析隐性课程时曾指出："课堂是一个幽灵萦绕的地方和场所"，其中的幽灵之一即是"建筑师的幽灵"。学校的校容校貌一定程度上体现与反映着教育者的价值取向、兴趣爱好与生活习惯。校园各种物质景观积淀着历史、传递文化社会价值，蕴涵着巨大的潜在教育意义，其直观性和超语言性潜移默化地影响着学生的价值观、态度和情感，它通过学生对各种物质景观的解读去领悟其丰富、深刻的内涵。品位高雅的校园物质环境，为陶冶学生的情操创造了物质条件。如学校报告厅的庄重、课堂教室的严谨，体育场馆的朝气，各种雕塑的寓意，干净整洁的场所等，学生将从中受益匪浅。反之，在一个肮脏杂乱、污渍遍地的环境中，乱弃杂物、随地吐痰的行为就很难杜绝；教室里桌椅东倒西歪，墙壁装饰不整洁、不雅观也会引起学生思想懈怠、纪律松弛。良好的基础设施无疑有助于学生身心健康发展。美化校园物质环境，既是德育工作的必要条件，也是陶冶学生情操、实现环境育人的重要举措。因此，在校园环境建设中要坚持美观与实用相结合的原则，积极创造有利于大学生身心健康发展的良好物质环境。

3. 加强校园文化精神建设，使校园成为学生的精神家园

校园文化精神主要是指校园风气、学校气氛、社团组织气氛、教师人格等。校园文化融思想性、知识性、艺术性于一体，既可以提高师生的文化生活质量，又是思想道德建设、精神文明建设的载体。高尚的校园文化精神是最直观的隐性教材，因此高校要切实采取加强校园文化建设的有效措施。在校园文化建设过程中，一是要充分发挥大学生在校园文化建设中的主体作用。高校校园文化建设的主体是在校大学生，必须充分调动学生在校园文化建设中的积极性，发挥其主观能动性。二是要突出"校园文化塑造人"的灵魂这一根本内容。大学校园文化建设的内容是多方面的，极其丰富。但其根本性内容，便是与学生的思想道德联系在一起，塑造健康灵魂，着眼于全面提高学生素质和全面提高校园文明的整体水平，把校风、教风、学风建设放在突出位置引导学生健康成长和成才。三是要广泛开展各类活动，以活动为载体开展校园文化建设。开展节日活动，在重大节日开展一些有意义的纪念活动、庆祝活动，使广大师生员工从中受到教育和启迪。校训、校史、校庆，还有校园"名师"，楼道的名人画像及其名言，都会对学生产生感召力和激励作用。

4. 严格规章制度、培养学生良好的行为习惯

以制度形态为内容的隐性德育课程主要是指学校的规章、守则、规定。领导者的思想观念、方式、教学管理方式及其评价机制，学生宿舍生活及一切活动的安排方式，规章制度的健全与合理性等。学校规章制度一旦形成，不论其是否合理都会通过各种途径推广开来，并成为一种不以人的意志为转移的客观力量存在于学校、班级的生活之中。学校管理体制是否民主，集体生活制度是否健全，各

项规章制度是否合理等，都将成为隐性德育课的一部分。因此，要重视学校规章制度的制定与完善，随着时代的变化而变化，使其真正符合学生身心成长的规律。规章制度是带有一定的强制性的，但规章制度本身渗透学校对学生的一种关爱，严格而又合理的规章是学生养成良好行为习惯的重要条件。然而，从高校目前的状况看，学生考试中的作弊处罚制度，缺课处罚制度，公共课、选修课点名制度，男女生宿舍管理隔离制度等，颁布后效果并不明显，显然与长期忽视隐性德育课程有关。目前高校规章制度的制定普遍偏重于规范性、宏观性，忽视了学生作为道德主体参与的程度，以致使学生缺乏自主设计、自主学习、自觉检查与评价的习惯和能力以及自主负责的态度，这样将会削弱学生道德行为的自觉性与持久性。因此，学校要在吸纳学生广泛参与讨论的基础上，制定出严格而又合理的规章制度，促进学生良好行为习惯的养成。

（二）积极推进高校思想政治理论课改革，提高显性课程的针对性

高校思想政治理论课是对大学生系统进行马克思主义理论教育和思想品德教育的主阵地、主渠道，在培养大学生成为中国特色社会主义事业合格建设者和可靠接班人方面具有十分重要的作用。其质量直接关系到社会主义现代化建设者和接班人的质量。面对学校思想政治理论课实效性不强的基本事实，必须采取有力措施，使思想政治理论课教育教学情况有明显改善。

1. 落实"两课"课程改革新方案，加强学科建设

2005 年，根据形势发展的需要，中央决定将高校思想政治理论课由原来的 7门调整充实为 4 门课（《马克思主义基本原理》、《毛泽东思想、邓小平理论和"三个代表"重要思想概论》、《中国近现代史纲要》、《思想道德修养与法律基础》），并把思想政治理论课教材纳入马克思主义理论研究和建设工程，作为重要项目组织力量进行编写。高校应抓住这个难得的历史机遇，加强思想政治课学科建设。围绕教材中涉及的重大问题进行充分讨论，精益求精。明确课程的学科定位，要求每位教师把握所任课程的基本知识，掌握学科的前沿问题和学科特点以及每门课程与思想政治理论课程体系的内在联系，从教育规律的角度，对思想政治理论课程的功能进行整合，明确马克思主义理论课程侧重引导学生掌握马克思主义立场、观点和方法，树立科学的世界观、方法论；思想品德课程侧重引导学生树立科学的人生观、价值观、道德观。这样，使思想政治理论课之间不仅有了较明确的功能定位，而且具有建立在沟通和内在联系基础上的功能整合，将有利于增强思想政治理论课教育教学的实效。

2. 面向"三个实际"，提高思想政治理论课教学针对性和实效性

中共中央、国务院《关于进一步加强和改进大学生思想政治教育的意见》指出，坚持以人为本，贴近实际、贴近生活、贴近学生，努力提高思想政治教育的针对性、实效性和吸引力、感染力。这是思想政治理论课改革的重要指导思想。思想政治理论课改革必须面向"三个实际"。一是要面向社会现实生活实

际。随着对外开放不断扩大、社会主义市场经济的深入发展，我国的经济成分、组织形式、就业方式、利益关系和分配方式日益多样化，人们思想活动的独立性、选择性、多变性和差异性日益增强。这是思想政治理论课开展思想政治理论教育的现实基础。二是要面向思想政治教育工作的实际。中共中央、国务院《关于进一步加强和改进大学生思想政治教育的意见》指出："面对新形势、新情况，大学生思想政治教育工作还不够适应，存在不少薄弱环节。一些地方、部门和学校的领导对大学生思想政治教育工作重视不够，办法不多。全社会关心支持大学生思想政治教育的合力尚未形成。学校思想政治理论课实效性不强，哲学社会科学一些学科建设滞后，思想政治教育与大学生思想实际结合不紧，少数学校没有把大学生的思想政治教育摆在首位，贯穿于教育教学全过程。学生管理工作与形势发展要求不相适应，思想政治教育工作队伍建设亟待加强，少数教师不能做到教书育人，为人师表。"这是当前大学生思想政治教育工作的实际情况，也是思想政治理论课改革的原因。三是要面向思想政治教育对象即大学生的实际。当代大学生思想政治状况的主流积极、健康、向上。同时受一些负面因素的影响，一些大学生不同程度地存在政治信仰迷茫、理想信念模糊、价值取向扭曲、诚信意识淡漠、社会责任感缺乏、艰苦奋斗精神淡化、团结协作观念较差、心理素质欠佳等问题。高校思想政治理论课教学的直接对象是大学生。脱离大学生实际，如果教条式地把思想政治教育的要求灌输给他们，这种教育方式不仅不能取得预期效果，而且也与思想政治教育的目的相违背。只有认真帮助大学生解决成长过程中遇到的问题，才能增强他们接受思想政治理论教育的自觉性。因此，思想政治理论课改革，必须面对大学生的实际，根据大学生的身心发展特点和教育规律，通过多种形式多种途径，帮助学生提高思想道德素质，增强心理素质，不断提高思想和精神境界，切实增强克服困难、经受考验、承受挫折的能力。

（三）显性与隐性相结合，提高德育实效性

长期以来，由于各种原因，导致我国高校在德育课程设计上普遍存在忽视对隐性德育课程的挖掘和研究，使一些以无形方式影响学生思想品德的德育因素未能发挥隐性教育作用。而在高校德育教育过程中发挥主导作用的显性德育课程体系，人们也往往只关注到它的显性特征，而忽视了其隐性作用。因此，必须在通过改革、增进显性德育课程实效性的基础上，在充分发挥隐性德育课程的丰富资源基础上，坚持显性与隐性相结合，构建高校德育课程新体系。

1. 对德育课程教学体系进行改革

应用型大学思想政治理论课教学体系构建包括：一是体现"三个应用"的办学理念，即"发展应用性教育，培养应用性人才，建设应用型大学"的原则；二是要结合自身的学情实际和学生特点；三是要遵循教学规律。以下几方面是构建应用型大学德育课程教学体系的基本原则。

　　一是实效性原则。也就是要看德育工作开展的实际效果。事实上，长期以来，特别是党的十一届三中全会以来，我国一直重视高校德育课特别是知识性德育课课程体系建设。比如1980年，教育部印发了《改进和加强高等学校马列主义课的试行办法》，1985年，中共中央发出了《关于改革学校思想品德和政治理论课程教学的通知》，1998年中宣部、教育部根据党中央讨论决定的"两课"课程设置新方案，颁发了《关于普通高等学校"两课"课程设置的规定及其实施工作的意见》，2004年，中共中央、国务院发出了《关于进一步加强和改进大学生思想政治教育的意见》等，都对知识性德育课程体系建设作出了重要指示。但为什么高校德育工作的成效还是不明显，原因是多方面的，其中一个重要因素是没有关注或者说忽视了隐性德育课程的建设。根据实效性原则，必须改革原有的高校德育课程体系，变显性德育课"独唱"为显性课程和隐性课程相互合作的"合唱"。二是整体性原则。德育本身是一个复杂的系统工程，它总是作为一个有机整体而存在并发挥作用，离开了德育的有机整体，各种德育现象的特征及功能便无从理解。因此，高校德育课程体系的构建，应从系统的、动态的、多维度的整体来考察，坚持整体性原则。德育的作用是通过正规性与非正规性、显性与隐性的形式发挥出来的，正规德育课程背后隐藏着隐性德育因素，隐性德育课程中的德育性又以无形的方式潜隐在正规德育课程之中，它们本身就是一个整体。高校现行的德育课程体系中，只存在显性德育课程而没有隐性德育课程，或者是显性德育课程与隐性德育课程"两分离"的现象，必然影响高校德育的工作成效，为此，高校德育课程体系构建必须尊重整体性原则。三是主体性原则。坚持主体性原则就是指高校德育课程体系构建要以学生为道德主体，在内容和方法上要考虑学生接受的愿望和认识发展水平而不脱离学生实际。但长期以来，在学校德育教学中一直把学生当作被动的客体对待，没有摆正教师与学生在德育活动中互为主体的关系。德育并不是教师作为主体改造学生这一客体的活动，而是教师与学生互为主体的活动。德育教师的教育过程就是与学生和谐、平等的互动过程，如果没有学生的积极参与，不发挥学生的主体作用，教师就难以进行成功的德育活动，难以使学生成为思想道德原则和规范的自觉遵从者、倡导者和创造者。德育课程新体系的构建必须尊重学生德育实践的主体地位，真正使德育教育由教师的知识转换为学生成熟的品德心理结构，内化为学生的内在道德能力系统。

　　2. 构建应用型德育课程体系的基本框架

　　根据应用型德育课程体系构建的原则，实现隐性德育课程与显性德育课程相统一，构建德育课程新体系。这个课程体系大致包括四大板块：一是知识性德育课程，主要由马克思主义理论、思想品德课程构成，这类课程有其预定的目的、内容和作用，其基本特征是计划性、正规性、显性和隐含性。这类课程必须做好两方面的工作，即与时俱进，不断推进理论课自身改革，同时发挥理论课程中被忽视的隐性德育因素，实现显性与隐性相结合。二是活动性德育课程，主要由党团活动、学生会、课内外活动小组，学校各种仪式、公益劳动、军事训练、社会实践调查活动、文化艺术节、勤工助学、毕业论文设计、专业实习等内容。其基本特征是正规性、计划性、显性、隐含性和实践性。三是渗透性德育课程，主要包括学校自然景观、校风、班风、人际关系、教师人格，学校传统文化、师生关系、同伴关系等内容。其基本特征是非正规性、非计划性、显性、隐含性、直观性、超语言性和渗透性。四是隐蔽性德育课程，主要包括正规课程中隐含的德育内容，各学科课堂教学中隐含的德育因素（公共课、专业课），学术讲座、领导方式、组织结构、宿舍生活、班会等内容。其基本特征是非正规性、非计划性、隐含性。

构建应用型德育课程体系，必须充分认识隐性教育课程对学生的隐性教育功能，它与显性德育课程有着内在的互补性。发掘隐含在显性课程背后的隐性德育因素本身有利于提高显性德育课程的实效性。当然，由于高校德育课程体系建设是一个复杂又尚待深入研究的课程，它不仅存在隐性德育课程与显性德育课程相统一的问题，同时，也客观存在着二者相对立的状况。这就需要全体德育工作者在德育工作实践中的共同努力。

参 考 文 献

［1］马克思恩格斯全集第 1 卷［M］．北京：人民出版社，1956.346.

［2］［法］邦雅曼·贡斯当著，阎克文译．古代人的自由与现代人的自由［M］．上海：上海人民出版社，2003.64.

［3］马克思恩格斯全集第 42 卷［M］．北京：人民出版社，1979.123.

［4］列宁选集第 4 卷［M］．北京：人民出版社，1995.308～309.

［5］燕国才．非智力因素与学习［M］．上海：上海教育出版社，2006.156～157.

［6］杨维，刘苍劲等著．素质德育论［M］．北京：人民出版社，2008.1.

第七章　应用型本科校园文化体系构建

一、校园文化的定义

校园文化是指在校园环境中，由所有成员在教育教学实践中共同创造，具有本校特色，以培养学生和提高全员文化乃至综合素质为目的，以物质文化为基础，以精神文化为核心的一种社会文化。作为依附在大学这一特定载体上的社会文化，校园文化除具有社会文化的多样性、发展性、传承性等一般属性外，还具有先进性、教化性、辐射性等特性，是中国先进文化的组成部分。校园文化包括由价值观、理想追求、思维模式、道德情感等构成的精神文化及行为文化[1]。

21世纪是经济竞争、科技竞争的时代，也是综合国力竞争的时代，更是人才竞争的时代。中华民族要想在未来的世界竞争中，实现民族的伟大复兴，必须要有一大批具有创新精神和实践能力的高素质、复合型人才。为了应对挑战，适应时代要求，我国高校都在积极地采取对策，既重视高等教育数量的增长，更注重高等教育质量的提高，积极地推进高等教育改革，实施素质教育，着力于高素质人才的培养。然而，培养高素质人才是一个系统工程，需要高等教育全面系统地进行改革与创新，其中搞好校园文化建设，是一个极其重要的方面。校园文化建设以学生为主体，涉及面广，活动的形式、内容、层次、规模多样且丰富，学生自觉参与率高，因而对学生的影响力也大。同时校园文化客观地创造了一种育人的环境和氛围，学生自然地接受着各种有益的感染和熏陶，这种教育方式易于被学生接受，是学校教育的一个重要组成部分。它不仅体现出学校的办学理念、办学传统、培养目标和独特的精神文化氛围，而且更强调利用这种共同的教育理念、价值观念、行为准则等，润物无声、潜移默化地影响并规范师生员工的行为。加强校园文化的建设，"对于推进高等教育改革发展、加强和改进大学生思想政治教育、全面提高大学生综合素质，具有十分重要的意义。"

二、校园文化的功能[1]

校园文化的功能主要表现在两个方面，一是校园文化对于校园人的渗透教育功能，这是校园文化的内向功能。二是校园文化对于社会文化的影响辐射功能，这是校园文化的外向功能。在内向功能上，校园文化是培育学校共同理想和目标的土壤。校园文化散落于学校成员、价值观、精神、行为、规范和制度中，影响和支配校园人的言行，在校园人的身上留下校园文化的烙印。外向功能是高校这一特定的文化机构及校园文化具有的社会职能。

（一）校园文化的内向功能

内向功能是校园文化的主要作用，按照校园文化对校园人的作用，主要分为下列几个方面。

1. 导向功能

所谓校园文化的导向功能，指的是校园文化通过自身各种文化要素集中、一致的作用，对校园整体和校园人个体的价值与行为取向产生引导作用，使之符合学校所确定的目标。

校园文化之所以会有导向功能，是因为一个学校的校园文化一旦形成，就会建立起自身系统的价值体系和规范标准。人的观念、思想和行为受周围环境的影响，特别是文化环境。当学校的成员在价值取向和行为取向与校园文化主导价值观念产生对立现象时，个人在校园文化的强烈影响下就会倾向于慢慢接受学校文化的引导，在潜移默化中接受周围的共同价值观，使自己的价值取向与学校的价值取向和谐一致起来。《诗经·序》中有"风以动之，教以化之"之说，表达诗对于人的潜移默化的教育熏陶作用。良好的校园文化就像诗一样发挥"风以化人"的作用。

校园文化受学校发展理念和校园个体的主体性行为的影响，同时受社会经济、政治、文化要求的引导，前者是校园文化发展的内因，后者是外因。自觉的校园文化以内因的变化为自身变化的主要根据，相反，以外因的变化为主要根据的校园文化则是自在文化。校园文化中这种自觉因素与自在因素的互动，构成了校园文化发展的动力。比如，随着市场经济的不断发展，社会向人们提出了许多新的要求，如主体意识、竞争意识、法制观念、效益观念等，这是反映时代要求的新观念，它对校园人会产生积极的推动。但与此同时，市场经济中许多负面的价值观念及不良道德现象的影响也大量涌入校园，对校园人的价值和道德观念产生消极影响。在这样的条件下，高校校园文化如果没有自觉明确的价值取向和发展追求，置校园文化于自在的状况，极可能使校园人对社会主流文化的精神和价值取向的认识发生迷失。良好的校园文化总是能以自觉积极的追求精神带动校园人的进取。

2. 约束功能

校园文化的约束功能，是指校园文化对每个校园人的思想、心理和行为具有约束和规范作用。校园文化的约束并不是通过直接的硬性的手段实现的，而是通过营造一定的思想氛围、道德氛围和行为氛围，影响校园人的价值观、道德观和行为心理间接地、软性地实现。通常情况下，群体意识、社会舆论、共同的习俗和风尚等精神文化内容，对个体行为产生强大的从众化的群体心理压力和动力，在每一个校园人的心理引起共鸣，进而产生行为的自我控制，使行为与学校的整体要求一致。校园文化的约束功能主要源自制度文化层次。如果说学校的各种规章制度是以"看得见的手"从外在调控着校园人的行为，那么，校园文化观念就是一只"看不见的手",它在校园人的心理深层形成一种心理定势,构造出一种响应机制,从内在调控着校园人的行为。从制度的外在调控到校园文化的内在调控,是制度的价值意义内化的结果,它为每个校园人评定自己的品质、行为和人格等方面提供了内在的尺度,并用这种尺度规范自己的行为,使之符合群体的规范。它极大地增强了学校规章制度的约束作用。

3. 创新功能

校园文化的创新功能,是指校园文化本身所蕴含的创新因素及其对生活在其中的成员的创新意识、创新潜能、创新方法的萌动、激起和开发。丰富多彩的校园文化生活,包括了多样的知识内容,充满了生动新鲜的创造活力,另一方面,校园文化对非智力因素如动机、兴趣、情感、意志、性格等培养有着十分重要的作用。对学生来说,校园文化在第一课堂教育之外营造了宽松、自由的教育与自我教育形式,使学生按一定的要求,在良好的氛围下,拓宽知识领域,激发和展示其创造力,如艺术节、科技节,学术研讨等活动,促进理论与实践的结合。正是在校园文化造就的融洽宜人的氛围和各种高雅的活动中,使大学生个体与群体间进行思想、情感、心理与行为的互动与调节甚至宣泄,保持健康向上的精神状态。

4. 凝聚功能

校园文化的凝聚功能,是指当校园文化中以学校精神为核心的价值观被校园人共同认可之后,在全体校园人中产生强烈的认同感和归属感,使个人的信念、感情、行为与学校的目标有机统一起来,形成稳定的文化氛围,凝聚成一种合理和整体趋向,从而产生一种巨大的向心力和凝聚力。

5. 陶冶功能

高校校园文化的陶冶功能,是指良好的校园文化可以陶冶校园人的情操、净化校园人的心灵,养成高尚的道德品质和行为习惯。高校校园文化作为校园人长期生活于其中的、可知可感、具体生动的一种微观社会环境,在校园人道德情感和道德行为的形成中起着重要作用。在生动形象和美好的情境中,通过有形的、无形的或物质的、精神的多种环境因素的综合作用,校园人的情绪、情操、心灵逐渐得到提升。高校校园文化之所以具有陶冶功能,首先在于它创造了一个陶冶人们心灵的精神环境,以校风、学风、文化传统、价值观念、人际关系等方式表现出来一种高度的观念形态文化,对学校的各个方面起指导性作用,给生活在其中的每位校园人以深刻影响。例如,优良的校风对学生个性和品德的陶冶是其他教育形式难以替代的。如果一个学校教风正、学风实、考风严,对生活于工作其中的人,尤其是沐浴其中的学生会是一种感动,久而久之,刻苦好学、锲而不舍、实事求是的品格就容易形成。其次在于它创设了一种与其观念体系相适应的优美和谐的物质环境,对生活于其中的每个人起着陶冶情操和规范行为的作用。优美的校园环境,可使学生的审美观在有意无意间受到启发和感染,激发其产生一种自觉的内在的驱动力，主动地去完善自我，由内而外塑造自己完美高尚的人格。

6. 激励功能

校园文化的激励功能，是指校园文化具有使校园人从内心产生一种高昂情绪和发奋进取精神的效应。而这种积极向上的思想观念及行为准则可以形成强烈的使命感、持久的驱动力，成为校园人自我激励的一座航标。校园文化属于精神激励。校园文化的核心是围绕学校的发展目标塑造共同的价值观，共同的办学理念和价值观创造的校园文化氛围，使每个校园人都能体验自身行为对学校的价值所在，产生一种自我增强的激励机制。

（二）校园文化的外向功能

外向功能是校园文化的社会作用，是伴随高校教育的影响而产生的对社会的文化辐射作用，主要分为以下几个方面。

1. 推动功能

推动功能主要指校园文化对社会先进文化、主流价值观的推动作用。高等教育可以通过马克思主义理论课和思想品德教育课，对受教育者进行普遍的思想政治教育。校园文化与政治有着密切的关系，校园文化反映着政治，政治决定校园文化的格调。校园文化是传播政治信息的最直接渠道，通过校园文化的传播促使学校师生萌发政治意识，确定政治观念和参与感，从而影响他们的各个方面。高等教育诸如此类的政治功能对中国先进文化的作用是极其重要的，涉及文化的根本性和前进的方向性问题。

2. 创造功能

从其科技功能上看，高等教育不仅可以通过传递和积累科学技术而发挥再生产科学技术的功能，而且还可以通过创造、发明新的科学技术发挥再生产科学技术的功能。而无论是传递和积累科学技术还是通过创造、生产发明的科学技术发挥再创造科学技术的功能，其本身都是发展、建设中国先进文化的本质和内涵所在。

3. 创新功能

从其文化功能来看，高等教育不仅具有选择、传播、保存文化功能，同时也是具有创新和发展文化的功能。无论是选择、传递、保存文化还是创新、发展文化，都是发展先进文化所必需的。它不仅能够在高校内通过各种主渠道培养社会发展和经济建设所需要的各种人才，还可以通过其他各种方式实现其为社会服务的职能，进而实现其文化功能的最大释放。未来几年的经济建设将转移到主要依靠科技进步和提高劳动者素质的轨道上来。因此，如何有效地提高我国国民素质，最大限度地保障高质量的人才资源，如何更好地实施科教兴国战略，使之成为人才资源的发展方向，如何办好我国的高等教育，改革已不适宜的高等教育体制，成为我国发展先进文化过程中的重要问题。

4. 辐射功能

校园文化的辐射功能，是指校园文化一旦形成较为固定的模式，他不仅会在校园内发挥作用，而且也会通过各种渠道对社会产生影响。学校是传播精神文化的场所，放在社会整体上，高校教育的本身就是社会文化的场所，放在社会的整体上，高校教育的本身就是社会文化的重要内容，因此校园文化的层次和品位会相对高于一般的社会大众文化，并在与社会文化的互动中形成以高校为一个强势点的文化场，"学校文化场"对社会的辐射具有其他文化无法比拟的功能优势。它不仅表现为向所在地区、向社会源源不断地输送一定数量的高素质文化人。

三、校园文化与相关概念

（一）大学精神与校园文化

大学精神是大学在长期的发展过程中积淀而成的相对稳定的，具有特色的并为大学人所认同、追求、遵循的理想、信念、价值观、传统和行为准则等组成的体系，它是大学文化的精华，是大学发展过程中理性与感性、共性与个性、隐性与显性、历史性与现实性、深刻性与大众性的统一[2]。大学精神不是一朝一夕铸就的，也并不是每所大学都具有自己独立的大学精神，只有那些在长期的办学历史中，通过对自己办学理念的倡导、践行、提炼和升华，并在这个过程中形成独特的价值判断和理性诉求的大学，才真正具有自己的大学精神。一所大学精神的形成，与这所大学产生和发展的时代、独特的历史和地理环境、文化特色和师生的共同心理状态密切相关，从大学精神中，人们能看到学校的历史和现实，并形成一股信念的力量，对学校的发展起着长期、持续、深远的影响。培育大学精神是提升学校办学水平和校园文化建设办出活力的源泉。大学精神的内涵主要表现在以下四个方面[2]：①大学价值观，这里的价值观指的是大学师生在长期实践中逐渐建立起来的一种共同的价值取向、心理趋向和文化定式，是全体师生或多数师生一致赞同的关于大学意义的终极判断。对于不同性质、不同层次以及不同国家的大学生来说，其价值观也不一样，价值观是文化的核心和基石，文化的所有内容都是在价值观念的基础上产生的。②大学理想和目标，在价值观的宏观指导下，大学还必须以国际国内经济、科技、教育发展趋势为引导，以尊重教育发展的自身规律为保证，以学校自身客观条件为基础，以满足国家需求为目标，脚踏实地的形成自身的发展目标和中长期改革发展规划，并将其灌输到全体师生中去，形成全体师生或大多数师生认可的、并愿意为之奋斗的共同理想和目标。③大学核心理念，为了实现大学的共同理想和目标，大学必须进行改革与创新，必须大力发展学校各项事业，为了凝心聚力共赴美好前景，必须要求全体师生遵守某些关键信条。如德国柏林大学的大学理念包括这样几个方面的统一：大学活动的非政治性质与大学建制的国立地位的统一，科学体系的内在完整性和科学对整个文化和社会的批判——启蒙意义的统一，教学和研究的统一。④大学组织信念。有了共同的理想和目标、办学理念，还必须为目标的实现和组织实施提供强有力的规范和制度的支撑和保证，也就是要形成全体师生共同遵守的纪律性约束——组织信念，使得大多数师生自觉地认识到自身的行为与学校整体目标和任务是紧密结合在一起的，并愿意为实现这一目标而遵守共同的组织信念。

培育大学精神的首要任务是确立学校的办学理念和教育价值的追求。每所学校的办学理念和价值追求的内容是大学精神的精髓，在"把学生教育成什么样的人"和"如何教育"的办学理念的指导下，形成了一些该校特有的精神，并体现了这所大学的价值观念。而正是这种办学思想和教育价值的追求，指导着学校建设的方方面面，形成一种强大的校园文化氛围，不仅熏陶、教育学生，同时也影响和引导着社会、学校在传承、发展和创新文化的过程中，也形成了自己的个性，即大学精神。

积极培育大学精神，光大大学的传统，赋予大学精神时代的要求，是应用型大学持续发展的动力和重要任务。要在师生员工中加强对学校办学理念、学校战略发展规划、校风校训的宣传和教育，以明确自己的学校精神。大学精神一旦形成，具有相对稳定性、较强的融合性和强烈的渗透性，将为学校发展注入坚强的生命底蕴，并发挥其独特的功能和作用。

（二）制度建设、道德规范与校园文化

制度建设是校园文化建设的重要组成部分，制度文化是学校管理规范化、科学化的必由之路，是校园人言谈举止、交往互动的准则。只有建立比较系统的道德规范制度，才能阻止不良风气的蔓延，抑制精神垃圾毒害师生和污染校园环境。因此，制度文化的建设是校园文化建设的必要保证。建立健全从新生入学到毕业离校体现文明素质教育的一套规章制度，是对大学生进行的一种生动、具体的组织纪律教育，充分体现学校管理文化的品位。制度文化建设要符合依法治校的方针，符合教育规律，符合应用型大学的办学理念，符合应用型大学生的特点。制度随着时间的推移，会不断适应社会发展而变化，但制度所体现的校园精神却永远流传下去并且不断被发扬光大。

道德和制度是维护校园秩序、规范人们思想和行为的重要手段，它们相互联系、相互补充。道德是人们共同生活及其行为的准则和规范，这种准则和规范通过社会的舆论对社会生活起约束作用，比人为制定规章制度更能左右人的行为。在大学育人环境里，更应发挥道德规范的作用。因为大学生是一群可塑性大，自主意识强、求知、求新、追求进步的群体。

学校"要制定完善师德规范，严格师德管理，加强教师思想品德和学术道德教育，积极建设'志存高远、爱国敬业，为人师表、教书育人，严谨笃学、与时俱进'的优良教风；制定完善大学生行为规范，严格管理特别是考试纪律管理，努力形成勤于学习、奋发向上、诚实守信、敢于创新的良好学风"[3]。有了科学民主的规章制度，校园的文明程度才能不断提高，校园文化的建设才会有保障。

与有形的制度规范相比，道德规范是通过无形的力量来规范大学生的言行的。道德的力量是教会学生"先学做人，再学做事"，更加注重榜样的力量。通过树立典型引导学生运用所学知识和技能服务人民，奉献社会。做到坚持学习科学文化与加强思想修养的统一，坚持实现自身价值与社会价值的统一，树立起远大理想和进行艰苦奋斗的统一。

（三）社团活动与校园文化

学生社团是由学生自发组织的群众性组织，因为共同的爱好而成立的发现自我、展示自我、塑造自我的一个集体。社团主要由学生自我管理、自我服务、自我教育。应用型大学的社团的主要活动内容以联谊、文体占多数。缺少学术科研、社会实践、职业文化方面的活动，因此，应用型大学要加强对大学生社团的科学指导，尤其是在科技创新、思想教育等方面，创造条件让学生参加专业学习方面的社会实践，鼓励学生参加教师的科研项目或由学生自己申报课题，学校要给予足够的空间给予支持，在经费和立项方面给予扶持。这样不仅能提高校园文化的科研学术氛围，还可以锻炼大学生的动手能力和实际解决问题的能力，提高学生社团建设过程中"文化"的含量。

（四）校园环境与校园文化

校园环境包括硬件建设和软件建设。硬件建设包括校园景观、学校形象标识、教学生活设施、文体活动场所等。校园内环境不仅有使用功能还有育人功能和审美功能。是校园文化的载体，是校园文化塔，清华大学的标识是清华二校门等，这种浓厚的学术氛围会使师生受到心灵的熏陶，对学生的成长和素质的提高起着潜移默化的作用。

四、校园文化建设对应用型人才培养的意义

（一）校园文化对培养应用型人才的高尚品格具有重大的德育功能

一个学生是否具有应用能力，不仅要看他是否具有实践意识、创新思维，还要看他是否具有良好的意志品质。坚强的意志是开发创新能力的支撑，集学术性、娱乐性、创造性为一体的校园文化为磨砺学生的意志品质提供了机会与舞台。高品位的校园文化培养了学生的非从众性和学生良好的心理素质，培养了学生的坚韧性，增强了学生承受磨难和失败的勇气和能力。

（二）校园文化对塑造应用型人才的良好情感具有积极的促进作用

校园文化是借助于丰富多彩的文化形式来影响人们的思想和情感的。文化可以通过"文化优势"创建出一些非正式的、约定俗成的群体规范或共同的价值准则。这些群体规范和价值准则虽不带有强制性，但它在个体心理上所起到的影响和作用往往比行政命令更为有效，更能改变个人行为，使之与群体行为一致起来。校园文化便具有这样的规范与约束功能。当一个人置身于舒适、恬静、优美的学习和生活环境里，就会受到环境的无形约束，调整自己与环境的不和谐行

为，从而使学生的心灵得到净化，情趣得到陶冶，志趣得到升华。

（三）校园文化对完善应用型人才的健全个性具有多方面的影响作用

校园文化强调学校目标与学校成员工作目标的一致性，强调群体成员的信念和价值观念的共同性。校园文化活动的内容丰富多彩，形式灵活多样，给学校成员，尤其是青年学生提供了一个自我表现、自我认识、自我评价和自我教育的广阔空间，具有强大的吸引力和内聚力。同时，以校园文化为校园精神目标和支柱还可以激励全体师生自信自强，团结进取，充分调动学生自我培养和自我教育的积极性、主动性和创造性。而学生主观能动性的充分发挥既是素质教育的重要前提和基础，同时又是素质教育的重要内容。从一定意义上说，校园文化是自我意识的王国。在这个王国中，学生通过自愿参加各种活动进行自我观察、自我评价、自我监督、自我体验和自我控制，从而使青年大学生的自我认识能力得到不断提高。自我意识是人的自觉性、自控能力和主观能动性的前提，是改造主观世界的始点。在校园中，只有树立起正确的自我意识，才能主动地调节自身的各种活动，使之趋向于既定的校园文化目标。

（四）校园文化对形成应用型人才的实践能力、科技能力具有很好的促进作用

校园文化比较注重开拓适当的文化环境和提供大量的创造性机会，激发师生强烈的表现欲望，激发创造行为；校园文化的丰富内涵有效地补充了课堂教学的不足，既能为教师提供全方位的、立体的、开放的教书育人的场所，也为学生提供了施展才华、接受教育的领地。这十分有利于学生扩大知识面，巩固和加深所学的课堂专业知识，锻炼运用知识的能力，开发潜在的智能。校园文化建设的加强，给学校教育带来了生机，有效地弥补了课堂教学的不足。比如，广泛开展的学术活动可以营造浓厚的校园学术氛围，各种社团组织、兴趣小组可以促进学生实践能力的主动发展，有组织的进行的社会服务、社会调查以及勤工助学等社会实践活动可以增强学生的动手能力和社会活动能力，对学生科技创新有促进作用。

正如有学者所说："校园文化既有理论的品格，又有现实性的品格，它是理论运用于实际的实践性活动。"加强校园文化建设为学生能力的全面发展提供了广阔的空间。

五、应用型大学校园文化建设原则[5]

（一）坚持学校办学理念

提出能够代表学校校园文化的办学理念，学校精神和教风学风，是高等学校校园文化建设的根本目标。应用型大学须采取切实措施加强对本校的办学理念和大学精神的培育。这是因为目前应用型大学大多从原来本科教学型高校脱胎而出，原来学校的传统办学思想和学校价值的追求对新的转型有着一定的影响与阻力。应用型大学应找准学校在人才培养中的位置，学习、借鉴并树立适应应用型大学的办学指导思想和人才培养目标，正确确定学校的办学方向与服务定位，在师生员工中积极开展办学指导思想的讨论，通过对教育的本质和高等教育发展趋势的思考，更新传统的精英教育观念，树立适应高等教育大众化的新型教育理念。

（二）坚持紧密结合社会文化的原则

应用型大学的学生主要从事基层生产、建设、管理、服务，大学生对社会、社会文化有更大的需求，为了让毕业生毕业后能顺利的适应工作岗位，应用型大学应有意识的培养学生的辨别能力、独立能力、应用能力、群众观念和团体意识。校园文化应以了解社会、服务社会为主要内容，引导大学生在社会实践中提高社会文化的鉴赏能力、增强社会文化底蕴。

（三）突出应用能力的培养的原则

应用型大学培养的是应用型专门人才，要求学生具有较强的应用能力，应用型大学应注重学生应用能力的培养，构建突出应用特色的文化体系，探索建立专业学习与服务社会、产学研合作等应用型人才的各种社团和组织，加大实践项目的经费投入，建立稳定的校外实践基地，使学生实习实践有稳定的场所，有明确的教学目的和内容，延伸课堂教学的育人功能，提高学生的未来职业素质和解决问题的能力。

（四）坚持第一课堂和第二课堂有机结合的原则

校园文化建设中要注意第一课堂和第二课堂的有机结合，致力于培养学生知行合一、全面发展的综合素质。第二课堂要贴近学生的学习和生活，鼓励开展以提高大学生多方面能力和扩展学生专业知识为目标的课余活动。通过开展第二课堂活动，弥补学生在第一课堂获取知识的不足，扩展对学生非智力因素教育的渠道，给每个学生个性、特长的发挥提供一个合适的积极创造和展示自己能力的平台，提高他们的思想政治素质、道德素质、文化素质和身体心理素质，学会做人做事，使学生的智商、情商在参与校园文化的活动中得到培养和提高。

六、应用型校园文化建设的体系建构

高校在培养人才的目标不同，在校园文化的积淀就不一样。校园文化的价值导向作用就会因其培养目标的不同而异。

（一）大力加强校风、学风建设，提炼和培育特色校园精神

校园精神是校园文化的灵魂，是校园文化建设的核心内容，它对于高等学校的发展和育人目标的实现具有导向和保证作用。校园精神是学校改革发展的精神动力。校园精神能使人们的思想意识和行为得到维系、巩固和规范，并成为共同的行为准则和战斗口号。一所学校的校训是校园精神的集中体现。优良的校训能使学生受到潜移默化的熏陶和影响，使学生受益无穷。它随着时代的发展而发展，但又有相对稳定的本质内涵。校风代表着学校的形象，是学校的无形资产。如清华大学的"自强不息、厚德载物"；北京师范大学的"学为人师，行为示范"；北京大学的"兼容并包"；南开大学的"允公允能、日新月异"；南京大学的"诚朴雄伟，力学敦行"；华中科技大学的"明德、厚学、求实、创新"；厦门大学的"自强不息，止于至善"、香港大学的"明德格物"等。一些著名的高校力求通过提炼校训来挖掘自己独特的大学精神，那些办学时间较短的高校则有待于进一步思考、总结、提炼校训，以明确自己的学校精神。

（二）构建促进大学生社会化的校园文化

我国著名社会学家费孝通认为："社会化就是指个人学习知识、技能和规范，取得社会生活的资格，发展自己的社会性的过程。"可见，社会化是个体在与社会的相互作用中学习社会知识、获得价值规范、掌握社会经验、形成社会行为的过程，其结果是使个体从自然人转变为社会人，成为合格的社会成员。从社会学角度看，教育的主要功能就在于使青年学生实现社会化。大学生社会化是人的社会化进程中在大学校园的一个中间站。

大学生的社会化是在多方面因素的影响下实现的，高校校园文化作为大学生成长的客观环境，每时每刻都在以其特有的精神环境和氛围，使生活于其中的每个个体有意识地在思想观念、行为方式、价值取向等诸方面与既定文化发生认同，从而实现对人的精神、心灵、性格的塑造，达到社会化的目的。丰富多彩的校园文化活动，对大学生的社会化起着非常重要的作用。在大学里开展的以学生为主体的丰富多彩的活动，如文化节、艺术节、摄影展、体育比赛等，为大学生全面提高素质，创造了良好的条件。大学生在社团和各种文化活动中，不仅扩展了知识，增长了才干，使自己的情感得到寄托，更重要的是培养了学生热爱集体、热爱学校、热爱祖国和热爱社会主义的观念。

社会实践活动对加快大学生的社会化过程起到了更加积极的作用。通过社会实践可以使学生全面了解社会，正确认识国情，社会实践还可以使大学生明确认识自我，找到自己业务上的差距和不足，调整和完善自己的知识结构，为担当新的社会角色做好业务准备；社会实践提高了大学生处理各种复杂问题的能力，战胜各种困难和挫折的意志和毅力，从而为担当新的社会角色做好心理准备；社会实践可以培养大学生乐观自信、与人为善、宽容豁达、积极进取等良好的人格特质，为真正担当起现代社会的各种主体角色做好准备。准备工作越充分，大学毕业后就越能较快地适应社会环境，较快地打开工作局面，并承担起新的社会角色所赋予的责任。

营造环境氛围是着力点，这是培养应用型人才的重要方面。要努力形成有利于文化创新的舆论氛围和良好教风、学风与校风，要积极开展丰富多彩的校园文化活动。

（三）加强党的领导

学校党委要总览和把握校园文化建设与创新的全局和发展的方向，要在校园物质文化、观念文化、制度文化以及习俗文化创新等方面，做出全面的规划，做到统筹兼顾，突出重点，整体推进，深入持久地搞好校园文化建设与创新。

更新思想观念是先导，这是校园文化建设好的前提。必须树立积极的、大胆的、求实的和奉献的创新观。建设师资队伍是根本，这是校园文化创新的关键与根本。必须建立良好的选人与用人机制，同时加强教师的思想道德建设。改革管理机制是切入点，这是当前校园文化建设的瓶颈。要积极地改革学校的管理机构，优化学校的管理制度。

（四）提高学术活动在校园文化中的地位

校园文化建设作为校园人的创造性活动，包含着精神的和物质的、意识的和行为的活动，内容十分丰富。在如此丰富、广泛的校园文化活动中，学术活动占据着主导地位，并决定着校园文化建设的水平。在整个校园文化系统中，学术活动所提供的文化成果——世界观、方法论、科学理论、行为规范、技术，以及学术精神、学术气氛等，无不渗透到校园文化活动的其他各个方面，并在其中发挥引导、促进、规范等作用。同时，学术研究造就的具有创新意识的人才，又是校园文化建设的主体。所以可以说，没有高水平的学术活动，就没有高水平的校园文化。一所高校，要想提升自己校园文化的层次和水平，就应首先营造浓厚的学术环境。

（五）加强同企业文化的双向交流与沟通

与企业文化的交流和沟通应是双向的，我们不仅要"请进来"，而且还要"走出去"。一方面，大学生利用寒暑假到学校有固定实习点的企业进行社会实践，亲身体会，深入了解企业文化。另一方面，高校师生承接企业的一些课题。这样，高校师生不仅可以深入研究企业文化，做到理论与实践的紧密结合，而且一些研究成果还可以指导企业文化的建设。

以上分析可知，营造学术氛围和高雅环境，陶冶大学生的高尚情操；精心设计组织社团活动和文体活动，促使大学生尽快社会化；加强同企业文化的双向交流与沟通，让学生尽快熟悉企业文化等，这些能够在校园文化建设中很好地结合起来，就可以不仅为培养更多适应社会需求的高素质人才提供平台，而且在一定程度上也可以促进校园文化发展的内涵。

应用型大学在校园建设的规划中，应把校训、学校标识融入建筑物和景观之中，营造一种应用型的校园文化氛围。

中共中央、国务院《关于进一步加强和改进大学生思想政治教育的意见》指出，要大力建设校园文化，建设体现社会主义特点、时代特征和学校特色的校园文化。深刻认识高校校园文化建设的重要意义，当今世界，文化与经济和政治相互交融、相互渗透。文化的力量，不仅深深熔铸在民族的生命力、创造力和凝聚力之中，成为综合国力和国际竞争力的重要组成部分，而且对人们的思想政治影响越来越大。大力加强校园文化建设，意义十分重大。校园文化是先进文化的重要源头。校园文化是社会文化的重要组成部分，始终处在社会文化的前沿，既承担着育人的重要职责，也承担着引领社会文化的重要任务。校园文化具有凝聚作用，通过研究和宣传科学理论，可以把人们紧紧地团结在中国特色社会主义的伟大旗帜下。具有引导作用，通过传授人类文明，可以帮助人们培养良好的道德思想品质。具有辐射作用，通过知识传播和人才培养，可以对社会主义经济建设、政治建设、文化建设和社会建设产生积极影响。校园文化是先进文化的创新基地。创新是民族进步的灵魂和国家兴旺发达的不竭动力，也是文化始终体现先进性和永葆生机的源泉。传承文化是高校的基本功能，研究文化是高校的活动基础，创新文化是高校的崇高使命。高校校园文化是科学思想萌生的催化剂，是先进文化创新的重要载体，它既从先进文化中汲取营养和力量，又为发展先进文化提供强大动力、做出巨大贡献。

校园文化具有强大的育人作用。先进文化要发挥社会作用，就要把文明内化到人们的灵魂里，积淀到人们的思想中。办大学就要建设校园文化，让学生学习、感悟、理解，从而净化灵魂，陶冶情操，完善自己。校园文化是引导人、鼓舞人、激励人的一种内在动力，是凝聚人心、鼓舞斗志、催人奋进的一面旗帜，它对大学生的思想政治、道德品质、行为规范产生深刻影响。

牢牢把握高校校园文化建设的总体要求，党的十六大强调，要大力发展先进文化，支持健康有益文化，努力改造落后文化，坚决抵制腐朽文化。这是社会主义文化建设的根本方向，也是校园文化建设的行动纲领。全面贯彻校园文化建设的工作方针。始终坚持以马克思主义、毛泽东思想、邓小平理论和"三个代表"重要思想为指导，坚持社会主义先进文化的前进方向，遵循文化发展规律，借鉴吸收人类文明有益成果，以实施科学文化素质教育为基础，以建设优良校风、教风、学风为核心，以优化校园文化环境为重点，以树立正确的世界观、人生观、价值观为导向，以丰富多彩、积极向上的活动为载体，弘扬主旋律，突出高品位。

认真完成校园文化建设的工作任务。一是深入开展以理想信念为核心的社会主义教育，以爱国主义为重点的民族精神教育，以基本道德规范为基础的公民道德教育，以全面发展为目标的基本素质教育。二是建设和培育良好的校风，形成良好的教风和学风。三是积极开展校园文化活动，寓教育于文化活动之中，促进大学生思想道德素质、科学文化素质和健康素质协调发展。四是加强校园人文环境和自然环境建设，努力营造良好的育人氛围。

始终坚持校园文化建设的基本原则。必须坚持弘扬主旋律，提倡高品位、保持高格调。必须坚持德育为先，育人为本，帮助大学生健康成才。必须坚持以人为本，尊重学生主体地位，充分调动和发挥大学生的积极性和主动性。必须坚持加强管理，坚决抵制各种有害文化对大学生的侵蚀和影响。必须坚持创造自己独特的校园文化风格，彰显学校鲜明的个性和特色。必须坚持与时俱进，广泛吸收世界文明成果而不媚外，继承传统而不保守，开拓创新而不猎奇。

努力实现校园文化建设的工作目标。始终立足改革开放和现代化建设伟大实践，不断从博大精深的传统文化中、从激昂向上的革命文化中、从健康有益的外来文化中、从与时俱进的最新实践中，汲取营养和力量，努力建设体现社会主义特点、时代特征和学校特色的校园文化，不断满足大学生日益增长的精神文化需求，为培养社会主义合格建设者和可靠接班人提供强大的精神动力，使高校成为发展中国特色社会主义先进文化的重要基地、示范区和辐射源。

扎实推进高校校园文化建设，加强校园文化建设是一个系统工程，当前要突出抓好以下六个方面工作。一是深入开展校风建设。要在充分挖掘学校历史传统宝贵资源的基础上，大力营造具有时代特征和学校特色的良好校园风气。扎实开展师德教育，积极建设"志存高远、爱国敬业，为人师表、教书育人，严谨笃学、与时俱进"的优良教风。加强学生教育和管理，努力建设刻苦学习、奋发向上、诚实守信、敢于创新的良好学风。形成学校以育人为本，教师以敬业为乐，学生以成才为志的优良校风。二是大力加强人文素质和科学精神教育。要扎实推进"大学生全面素质教育工程"，把人文素质和科学精神教育融入人才培养的全过程，贯穿教育教学的各环节，逐步建立起内容覆盖课堂教学、课外活动的人文素质和科学精神教育体系。对理科学生要多开设文学、历史、哲学、艺术等人文社会科学课程，对文科学生要适当开设自然科学与工程技术课程，不断提升大学生的人格、气质、修养等内在品质。三是精心组织校园文化活动。要精心设计和组织开展内容丰富、吸引力强的思想政治、学术科技、文娱体育等文化活动，把德育、智育、体育、美育渗透到文化活动之中，使大学生在活动中思想感情得到熏陶、精神生活得到充实、道德境界得到升华。充分利用五四青年节、七一建党纪念日、十一国庆节、一二·九运动纪念日等重大节庆日和纪念日，开展主题教育活动，唱响爱国主义、集体主义、社会主义主旋律。办好大学生科技文化节、大学生"挑战杯"、大学生艺术节、大学生运动会，不断提高大学生的综合素质。四是积极开拓校园文化建设的新载体。要充分发挥网络等新型媒体在校园文化建设中的重要作用，建设融思想性、知识性、趣味性、服务性于一体的校园网站。不断拓展校园文化建设的渠道和空间，积极开展健康向上、丰富多彩的网络文化活动，牢牢把握网络文化建设主动权，使网络成为校园文化建设的新阵地。要充分发挥大学生社团在校园文化建设中的重要作用，大力扶持理论学习型社团，热情鼓励学术科技型社团，正确引导兴趣爱好型社团，积极倡导社会公益型社团。五是重视校园文化环境建设。精心打造"人文校园"、"数字校园"、"绿色校园"，使校园的规划、景观、环境呈现一种和谐美。要重视校园人文环境建设。写好校史，建好校史陈列室，确定好校训、校歌、校徽、校标，激励大学生继承和弘扬学校优良传统。充分发挥校友在校园文化建设中的独特作用，用优秀校友的人生经历和感悟、创业历程和成就，激励大学生立志成才，报效祖国。要重视校自然环境建设，使校园的山、水、园、林、路等达到使用功能、审美功能和教育功能的和谐统一。在公共场所布置具有丰富内涵的雕塑、书画等文化作品，营造高尚健康的氛围。六是加强对校园文化建设的管理。加强教学管理，严格课堂纪律，不允许有人在讲台上和教材中散布违背宪法和党的路线方针政策的错误观点和言论。加强哲学社会科学研讨会、报告会、讲座以及社团和校园 BBS 的管理，绝不给错误观点和言论提供传播渠道。

（六）应用型大学教师队伍的加强建设

1. 应用型大学教师应具备的素质

要培养应用型人才，必须有具备应用型素质的教师队伍，使学校的办学宗旨得以落实，学校的定位得以体现，使学生获得知识和能力。学校的办学能力的高低，在一定程度上得益于教师的素质。

教师个人素质的高低将直接反映在本人的教学科研活动中，影响到学校的建设和发展。从建设应用性大学的需要出发，不仅要求教师个体要具有较高的素质，而且要建设一支高素质的队伍，以适应应用型大学的建设要求。应用型大学的教师除具备一般高校教师的素质要求，如对教育事业的忠诚，对学生的热爱，对专业的钻研精神，对教学科研工作认真负责的态度，坚守与社会价值取向相一致的世界观等，还应具备复合应用型大学建设要求的素质。其要求是：

（1）宽泛的学科专业基础。作为应用型大学其专业设置多为边缘科学，或者是在一个学科领域内选取一个具体的专业方向，而在这一专业方向的建设中又涉及该学科的众多方面。作为应用型大学的教师，若在某一个专业领域中有精深的研究，即使能够直取学科研究的桂冠明珠，但也并不一定能够适应应用型大学的要求，相反在学科掌握到一定程度的基础上，能够横向拓展，具有很宽泛的知识结构，能够知道该专业的发展和建设才是必要的。因此应用型大学的教师应具备在专业领域中横向拓展知识结构的能力。

（2）广泛的社会联系。应用型大学是面向社会的生产、生活等活动而举办的，它更具有开放性和社会性，其专业建设应与经济社会发展的需求同步。因此它的教师更不可能是只关在书斋里埋头做学问的学者，而应是积极参与到社会生产和生活实践中的研究者和实干家，在某种程度上更应是一个社会活动家。与社会广泛联系的意识和能力因人而异，作为应用型大学的教师应具有这方面的素质，至少应有意识的培养这一素质。

（3）丰富的经验和较强的动手能力。在应用型大学中，教师传授给学生的不仅是理论，更重要的是要培养学生发现问题、解决问题的能力，教师自己则首先要具备这种经验和能力。如果财务专业的老师根本没有接触过账目的处理，新闻专业的教师从未编导、采访、制作过片子，法律专业的教师从未深入到案件之中，又谈何去培养学生的动手能力呢？因此应用型大学的教师应该既是个理论家，又是个实干家，既是能够授业解惑的教书先生，在专业中又是行家里手。

提高应用型大学教师执教能力，目前，应用型大学的师资队伍现状与培养应用性人才对教师的要求存在差距：第一，教师的技术能力和实践能力有待提高。一些教师从学校毕业后直接走上讲台，缺乏社会实践与企业实践经历。有的教师虽来自企业，但进入学校后，教学能力又不能满足教学要求；第二，缺少符合应用性教育要求的专业带头人和高水平的技术教育专家，教师梯队的传帮带作用难以发挥。第三，教师的课程开发能力和教育教学能力上有一定差距，师资队伍与培养应用性人才要求不相适应的现状已成为制约应用型大学发展的瓶颈。我们应从以下几个方面建设符合应用性教育要求的师资队伍。

2. 建设双师型教师队伍

"双师型"教师概念，教育部在《关于开展高职高专院校人才培养工作水平评估试点工作的通知》（教高司函〔2003〕16号）中曾明确表述，"双师型"是指高等职业学校中具有中级及以上技术职称，又具备下列条件之一的专业任课教师：①有本专业实际工作的中级及以上技术职称（含行业特许的资格证书及其有专业资格或专业技能考评员资格者）。②近五年中有两年以上（可累计计算）在企业第一线本专业实际工作经历，或参加教育部组织的教师专业技能培训获得合格证书，能全面指导学生专业实践实训活动。③近五年主持（或主要参与）两项应用技术研究（或两项校内实践教学设施建设及提升技术水平的设计安装工作），成果已被企业（学校）使用，达到同行业（学校）中先进水平。这一概念的核心是教师的实践工作能力。换言之，所谓"双师型"教师，就是既要有扎实的理论知识，又要有丰富的企业实践经验和经历；既要有相应的教师资格证，又要有相应的职业岗位资格证书。

《国家教育中长期改革和发展规划纲要（2010－2020年）》第十七章加强教师队伍建设第（五十一）条对双师型教师也做出了重要论述，指出：建设高素质教师队伍，教育大计，教师为本。有好的教师，才有好的教育。保障教师地位，维护教师权益，提高教师待遇，使教师成为受人尊重的职业。严格教师资质，提升教师素质，努力造就一支师德高尚、业务精湛、结构合理、充满活力的高素质专业化教师队伍。以"双师型"教师为重点，加强职业院校教师队伍建设。加大职业院校教师培养培训力度。依托相关高等学校和大中型企业，共建"双师型"教师培养培训基地。完善教师定期到企业实践制度。完善相关人事制度，聘任（聘用）具有实践经验的专业技术人员和高技能人才担任专兼职教师，提高持有专业技术资格证书和职业资格证书教师比例。以中青年教师和创新团队为重点，建设高素质的高校教师队伍。大力提高高校教师教学水平、科研创新和社会服务能力。促进跨学科、跨单位合作，形成高水平教学和科研创新团队。创新人事管理和薪酬分配方式，引导教师潜心教学科研，鼓励中青年优秀教师脱颖而出。实施海外高层次人才引进、长江学者奖励和国家杰出青年科学基金等项目，为高校集聚具有国际影响的学科领军人才。

　　要构建一支素质优良、结构合理的"双师型"师资队伍，可以从以下几个方面着手进行：第一，有计划地安排现有教师到企业、科研单位进行顶岗和技术咨询服务，或在校内外的实习基地参加实践，鼓励专业教师向双师型转变，鼓励教师主动到企业进行脱产、半脱产的挂职顶岗锻炼，深入企业生产一线。要求教师不仅要会讲课，而且会操作；不仅是本专业的教学能手，而且要成为本行业的专家，促使教师由单一教学型向教学、科研、生产实践一体化的"一专多能"型人才转变。这样才能不断提升教学品质，才能培养出高质量的应用型人才。第二，完善"双师型"教师的培养体制，应用型大学要将培养"双师型"教师作为学校建设的一项重要内容，制定科学合理的"双师型"教师队伍培养规划和实施方案，形成适应"双师型"教师队伍建设的管理体制和运行机制。运行机制包括经费保障机制、激励机制、考核机制等三个方面。其中经费保障机制可以使教师安心实践，不会担心福利待遇的降低，学校还应对到企业脱产时间的教师给予课时补贴和交通补助，提供实践经费等。激励机制体现在被评为"双师型"教师在升级聘任、职称评审、国内外访问学者方面给予倾斜和优惠政策。同时，对"双师型"教师的考核是这支队伍建设关键，实现"双师型"教师必须定期考核，而且要分出等级，并把考核记过与个人利益挂钩。当然，为了使"双师型"教师不断更新实践内容，与社会性形势发展的步伐相一致，"双师型"教师的身份不是一劳永逸的，还应定期评选，保证"双师型"教师的质量。

　　3. 明确应用型教师的任职资格[4]

　　应用型大学与研究型大学在教师任职资格上应存在一定差别，教师任职资格标准应由本专业的教育专家和行业专家研讨制定。标准应体现对教师在不同的发展阶段的学历水平、教学能力、实践能力、合作交往能力、课程开发能力，以及终身学习能力等方面的要求，并就达到上述要求提出具体的、可操作性强的实现途径，为教师的教学能力和实践能力的提高提供具体指导，告诉教师应该如何去做。应注意对于不同的学科不同层次教师和处于不同发展阶段的教师提出不同要求。如：对于专业带头人，应要求其不但具备较高的学术水平、教学能力和实践技能，还要具备很强的课程开发能力，能够按照学术性、技术性融合与统一的思想，构建应用性人才培养的课程体系。另外还要求其具有较强的合作交往能力和组织能力，加强与相关企业的合作，并发挥传帮带作用，培养青年教师。对课程负责人，应要求其具备很强的课程开发能力，能结合相应的行业标准、行业岗位和对劳动者知识、能力等素质的培养要求，开发相关专业课程，制定相应的教学大纲、教学内容、考核方式，编制相应教材，对一般教师则要求其具备良好的教学技能、较强的实践能力和不断探索改革教学方法的能力。对于基础课教师则要求其具有较高的学科知识水平和参加社会实践与服务的能力。对年轻教师则侧重要求其加强教育教学能力的训练，并给其配备导师，由导师对其教学技能、教学方法、社会实践、企业实践、科研、教学质量进行指导。

4. 转变教育教学观念

能否在教学过程中始终贯穿开展应用性教育的理念，关键还要实现教师的教育教学观念的转变。我们的教师大多是研究型院校的毕业生，接受的是精英教育，在思想层面已经深深打上精英教育的烙印，但是随着教育形式的变化，应用型大学的教师的理念也应随之变化，学校应通过各种渠道宣传办学理念和办学宗旨以及培养目标，在校园环境方面，努力营造应用型的校园文化，更重要的是组织教师参加应用型大学建设的研讨，使应用性教育深入人心，教师才能将培养应用型人才的教育理念贯穿与教学之中，在专业设置、课程体系建设与改革、教学模式改革、教材建设、考核方式改革、实训基地建设、产学研合作方面进行有益的尝试与探索，不断提高实践能力和技术应用能力，应用型大学的人才培养目标才可能实现。

5. 将教师培训制度化、常规化

教师应每年定期参加培训，有培训计划、过程监督、培训结束进行考核，采取灵活有效地培训模式开展培训工作，提高教师水平。

学校应在内部形成科学、可行的学校、学院、系三级培训体系，有计划地开展培训工作。要克服教师培训的盲目性，应根据每位教师的自身特点和专业建设需要，以促进教师个人发展和提高教学品质为目标，在学校师资队伍建设的整体规划框架下制定教师个人培训计划和院系培训计划。

教师的培养要采取本校培训和借助社会力量培养相结合的方式进行，既要注意教师的学术知识水平的提高，更要加强教师专业实践能力的培养。应建立校内教师培训中心，配备稳定的培训师资或聘请本校的资深教授兼职，针对专业建设、教学实际和教师在教育教学活动中存在的问题和培养，建立产学研紧密结合的校外实训和实习基地，一方面为学生直接参加生产和实际工作提供场所，另一方面也为教师提供接触生产、服务和管理一线实际、进行专业技能训练的场所。

教师培训要根据应用型大学对教师能力要求的特点，改变以往的单一的课堂教学模式，采取灵活有效的方式进行。首先，在企业环境中培养教师。以相对稳定的实践企业和科研服务对象为依托，教师围绕教学内容承接企业合作项目，在与企业互动的过程中，根据企业的反馈进行课程改革。可借鉴国外大学的做法，允许教师去公司或企业兼职，考虑每个专业轮流安排专业教师，尤其是没有实践经验的年轻教师脱产半年至一年到企业进行专业实践或兼职。兼职期间开展对行业或专业的社会调查，了解自己所从事专业目前在生产、技术、工艺、设备等方面的现状和发展趋势，了解生产现场的新科技、新工艺，以便在教学中及时补充最新技术。其次，采取项目驱动方式培养教师。创造条件和机会，鼓励教师参加课程体系和课程内容的改革研究、实训基地建设、精品课程建设、教学方法的研究、教材建设、工程应用和技术开发项目研究、调查与对策研究等，在项目的驱动下，边研究边学习，边干边学。第三，采取以"问题"为中心的培训模式培训教师，充分发挥专业带头人的作用，由带头人根据学校的专业建设、教学研究与改革、专业技术改造的要求，以某个研究专题或问题组织培训内容，以"问题"作为受训教师学习的起点和选择知识的依据，促进教师自主学习的积极性，充分发挥教师的潜能，拓展培训的时间与空间。在培训过程中带头人给予受训教师有针对性的指导，由于有较强的针对性，受训教师水平会大幅提升，实现受训教师的自我充实、发展和完善。

北京联合大学在师资队伍建设方面，首先学校实施制定了以下几方面的政策措施，一是建立青年导师制，为每一位新教师配备一名教学经验丰富、有较高科研水平的具有副教授职称的教师担任青年教师的导师，在一年的培养期内，通过指导备课、随堂听课等方式，言传身教、悉心指导。使青年教师传承严谨治学的作风，尽快适应教学环节，掌握教学内容，基本胜任教学工作。二是为教职工创造各种在职"充电"的机会，尽快改善师资队伍的专业结构和提高学历层次。我校出台了《教师进修管理办法》、《管理人员进修培训管理办法》，创造更加宽松的环境，提高学校的学历层次和学历水平。三是加强中青年骨干教师的培养，制定《中青年骨干评选办法》，在培养期内，在出版专著、申请课题方面给予经费支持，为开展学术活动创造良好的氛围，通过2年的培养期，使受培的骨干教师达到基础理论知识扎实，教学方式先进，科研水平较高。四是培养拔尖人才和创新团队，把培养拔尖人才和创新团队作为师资队伍建设的又一重点，带动整个学术梯队和创新团队的建设，探索和完善有利于杰出人才成长的良好环境和竞争机制。五是选拔教学名师和示范教师，去年开始，我校进行了教学名师的选拔，并制定了教学名师的选拔办法，各学院推荐了教学示范教师的名单，学校在全校范围内进行评选，并对评选出的教学示范教师进行了表彰。通过教学名师和教学示范教师的选拔，提高重点课程特别是精品课程的授课水平，进而带动全校课程体系的建设。六是积极开展双语教学教师培养计划，为教师创造各种条件提高外语水平，特别是广泛开展国际交流互访，定期选送教师出国参加双语培训和英语口语培训。

加强实践教学队伍的培养，调整师资队伍结构，着力引进社会中具有丰富实践经验又能胜任教学的骨干充实到师资队伍，聘请校外行业企业的技术骨干来校任教，一方面加强实践教学骨干教师培养，学校计划从在编教师中遴选一批具有较好专业实践能力的教师作为实践教学骨干教师，并重点加以培养。学校在教学改革、课程改革、社会实践、专业技能培训方面给予政策倾斜。同时着力引进和培养应用型高级人才，着力引进应用型高级人才，制定优惠政策引进吸引企业和社会中具有丰富实践经验与应用能力又能胜任教学任务人员充实到师资队伍。鼓励教师在社会兼职并进行规范管理，确保教师主要精力投入教学同时通过社会兼职更多的接触实际、了解社会。其次，有计划对教师开展培训工作，建立合理有效的培训体系，有计划对教师开展培训，不断提高他们的实践教学和管理水平。

根据每位教师的自身特点和专业建设需要，以促进个人发展和整体提高教学质量为目标，在学校实践教学教师队伍建设的整体框架下制定切实可行的教师个人培训计划，采取学校培训和借助社会力量培养相结合的方式进行，尤其加强教师专业实践能力的培养，建立产学研紧密结合的校外实训和实习基地，另一方面也为教师提供接触生产、服务和管理一线实际、进行专业技能训练的场所。学校为学校教师参加技能培训提供资金保障，并要求取得代表其职业能力和技术水平的职业资格证书和技术等级证书。对脱产进行企业实践的教师，发放在岗岗位津贴。对指导学生参加各种专业技能竞赛的教师、积极进行综合性设计性试验项目的教师给予政策支持和奖励。

同时鼓励教师参加行业企业实践，承接应用性课题或通过社会兼职提高专业能力，以建设满足应用性教育要求的专兼结合的师资队伍。实践教学是应用性高等教育的重要组成部分，是培养学生沟通、协调、合作等综合素质的有效途径，学校鼓励高水平教师投入实践教学工作，并形成稳定的队伍。同时也从企业和社会聘请具有丰富实践经验与应用能力又能胜任实践教学任务的兼职教师。把既具有实践教学经验又有较强的组织和管理能力的人员配备到实践教学管理岗位。

建立师资队伍建设专项经费，一是用于引进人才住房补贴和提供优惠住房、科研启动经费、帮助解决配偶的工作等；在师资培养方面加大投入，支付教师参加提高学历层次、提高专业实践技能和教学技能的各类培训。

吸引优秀人才，在引进人才方面更重要的是制度留人、感情留人、事业留人、努力解决好引进人才的设备配套、生活待遇、学术氛围营造和科研团队建设工作。在 2003 年出台的《北京联合大学关于引进人才的暂行办法》基础上，学校根据实际需要逐年不断完善针对不同类型人才的引进政策，引进的人才来校后很快成为教学、科研骨干，引进的人才科研课题经费占学校的科研课题经费的比例逐年上升；有的担任了学院或教研部领导，他们将在今后学校的发展建设中更加发挥重要作用。

采取引进和培养"两条腿"走路的方针，注意引进高级人才。师资队伍建设是高等学校永恒的主题，师资队伍建设是一个在相对稳定的基础上具有较大流动性的知识化群体；师资队伍建设是一个不断探索、不断发展和不断深化的系统工程，也是需要高校把握形势，下大力气长期做好的一项基础性工作。要经营好这支有无限潜力可挖的人才队伍，我们一定要立足本职工作，锐意进取，不断创新，用高质量的师资队伍建设高质量的建设人才。

以全面提高教师队伍整体素质为中心，以带头人和骨干教师队伍建设为重点，坚持师资引进和培养并重的原则。学校制定了师资队伍建设规划，明确师资队伍建设目标，制定相关政策，加大经费投入，调整师资队伍结构，提高师资整体素质。积极引进高层次人才和社会中具有丰富实践经验又能胜任教学的骨干。加强对现有教师的培养，实行青年教师导师制，提高教师学历层次，鼓励教师积极参加行业企业实践、承接应用性课题或通过社会兼职提高专业应用能力。实施"中青年骨干教师资助计划"，加强梯队建设。完善岗位聘任制度，激发教师的参与教学改革的积极性。

参 考 文 献

［1］孔繁敏. 建设应用型大学之路［M］. 北京：北京大学出版社，2006.

［2］苏智先. 现代大学制度创新研究［M］. 成都：四川人民出版社，2008.

［3］教育部、共青团中央关于加强和改进高等学校校园文化建设的意见.

［4］任伟宁. 应用型大学实践教学师资的能力素质要求和队伍配置思路［A］. 孙建京. 应用型大学教学体系与实践教学基地研究［M］. 北京：中国电力出版社，2007.

附录　建筑电气与智能化专业（普通本科教育）培养方案

一、学科门类：土建类　　　　　　　　**代码**：CIVE

二、专业名称：建筑电气与智能化　　　**代码**：080712S

　　　　专业方向名称：楼宇自动化系统工程、信息设施系统工程、视听工程

三、标准学制（修业年限）：4 年　　　**弹性学制**：4～6 年

四、毕业学分：169 学分

五、授予学位：工学学士

六、培养目标

本专业培养面向国家和首都经济社会发展需要，具有较宽厚的基础理论和较扎实的楼宇自动化管理、信息设施工程、视听工程的专门知识，具有建筑电气与智能化工程应用与初步的技术研发能力，能在工业与民用建筑领域从事建筑电气与智能化系统的工程设计、工程项目管理、系统集成、技术支持以及产品研发等技术与管理工作的高素质应用性专门人才。

七、毕业生基本要求

本专业培养的人才应具备如下知识、能力和素质要求：

1. 知识要求

（1）了解与本专业相关的职业和行业的方针、政策和法律、法规。

（2）具有从事建筑电气与智能化专业工作所需的数学、自然科学和经济管理知识。

（3）具备较为扎实的学科基础知识及本专业基本理论知识，了解本专业的前沿发展现状和趋势。

2. 能力要求

（1）具有电工电子技术应用的基本技能；

（2）具有本专业工程图纸绘制与识读的基本技能；

（3）具有计算机与网络技术应用的基本技能；

（4）具有本专业工程设计的核心应用能力；

（5）具有本专业工程设备安装、系统调试的核心应用能力；

（6）具有本专业工程施工组织与项目管理的核心应用能力。

3. 素质要求

（1）具有较好的人文社会科学素养、较强的社会责任感和良好的职业道德；

（2）具有适应发展的能力以及对终身学习的正确认识和学习能力；

（3）具有国际视野和跨文化的交流及合作能力；

（4）具有一定的组织管理能力、较强的表达能力和人际交往能力以及在团

队中发挥作用的能力；

（5）掌握文献检索、资料查询及运用现代信息技术获取相关信息的基本方法；

（6）具有一定的创新意识和创业思维。

八、主干学科

主干学科：电气工程、控制科学与工程、土木工程。

相关的重要学科：计算机科学与技术、信息与通信工程。

九、核心课程

（1）学科大类核心课程：电路、电子技术基础、自动控制原理、计算机原理与接口技术、网络与通信基础。

（2）专业核心课程：建筑供配电与照明、建筑电气控制技术、建筑设备自动化、建筑物信息设施系统、公共安全技术。

十、课程体系及学分学时分配

如附表 1 所示。

附表 1　　　　　　　　　　　课程体系及学分分配表

课程类别		理论教学				实践教学				小计	
		纯理论课		含实验教学的理论课		独立设置的实验课		集中实践教学环节		学分	学时
		学分	学时	学分	学时	学分	学时	周	学时		
通识教育平台60	必修课40%										
	选修课5%										
	小计										
学科大类教育平台27	必修课15%										
	限选课5%										
	小计										
专业教育平台47	专业必修课15%										
	专业限选（方向）课程15%										
	专业、跨专业任选课程5%										
	小计										
实践教学平台	小计40学分							40	960		

续表

课程类别		理论教学				实践教学				小计	
		纯理论课		含实验教学的理论课		独立设置的实验课		集中实践教学环节		学分	学时
		学分	学时	学分	学时	学分	学时	周	学时		
素质拓展平台6分	创新创业教育选修课程2										
	创新创业实践活动2										
	社会实践2										
	小计										
合计											
教学活动总学时		※※学时									
实践教学环节学时比例		%									

注：教学活动总学时 = 理论教学环节学时 + 独立设置的实验课 + 集中实践教学环节的周数×24

实践教学环节学时比例 = （理论教学环节中的实践学时 + 集中实践教学环节的周数×24）/教学活动总学时

十一、毕业生基本要求实现的教学过程

如附表2所示。

附表2　　　　　　毕业生基本要求及其实现的教学过程表

毕业生基本要求	实现要求的教学过程
1.1　了解与本专业相关的职业和行业的方针、政策和法津、法规	思想道德修养与法律基础，毛泽东思想和中国特色社会主义理论体系概论，专业导论，智能建筑工程管理，施工与检测技术等
1.2　具有从事建筑电气与智能化专业工作所需的数学、自然科学和经济管理知识	高等数学，普通物理，线性代数，概率论与数理统计，大学物理，物理实验，大学计算机基础，C语言程序设计，工程管理概论等
1.3　具备较为扎实的学科基础知识及本专业基本理论知识，了解本专业的前沿发展现状和趋势	电路、电子技术基础、自动控制原理、计算机原理与接口技术、网络与通信基础。建筑供配电与照明、建筑电气控制技术、建筑设备自动化、建筑物信息设施系统、公共安全技术等
2.1　具有电工电子技术应用的基本技能	电路，电子技术基础，电子工艺实习，实用电工实训，电子技术课程设计等
2.2　具有本专业工程图纸绘制与识读的基本技能	建筑电气CAD，建筑供配电与照明，建筑物信息设施系统，公共安全技术，智能建筑施工与检测等

续表

毕业生基本要求	实现要求的教学过程
2.3 具有计算机与网络技术应用的基本技能	大学计算机基础，C 语言程序设计，网络与通信基础，计算机原理与接口技术，控制网络技术，数据库基础与应用，Visual Basic 程序设计，控制网络技术实践，智能建筑施工与检测实践等
2.4 具有本专业工程设计的核心应用能力	建筑设备自动化，建筑供配电与照明（含实践），建筑物信息设施系统（含实践），公共安全技术（含实践），建筑结构与设备，音响灯光工程设计（含实践），电子会议系统（含实践），建筑电气工程设计（含实践），建筑电气 CAD（含实践），智能建筑施工与检测，毕业实习，毕业设计等
2.5 具有本专业工程设备安装、系统调试的核心应用能力	大学英语，专业英语，智能建筑工程英语，建筑电气 CAD，智能建筑施工与检测，智能建筑工程管理，建筑供配电与照明实践，音响灯光工程设计实践，公共安全技术实践，建筑设备自动化实践，控制网络技术实践，智能建筑施工与检测实践，毕业实习，学科竞赛等
2.6 具有本专业工程施工组织与项目管理的核心应用能力	大学计算机基础，工程管理概论，智能建筑工程管理，智能建筑施工与检测实践，智能建筑施工与检测，专业实习，素质拓展训练等
3.1 具有较好的人文社会科学素养、较强的社会责任感和良好的职业道德	毛泽东思想和中国特色社会主义理论体系概论，马克思主义基本原理概论，思想道德修养与法律基础，中国近代史纲要，形势与政策，专业导论，毕业实习，素质拓展训练等
3.2 具有适应发展的能力以及对终身学习的正确认识和学习能力	军事理论，军事训练，大学英语，高等数学，大学物理，C 语言程序设计，电路，电子技术基础，自动控制原理，计算机原理与接口技术等
3.3 具有国际视野和跨文化的交流及合作能力	毛泽东思想和中国特色社会主义理论体系概论，马克思主义基本原理概论，思想道德修养与法律基础，中国近代史纲要，形势与政策，专业导论，毕业实习，素质拓展训练，大学计算机基础，大学英语，专业英语，智能建筑工程英语等
3.4 具有一定的组织管理能力、较强的表达能力和人际交往能力以及在团队中发挥作用的能力	形势与政策，毕业实习，素质拓展，工程管理概论，智能建筑工程管理，素质拓展，毕业实习，社会实践等
3.5 掌握文献检索、资料查询及运用现代信息技术获取相关信息的基本方法	大学计算机基础，网络与通信基础，数据库基础与应用，毕业实习，毕业设计
3.6 具有一定的具有创新意识和创业思维	专业导论，素质拓展，毕业实习，社会实践，专业限选课程等

十二、课程计划与培养目标要求对应关系

如附表 3 所示。

附表 3   建筑电气与智能化专业的课程计划与培养目标对应关系矩阵

课程名称	目标 1.1	目标 1.2	目标 1.3	目标 2.1	目标 2.2	目标 2.3	目标 2.4	目标 2.5	目标 2.6	目标 3.1	目标 3.2	目标 3.3	目标 3.4	目标 3.5	目标 3.6
毛泽东思想和中国特色社会主义理论体系概论	√									√	√	√			
马克思主义基本原理概论										√	√	√			
思想道德修养与法律基础	√									√	√	√			
中国近代史纲要										√	√				
形势与政策	√									√	√	√	√		
军事理论								√							
军事训练										√	√				
环境生态										√		√			
文学与欣赏										√		√	√		
经济与管理												√			
沟通技巧										√	√	√			
应用文写作										√	√	√			
武术气功										√					
大学英语Ⅰ–Ⅳ								√		√	√				
体育							√	√		√	√				
高等数学Ⅰ–Ⅱ		√								√					
线性代数		√								√					
概率论与数理统计		√								√					
大学物理Ⅰ–Ⅱ		√								√					
物理实验Ⅰ–Ⅱ		√								√					
大学计算机基础Ⅰ–Ⅱ		√				√		√	√	√	√		√		
C 语言程序设计		√	√			√	√	√		√					
电路			√	√						√					
电子技术基础			√	√						√					
自动控制原理			√							√					
计算机原理与接口技术			√			√	√	√		√					

续表

课程名称	目标分类														
	目标1.1	目标1.2	目标1.3	目标2.1	目标2.2	目标2.3	目标2.4	目标2.5	目标2.6	目标3.1	目标3.2	目标3.3	目标3.4	目标3.5	目标3.6
建筑电气控制技术			√				√	√							
检测技术与过程控制			√				√	√							
建筑设备自动化			√				√	√						√	
建筑供配电与照明			√		√		√	√						√	
建筑物信息设施系统			√		√		√	√						√	
公共安全技术			√		√		√	√						√	
信息化应用系统			√				√	√						√	
图像处理技术			√				√							√	
智能建筑环境学			√				√								
电力电子技术			√				√								
计算机控制技术			√				√								
信号与系统分析			√												
建筑结构与设备					√		√	√							
网络与通信基础			√			√		√						√	
专业导论	√		√							√					
音响工程基础			√					√							
视频工程			√		√			√							
音响灯光工程设计	√		√		√		√	√							√
数字视音频基础			√					√							
电子会议系统	√		√		√		√	√							
现代控制理论			√												
控制网络技术			√		√		√	√							
建筑声学			√					√							
数据库基础与应用			√			√	√	√						√	
Visual Basic 程序设计			√			√	√	√							√
建筑电气工程设计			√		√										√
专业英语			√									√			
建筑电气 CAD			√		√		√	√							√
智能建筑施工与检测	√		√		√			√							√

续表

课程名称	目标分类														
	目标1.1	目标1.2	目标1.3	目标2.1	目标2.2	目标2.3	目标2.4	目标2.5	目标2.6	目标3.1	目标3.2	目标3.3	目标3.4	目标3.5	目标3.6
工程管理概论		√							√				√		
智能建筑工程管理	√	√	√		√		√		√				√		
建筑供配电与照明实践	√				√		√								√
音响灯光工程设计实践	√				√		√								√
公共安全技术实践	√				√		√								√
建筑设备自动化实践	√				√		√								√
控制网络技术实践	√				√	√									√
建筑电气工程设计实践	√				√		√								√
智能建筑施工与检测实践	√				√	√	√	√							
智能建筑工程英语实践	√						√	√				√			
智能建筑工程管理实践	√				√		√	√							
电子工艺实习			√	√											
实用电工实训			√	√											
电子技术课程设计			√	√											√
毕业实习	√				√		√								
毕业设计	√				√	√	√							√	
社会实践												√	√		
素质拓展训练（学科竞赛）							√	√	√				√	√	√
入学教育															
就业教育															√

说明：培养目标各项内容即毕业生的各项基本要求。在课程所对应实现的培养目标栏内打√。

十三、必要说明

主要包括培养方案说明、改革举措和实施要点等。

1. 专业课程体系的设计思路

课程体系设计应建立在对建筑电气与建筑智能化工程（技术＋管理）内容的广泛了解与深入分析的基础之上。

基于智能建筑工程，依据智能建筑行业所具有的主要工作岗位、所涉及的工程技术与管理知识以及对应用性本科毕业生的具体岗位的知识、能力与素质要求，确定应该学习的内容和教学环节，按照"以能力为本位"的课程观完成本专业的课程体系设计。

课程体系设计的途径，是通过对本行业所涵盖的知识内容和能力要求进行归纳、分析、综合与整理，建立课程之间的有机联系，按应用型本科毕业生的知识、能力与素质要求设计课程体系链路以及课程体系框架。

智能建筑工程的建设过程包括建筑智能化工程建设程序与工作内容两个方面，如附图 1 所示。

建筑智能化工程建设程序主要包括工程项目的前期策划阶段、工程招投标阶段、深化设计阶段、设备安装与调试阶段、工程验收、系统试运行以及智能化工程设备制造与技术研发等环节。

附图 1　建筑智能化工程建设程序

如附表 4 所示，列出了建筑智能化工程建设程序的各个环节与主要参与方以及每个环节包括的主要工作内容。

附表 4　建筑智能化工程建设程序及工作内容

程序	项目策划	招投标	深化设计	工程施工	系统试运行	产品制造与研发
工作内容	1. 组建项目团队，2. 聘请顾问/监理，建筑物的需求定位与规划，3. 经济/技术分析，4. 可研分析/可行性报告，5. 方案设计/方案图，6. 立项、报批	1. 甲方编写技术与商务招标文件，2. 乙方编写技术与商务投标文件，3. 开标/评标/议标/中标，4. 签订工程合同	1. 组建落实项目团队，2. 工程现场调查分析，3. 与相关专业设计协调，4. 工程施工图设计，5. 确定分包单位。6. 应用软件设计等	1. 进场人员资格审查，签订安全施工协议，提交施工组织计划，2. 管线敷设，设备安装，协调，3. 软硬件系统调试，4. 工程施工组织与管理，6. 自检、报验，验收资料汇总，7. 分系统验收，8. 系统验收	1. 巡检、工况记录，2. 技术服务，3. 系统管理人员培训等	1. 信息采集设备与装置、控制设备与装置的加工与制造，2. 工程应用软件的研究与开发
主要参与方	建设/投资方、顾问、监理、政府及行业管理部门	甲方、招投标公司、投标企业、顾问/专家	中标企业、监理、建设/投资方	建设/投资方、监理、施工方、质检部门	建设/投资方、物业管理单位、设备使用单位、监理	智能建筑专业公司、设计研究院、高等院校等

2. 核心能力链路与课程体系结构

本专业从人才培养目标出发，以职业素质与道德教育为基础，以专业核心应用能力培养为主线，在对建筑智能化工程建设程序以及工作内容深入分析、以及对本行业所涵盖的知识内容进行归纳、综合与整理的基础上，完成课程体系的设计。核心能力链路、实现途径以及课程体系结构如附图 2、附图 3、附图 4 所示。

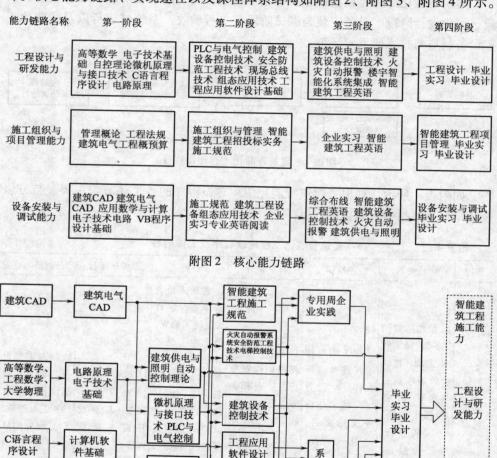

附图 2　核心能力链路

附图 3　核心能力实现途径

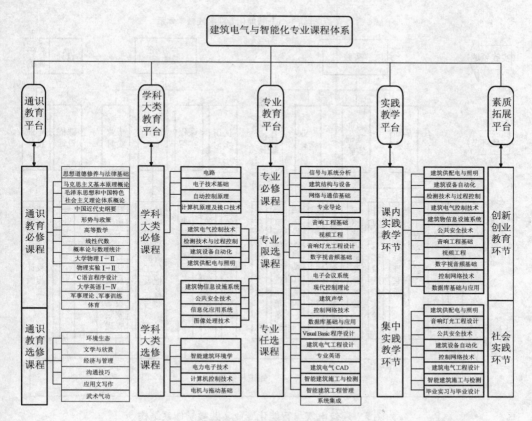

附图4　课程体系结构

3. 实践教学体系结构设计

通过对智能建筑行业所具有的主要工作岗位、涉及的工程技术与管理知识、以及对应用性本科毕业生的具体实践能力要求的分析，来确定实践教学环节和内容，按照"以能力为本位"的实践课程观，完成实践教学体系的构建。

本专业实践教学体系分别由课程实验、实习、设计和企业实践以及科研训练等领域构成，包括非独立设置和独立设置的基础、专业基础和专业的实践教学环节；而对于每一项实践环节都提出了相应的知识点和相关技能的要求。

在对建筑电气与智能化专业人才培养目标、培养规格以及工程应用能力要求深入分析研究的基础上，实践教学体系结构设计为实践领域（实验、实习、设计）、实践环节、实践知识与技能单元、知识与技能点等四个层次，如附图5所示。

4. 实践教学体系的具体内容

实验包括基础实验、专业基础实验、专业实验、研究性实验；实习包括认识实习、课程实习、生产实习、毕业实习等；设计包括课程设计和毕业设计（论文）。

通过实践教育，培养学生具有：实验技能、工程设计和施工的能力、科学研

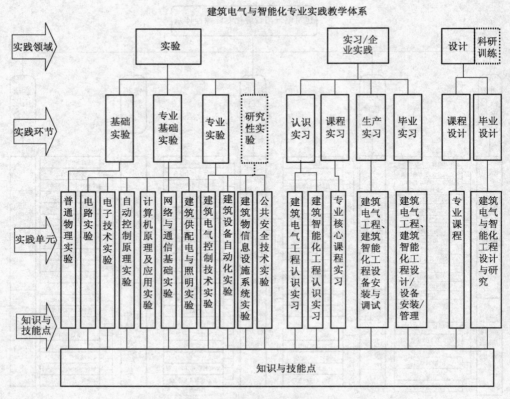

附图 5　建筑电气与智能化专业实践教学体系结构

究的初步能力等。实践教学体系的具体内容（学习目标、所包含的技能点及其所需的实践时间等）如附表 5 ~ 附表 8 所示。

附表 5　　　　　　　　　实践体系中的领域和单元

序号	实践领域	实践单元	实践环节
1	实验	普通物理实验	基础实验
		电路实验	专业基础实验
		电子技术实验	
		自动控制原理实验	
		计算机原理及应用实验	
		网络与通信基础实验	
		建筑供配电与照明实验	
		建筑电气控制技术实验	专业实验
		建筑设备自动化实验	
		建筑物信息设施系统实验	
		公共安全技术实验	

续表

序号	实践领域	实践单元	实践环节
2	实习	建筑电气工程、建筑智能化工程	认识实习
		专业核心课程	课程实习
		建筑电气工程、建筑智能化工程设备安装与调试	生产实习
		建筑电气工程、建筑智能化工程设计/设备安装/管理	毕业实习
3	设计	专业课程	课程设计
		建筑供配电与照明、建筑电气控制技术、建筑设备自动化、建筑物信息设施系统、公共安全技术、智能建筑集成系统等工程设计与研究	毕业设计（论文）

附表6　　　　　　　　实验领域的核心实践单元和知识技能点

实践单元		知识与技能点		
序号	描述	序号	描述	要求
1	物理实验48		参照物理教学要求	了解
2	电路实验（10）	1	仪器仪表工作原理与使用方法	了解
		2	电路模型和电路定律，原理与实验方法，验证基尔霍夫电压、电流定律	了解
		3	电阻电路的等效变换原理，实验步骤，线性元件、非线性元件以及电压源伏安特性的基本测试方法	了解
		4	电阻电路的一般分析，实验步骤，电压源、电流源和受控源的处理方法	了解
		5	电路定理，分析与实验方法，戴维南定理和最大功率传输定理的使用条件和基本用途	熟悉
		6	一阶电路分析与实验步骤，一阶RC电路的基本用途和暂态过程实验分析	熟悉
		7	电路的频率响应，原理与实验方法，RC串并联电路幅频特性及相频特性的基本特点和用途	熟悉
3	电子技术实验（4）	1	集成运算放大器分析与检测及实验方法，"虚短"、"虚断"概念的理解	熟悉
		2	晶体管与基本放大电路，原理与实验方法，共射极BJT单管放大电路的实验分析	熟悉
		3	组合逻辑电路分析方法与实验步骤，数字电子信号产生与检测仪器仪表的使用；组合逻辑电路的实验分析	熟悉
		4	信号变换与信号产生电路，原理与实验方法，模拟电子信号产生与检测仪器仪表的使用；电压比较器	掌握
		5	中规模集成时序电路分析方法，实验与检测方法，数字信号产生与检测仪器仪表使用；集成计数器	掌握

续表

实践单元		知识与技能点		
序号	描述	序号	描述	要求
4	自动控制原理实验（12）	1	典型环节的电模拟方法及参数测试方法，实验设备的性能和操作方法。典型环节的特性，参数变化对动态特性的影响。观测比例、积分、比例积分、比例微分、惯性环节和比例积分微分环节的阶跃响应曲线	熟悉
		2	线性系统的时域分析，实验步骤与参数检测方法。观察系统的稳定和不稳定现象。系统参数变化对稳定性及动态特性的影响	熟悉
		3	线性系统的频域分析，实验步骤与参数检测方法。观察系统的稳定和不稳定现象。系统参数变化对稳定性及动态特性的影响	掌握
		4	线性系统的校正原理与方法，实验步骤与参数检测方法。控制系统的分析和校正方法，校正环节对系统稳定性及瞬态特性的影响	掌握
		5	非线性控制系统的分析方法，实验步骤与参数检测方法	了解
5	计算机原理及应用实验（4）	1	单片机软硬件结构及环境认识	了解
		2	实现缓冲区内数据由小到大排序并求平均值	掌握
		3	定时器/计数器	熟悉
		4	中断的使用	掌握
		5	LED 串行显示	熟悉
6	网络与通信基础实验（8）	1	安装 Windows 2000 Server 并组建对等式网络。完成 Windows 2000 Server 的安装，完成 Windows 2000 对等网的配置和管理	了解
		2	组建 Windows 2000 域模式网络 完成 Windows 2000 Server 域控制器的安装 完成 Windows 2000 Server 域控制器端设置 完成域客户端的设置 实现域模式网络的资源共享与互访	熟悉
		3	用户、组和计算机账户的管理 在 Windows 2000 Server 域控制器中完成域用户账户的创建和管理 在 Windows 2000 Server 域控制器中完成组的创建和管理设置用户所属的组 完成计算机账户的创建和管理	熟悉
		4	简单局域网的组成和配置	掌握
		5	控制网组网实验（lonworks/BACnet/CAN/工业以太网等）	掌握
		6	组态软件的基本操作	熟悉
7	建筑供配电与照明实验（6）	1	常用设备、器件、线缆、灯具、光源特性认识	了解
		2	建筑供配电与照明系统接线与调试	掌握
		3	负荷计算、照度计算	掌握
		4	绘制电气平面图、系统图	掌握

续表

实践单元		知识与技能点		
序号	描述	序号	描述	要求
8	建筑电气控制技术实验（4）	1	常用低压电器元器件认识	了解
		2	PLC 系统软硬件环境认识	了解
		3	三相异步电动机典型控制电路实验，接线、调试方法	熟悉
		4	PLC 系统组成与编程，基本指令的使用，特殊功能指令的使用	掌握
		5	使用顺序控制法、时序控制法、移位寄存器法开发 PLC 程序	熟悉
9	建筑设备自动化实验（8）	1	DDC 等常用设备、元器件及线缆认识	了解
		2	空调控制系统结构组成认识	了解
		3	空调控制系统线路连接、参数设置	掌握
		4	给水自动控制系统线路连接、参数设置	掌握
		5	电梯系统软硬件环境认识，机械及电气结构	掌握
		6	建筑设备自动化系统常见故障检测及排除方法	了解
		7	针对典型系统组态软件编程	熟悉
10	建筑物信息设施系统实验（6）	1	电话交换机、综合布线系统、广播系统、信息引导及发布系统、有线电视及卫星电视接收系统、电子会议系统、通信介入、室内移动覆盖及时钟系统的结构与组成认识	了解
		2	双绞线型号及种类；双绞线连接件型号与作用；光缆的型号及种类，光纤连接件的型号与作用，常用布线材料（管槽、桥架、机柜、底盒、面板）的认识	了解
		3	连接头制作，信息插座的安装，数据配线架端接，光纤熔接	熟悉
		4	综合布线系统设计与测试	掌握
		5	有线电视系统设备及材料选型、各端点场强计算	掌握
		6	有线电视系统设备安装与调试	掌握
		7	信息网络组网方法与步骤，网络性能测试	掌握
11	公共安全技术实验（6）	1	公共安全系统常用器材认识	了解
		2	闭路电视监控系统接线、调试	掌握
		3	入侵报警系统接线、调试	熟悉
		4	门禁控制系统接线、调试	熟悉
		5	火灾自动报警及消防联动系统组成认识	了解
		6	火灾自动报警系统接线、调试	熟悉

附表7   **实习领域中的核心实践单元和知识技能点**

实践单元			知识与技能点		
序号	描述		序号	描述	要求
1	认识实习（2周）	建筑电气工程	1	建筑供配电、防雷与接地工程的功能和用途，结构形式和基本组成，主要设备、材料的种类和作用	了解
			2	室内外照明工程的功能和用途，结构形式和基本组成，主要设备、材料的种类和作用，各类照明的适用场合	了解
		建筑智能化工程	1	建筑设备自动化系统、公共安全系统、建筑物信息设施系统工程项目的基本内容与功能，建筑智能化各子系统之间的关系与联系	了解
			2	建筑智能化工程设备、材料的使用情况和主要性能	了解
			3	通过参观实验展板及实物，观看综合管理实验系统管理功能演示。通过浏览器以 www 形式对建筑设备监控、安全防范、消防等子系统进行操作，建筑设备综合管理系统 BMS 对各子系统的管理功能	了解
2	课程实习（8）	专业核心课程	1	相关仪器使用和校验	熟悉
			2	建筑设备自动化系统实习，系统设备接线、调试与检测	掌握
			3	建筑供配电与照明实习，系统设备接线、调试与检测	熟悉
			4	公共安全系统设备安装、接线、调试与试验	熟悉
			5	组态软件应用，中央监控站设计制作，综合自动化系统上、下位机联调	熟悉
			6	建筑物信息设施系统设备安装、接线、调试与试验	熟悉
			7	PLC 编程、调试与带负荷运行，搭接硬件电路	掌握
			8	控制网组网实习（lonworks/BACnet/CAN/工业以太网等）	掌握
			9	空调系统设备选择与测定调整，编程软件的使用及新风、集中式空调机组的控制	熟悉
3	生产实习（4周）	建筑电气工程	1	建筑电气工程（供配电、防雷与接地、电气照明）各个环节施工技术（施工准备、工程实施、竣工验收），新工艺、新技术、新设备、新材料	熟悉
			2	施工段划分，施工方案制订，进度计划制定，劳动力安排	熟悉
			3	安全教育，高层建筑、大型现代化工业厂房、商场、超市等动力照明，灯具布局及其配管配线敷设方法	掌握
			4	建筑配电与照明工程，设计步骤、理论计算方法、施工图所包含的内容以及设计过程中的难点和解决这些难点的办法。施工图识读	熟悉
			5	高层建筑客梯的基本结构及其电气控制系统安装调试。机电设备主要故障的检测及排除方法	了解
			6	建筑电气工程相关施工、验收及技术规范	了解

续表

实践单元		知识与技能点		
序号	描述	序号	描述	要求
3	生产实习（4周）	建筑智能化工程		
		1	高层建筑、大型现代化工业与民用建筑3A系统，了解智能建筑的基本构成及其计算机网络技术和系统集成，PDS综合布线	了解
		2	建筑智能化工程各子系统深化设计步骤与方法，设备安装与调试技术，系统检测步骤与方法，施工难点及解决的办法	了解
		3	各子系统设计步骤、计算方法、施工图所包含的内容以及设计过程中的难点和解决这些难点的办法	掌握
		4	施工界面划分，施工方案制定，进度计划制订，劳动力安排，节能控制方法	熟悉
		5	智能建筑各子系统应用软件的编制、调试步骤与方法	熟悉
		6	各子系统工程图识读，相关施工、验收及技术规范	熟悉
4	毕业实习（14周）	建筑电气工程		
		1	结合毕业设计课题，调查同类已建或正在建设工程的实际使用情况、功能和空间组成以及与环境协调的关系等	熟悉
		2	工程的设计过程、步骤，搜集与设计相关原始资料	掌握
		3	建筑电气工程设备安装、调试与检测，工程图识读	掌握
		4	工程施工方案的确定；工艺方法和施工设备的选择；施工组织与管理方面的知识	熟悉
		5	国家或行业相关的设计、施工、验收、技术规范与标准等法规文件的使用	熟悉
		建筑智能化工程		
		1	结合毕业设计课题，调查同类已建或正在建设工程的实际使用情况、功能和空间组成以及与环境协调的关系等	熟悉
		2	工程的设计过程、步骤，搜集与设计相关原始资料	掌握
		3	建筑智能化工程设备安装、调试与检测，各子系统工程图识读	熟悉
		4	智能建筑组态及相关应用软件编程、调试或仿真	掌握
		5	工程施工方案的确定；工艺方法和施工设备的选择；工程项目管理、施工组织与管理方面的知识，质量控制、投资控制、安全管理措施	熟悉
		6	智能建筑相关的国家规范、标准等法规文件的使用	熟悉

附表8 设计领域中的实践单元和知识技能点

实践单元			知识与技能点		
序号	描述	序号	描述		要求
1	课程设计		建筑供配电与照明课程设计（1周）	1	建筑供电系统的组成及性质、变电所布置的特点与原则，负荷计算、短路电流计算，设备选择；低压配电系统设计、动力电气系统设计的基本概念、步骤和方法	掌握
				2	二次电路的设计原理；结合实际工程项目，使用CAD或专用工程设计软件绘制平面图、系统图，设计说明	熟悉
				3	电气照明系统工程设计方法与步骤，照度计算，光源与灯具选择，负荷计算，线缆选择，使用CAD绘制工程图，设计说明	掌握
				4	建筑防雷系统设计的基本方法与措施、接地系统设计的基本方法和措施，相关计算，绘制接地和防雷系统工程图，设计规范	掌握
				5	相关设计标准或规范	熟悉
		建筑电气控制技术课程设计（1周）		1	电气控制线路的一般规律，电动机的基本控制电路	熟悉
				2	三相异步电动机典型控制电路设计，绘制接线图	掌握
				3	PLC的主要应用领域，PLC基本组成、硬件结构、工作原理与性能指标，编程软件	熟悉
				4	PLC的指令系统，编制控制程序，PLC控制系统设计要求与设计方法，绘制控制原理图	掌握
		建筑设备自动化课程设计（2周）		1	新风机组的工作原理和控制实现。器件选择与位置确定。确定新风机组的AI、AO、DI、DO点，编制新风机组的I/O点表。采用care软件编程，针对新风机组进行控制策略的编程，逻辑关系的编程，组态设计	熟悉
				2	DDC编程软件，空调机组的温度控制，送风机启停控制	掌握
				3	电梯结构，运行原理，电梯的电力拖动系统，逻辑控制系统，微机控制系统	熟悉
				4	电梯控制控制系统设计，控制程序设计。控制逻辑，编制I/O点表，根据I/O点表，采用OMRON等系列PLC进行控制程序编程、调试	掌握
				5	一般建筑设备自动化系统分析和设计的基本方法，根据设计任务书要求，确定建筑设备自动化系统的内容，通过调查研究，确定系统结构和产品，画出建筑设备自动化系统的系统图、平面设计图，并写出设计说明书	熟悉
				6	智能建筑相关设计标准、规范。建筑设备自动化系统的最新发展和主流技术与产品	熟悉

续表

实践单元		知识与技能点		
序号	描述	序号	描述	要求
1	课程设计			
	建筑物信息设施系统课程设计（1周）	1	综合布线系统工程设计。相关技术资料的收集，设计方案，相关计算，设备、线缆等材料选型，绘制工程图，编制设计说明、图纸目录、图例符号表及主要器材表等	掌握
		2	有线电视系统工程设计。相关技术资料的收集，设计方案，相关计算，设备、线缆等材料选型，绘制工程图，编制设计说明、图纸目录、图例符号表及主要器材表等	掌握
		3	电子会议系统工程设计。相关技术资料的收集，设计方案，相关计算，设备、线缆等材料选型，绘制工程图，编制设计说明、图纸目录、图例符号表及主要器材表等	熟悉
		4	相关设计标准或规范	熟悉
	公共安全技术课程设计（2周）	1	火灾自动报警设计。相关技术资料的收集，火灾自动报警设计方案与设备选择。设备选择、消防联动控制、系统供电、报警线路选择及敷设方式选择及要求；火灾报警控制器、消防联动控制器、消防广播、消防专用电话等的控制和动作要求；火灾探测器数量、火灾报警控制器容量、扩音机及扬声器容量、消防专用电话总机容量等的计算	熟悉
		2	火灾自动报警系统施工图，火灾自动报警与消防联动控制系统图、火灾自动报警与消防控制平面布置图等。编制设计说明、图纸目录、图例符号表及主要器材表等	掌握
		3	闭路电视监控系统设计。技术资料的查找收集，闭路电视监控系统设计方案与设备选择，绘制工程图	掌握
		4	入侵报警系统设计。技术资料的查找收集，入侵报警系统设计方案与设备选择，绘制工程图	掌握
		5	门禁控制系统。相关技术资料的查找收集，确定门禁控制系统设计方案与设备选择，绘制工程图	掌握
		6	相关设计标准或规范	熟悉
	智能建筑系统集成课程设计（1周）	1	协议与协议转换，系统集成的主要方式与方法，OPC、ODBC技术的基本概念	熟悉
		2	智能建筑系统集成规划设计的步骤、方法和要求，收集相关资料，结合实际工程对象设计集成方案，设备选型	掌握
		3	相关设计标准或规范	了解
	建筑电气与智能化工程概预算（1周）	1	按照相应《工程计价表》中的计算规则进行详细的工程量计算	掌握
		2	按照相应《工程计价表》中的相应价格编制各分部分项工程的预算书	掌握
		3	按照相应地区的工程量清单计价程序和取费标准进行工程造价汇总	掌握

续表

实践单元		知识与技能点		
序号	描述	序号	描述	要求
2	毕业设计 （14周）	1	工程设计的基本程序和方法；相关设计资料（电力、信息设施、建筑环境、天文气候、被控对象等）的调研和收集	掌握
		2	依据使用功能要求、经济技术指标等，进行包括设备及线缆等材料选型、系统构成、管线综合布排、平面布置等工程设计方案确定	掌握
		3	利用手工和计算机进行理论分析、设计计算和图表绘制；正确运用工具书和相关技术规范	掌握
		4	工程图设计	掌握
		5	工程的设计概况、工程所在地的自然环境与相关专业条件，施工准备工作及施工场地布置	熟悉
		6	主要分项工程的施工方案、施工工艺与方法；主要施工设备选择与计算及设备的布置	熟悉
		7	施工质量与安全措施；工程项目管理、施工组织与管理	了解
		8	技术文件的编写；外文资料翻译	熟悉
	毕业论文 （14周）	1	选题背景与意义；研究内容及方法；国内外研究现状及发展概况	了解
		2	利用有关理论方法和计算工具以及实验手段，初步论述、探讨、揭示某一理论与技术问题，具有综合分析和总结的能力	掌握
		3	主要研究结论与展望，有一定的见解	掌握
		4	论文的撰写；外文资料翻译	掌握

5. 大学生素质拓展

（1）创新创业教育选修课程。开设取证课程——CAD、建造师、电气工长、调音师、ASEA、组态应用技术工程师等。

（2）创新创业实践活动

1）支持学生积极参加教指委组织的大学生智能建筑工程技能学科竞赛、计算机技术竞赛、机器人技术竞赛；

2）动员学生积极参与专业教师负责的科研项目；

3）组织引导学生申报学校组织的创新项目。

（3）社会实践。智能建筑企业调研

创新训练应在整个本科生的教学和管理工作中贯彻和实施，包括：

以知识体系为载体，课堂知识教育中的创新；

以实践环节为载体，在实验、实习和设计中体现创新；

开设有关创新思维、创新能力培养和创新方法的相关课程；

提倡和鼓励学生参加创新活动，如智能建筑工程技能竞赛，大学生创新实践训练等。

以知识实践、实践体系为载体的创新，可结合知识单元、知识点，融入创新点或创新的教学方式，强调大学生创新思维、创新方法和创新能力的培养，提出创新思维、创新方法、创新能力的训练目标，构建成为创新训练单元。新开设的创新专门课程可聘请企业或行业专家，采用讲座、授课或讨论等多种方式进行。创新活动形式多样，以培养学生知识、能力、素质协调发展的能力和创新能力。

6．集中实践教学环节

集中实践教学环节主要包括实践专用周（电工电子集中实验、专业基础及专业实践集中训练课程）和毕业实践环节。实践专用周以在校内完成为主，毕业实践（毕业设计）以在企业完成为主。

（1）实践专用周

1）实践专用周主要在本校"智能建筑控制工程实训室"和相关实验室、实训室进行；

2）根据技术专业课程的教学内容与进程，适时组织专业参观，或者在工程现场完成实践专用周的实践教学；

3）根据与我校有合作办学关系的企业实际工程实施情况，在校外进行实践专用周的实践教学。如果企业的实际工程进度与实践专用周计划在时间上有冲突，则适当调整实践专用周的时间。

（2）毕业实践（毕业设计）环节（如附表9所示）

附表9　　　　　　　　　毕业实践/毕业设计地点与课题模块

毕业实践或毕业设计地点	1. 智能建筑专业公司	毕业实践项目或毕业设计课题模块	1. 建筑智能化各子系统设计
	2. 智能建筑系统集成商		2. 楼宇自动化系统 DDC 编程与调试
	3. 大中型建筑设备安装企业		3. 配电与照明系统工程设计与实施
	4. 建筑设计研究院		4. 建筑智能化各子系统设计与研究
	5. 市政设计研究院		5. 安防系统设计与实施
	6. 房地产开发公司		6. 信息设施系统设计与实施
	7. 大型物业管理企业		7. 建筑智能化工程项目的招投标实务
	8. 政府机关		8. 施工组织设计
	9. 建有智能化建筑的事业单位		9. 建筑智能化系统应用软件编程与调试
	10. 大型宾馆、饭店、写字楼		10. 楼宇智能化集成系统设计与实施
	11. 工程建设监理企业		11. 火灾自动报警系统工程设计与实施
	12. 智能建筑控制技术实训室		12. 电子会议系统工程设计与实施

7. 专业实践教学体系的实施

（1）校内实践环境与校外人才培养基地建设相结合的"双轨制"实践教学模式。根据智能建筑类专业以及实践教学体系内容的特点，坚持"双轨并重"的实践教学理念。在校内，建设以"智能建筑控制技术实训室"为中心的实践教学基地；在校外，充分利用本市广阔的建筑市场，建立基于"加强合作、互惠互利"的人才培养机制，实行基于智能建筑工程项目（工程设计＋工程实施）的双轨制实践教学模式（如附图6所示），实现专业核心能力的锻造。

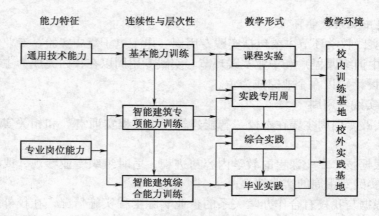

附图6　双轨制实践教学运行模式

校内与校外实践教学的内容与侧重点不同，其作用也不尽相同。两者既相互关联，又互有区别，两者不可替代。校内实践教学项目是尽可能贴近工程实际；而校外实践教学则是完全融入到工程实际。

（2）加强校内实践教学环境建设。在校内实践环境下，依托以"智能建筑控制技术实训室"为中心的综合性实践教学基地组织实践课程教学，将实践教学内容工程项目化，以此来构建基于智能建筑工程的"工程型"实践教学内容。在分析以往用人单位反馈来的用人建议及建筑智能化工程建设程序与工作内容的基础上，得出具备一定工程意识、掌握工程相关技术并具有扎实专业基础的毕业生是社会所需人才。因此，大胆尝试开发一系列实践教学案例以填充实践教学框架，形成饱满、有序、合理的实践教学系统是当务之急。在参考了大量实际工程项目，结合学校"智能建筑控制技术实训室"现有资源，开发了基于智能建筑工程项目模式的校内实践教学讲义，并出版了实践教学用书，以便更好地与用人需求接轨。

（3）做大校外人才培养基地群。校外人才培养基地建设是本专业实践教学体系的重要环节。经过多年努力，初步完成了校外人才培养基地群的建设，本专业校外人才培养基地群结构如附图7所示。

充分利用本市广阔的建筑市场，结合本专业、本行业/企业经营的特点，研

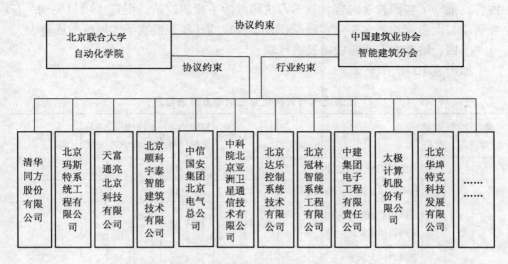

附图7　智能建筑类专业校外人才培养基地群结构

究了基于"加强合作、互惠互利"的产学研结合开展实践教学的运行机制和管理模式（质量管理、进度管理、风险管理、安全管理等），提出了在校企合作开展企业实践时出现的"智能建筑相关企业经营活动的不稳定性与实践教学计划的相对稳定性之间的矛盾"的解决方案，在把学生的专业实习、毕业设计课题放在企业的实际研究或工程项目中完成的同时，逐步建立了基于产学研相结合、以毕业设计→实习→就业为主要环节的"一体化"式的实践教学运行机制，提高了学生优质就业率。

　　由于单个智能建筑类企业不可能接收太多的就业者；同样，单个智能建筑类企业的经营项目也不可能涵盖太多的建筑智能化子系统。所以，为了达到本专业人才培养目标、为整个行业服务、以及保证较高的优质就业率之目的，并有效地规避校外实践教学的风险，就必然要求我们与尽可能多的智能建筑类企业建立合作关系，即加强校外人才培养基地群建设。

　　（4）强化专业教师实践教学能力。实践教学体系能否得到高质量的实施，关键在教师。为了提高专业教师对实践教学重要性、对产学研合作开展实践教学重要性的认识，深入开展课题的研究。作为一项制度，要求专业教师积极参与"人才强教"——建筑智能化工程实践计划。近几年，完成了10余项建筑智能化工程项目的软硬件开发、工程设计与实施、工程监理、咨询与顾问等工程服务。进一步加强了与同方股份工程有限公司、中国建筑科学院、中信国安，中建电子、长城电子、北京玛斯特系统工程有限公司等十余家智能建筑相关企业的产学研合作关系，形成了较稳定的校外人才培养基地群。在为企业服务的同时，提高了专业实践技能，加强了师资队伍建设，了解了建筑智能化工程建设程序及工程内容，推动了实践教学内容、教学方法和教学手段的改革，促进了项目驱动、任务驱动、大赛驱动等多样化实践课程教学模式的开展，提高了实践教学质量。

十四、培养方案课程安排及进程表

如附表 10 所示。

附表 10　　　　　建筑电气与智能化专业培养方案进程表

课程类别及性质		课程代码	课程名称	总学时	学分	授课学时	实验学时	上机学时	修读学期	考核方式	分组
通识教育平台	通识教育必修课程 (72) 40		思想道德修养与法律基础	32＋16	2＋1	32	16		1		
			马克思主义基本原理概论	32＋16	2＋1	32	16		2		
			毛泽东思想和中国特色社会主义理论体系概论	48＋48	3＋3	48	48		3、4		
			中国近代史纲要	32	2	32			1		
			形势与政策	32	2	32			1－6		
			军事理论	32	0	32			1		
			军事训练	2 周	0				1		
			大学英语Ⅰ－Ⅳ	256	16	256			1－4		
			体育	128	4	128			1－4		
			高等数学Ⅰ－Ⅱ	192	12	192			1－2		
			线性代数	48	3	48			1		
			概率论与数理统计	32	2	32			2		
			大学物理Ⅰ－Ⅱ	128	8	128			2－3		
			物理实验Ⅰ－Ⅱ	48	3		48		2－3		
			大学计算机基础Ⅰ－Ⅱ	64	4	32		32	1－2		
			C 语言程序设计	64	4	32		32	3		
	通识教育选修课程 (8) 5		环境生态		2						自然科学类
			文学与欣赏		2						人文、艺术和社会科学类
			经济与管理		2						人文、艺术和社会科学类
			应用文写作		2						交流类
			沟通技巧		2						交流类
			武术气功		2						体育类

续表

课程类别及性质	课程代码	课程名称	总学时	学分	授课学时	实验学时	上机学时	修读学期	考核方式	分组
学科大类教育平台	学科大类必修课程(21) 15	电路原理		5						
		模拟电子技术基础		4						
		数字电子技术基础		4						
		自动控制原理		4						
		计算机原理及接口技术		4						
	学科大类限选课程(6) 5	信号与系统分析		2						
		网络与通信基础		2						
		计算机控制技术		2						
专业教育平台	专业必修课(9) 15	专业导论		1						
		检测技术基础		2						
		建筑供配电与照明		4						
		建筑结构与设备概论		2						
	专业限选(方向)选修课(9) 15	建筑设备自动化		3						方向1
		建筑电气控制技术		3						方向1
		公共安全技术		3						方向1
		建筑物信息设施系统		4						方向2
		计算机网络与综合布线		3						方向2
		信息化应用系统		2						方向2
		音响工程基础		3						方向3
		建筑声学		3						方向3
		视频工程		3						方向3
	专业跨专业任选课(6) 5	建筑电气CAD		3						方向1、2、3
		数据库基础与应用		2						方向1、2、3
		数字视音频基础		2						方向3
		智能建筑工程施工与检测技术		2						方向1、2、3
		建筑工程项目管理		2						方向1、2、3
		现代控制理论		2						方向1
		图像处理技术		2						方向1、2、3
		计算机仿真技术		2						方向1、2、3
		音响与灯光工程设计		2						方向3
		现场总线控制系统		2						方向1
		面向对象的程序设计		2						方向1、2、3

续表

课程类别及性质	课程代码	课程名称	总学时	学分	授课学时	实验学时	上机学时	修读学期	考核方式	分组
实践教育平台	课内实践环节									
	独立实践环节(35)	电子技术课程设计	2周							方向1、2、3
		建筑供配电与照明课设与实践	2周							方向1、2、3
		音响与灯光工程设计课设与实践	2周							方向3
		公共安全技术课设与实践	2周							方向1
		建筑电气控制技术实践	2周							方向1
		组态应用技术实践	2周							方向1、2
		系统集成应用实践	2周							方向1、2
		计算机仿真技术实践	2周							方向1、2
		网络与综合布线实践	2周							方向1、2
		金工实习	1周							方向1、2、3
		电子工艺实习	2周							方向1、2、3
		C语言程序设计课设	2周							方向1、2
		调音技术训练	2周							方向3
		实用电工实训	2周							方向1、2、3
		智能建筑工程英语训练	2周							方向1、2、3
		专业综合训练	8周							方向1、2、3
		毕业实践、毕业设计	16周							方向1、2、3
素质拓展平台	创新创业教育选修课程(2)	调音员考前培训								
		智能楼宇管理师取证培训								
		电气工长取证培训								
		造价工程师培训								
		组态王应用工程师培训								
	创新创业实践活动(2)	综合布线技能竞赛								
		音响调音竞赛								
		智能建筑工程技能竞赛								
		电子设计竞赛								
	社会实践(2)	智能建筑企业调研								

说明：1. 集中实践教学环节只在对应总学时栏内填写周数即可：如生产实习，在对应总学时栏内填入"3周"。